沧海人归

中国大陆学界金庸接受研究

（1979—2000）

汪静波 / 著

中国文联出版社

图书在版编目（CIP）数据

沧海人归：中国大陆学界金庸接受研究：1979—
2000 / 汪静波著. -- 北京：中国文联出版社，2023. 8
ISBN 978-7-5190-5276-8

Ⅰ. ①沧… Ⅱ. ①汪… Ⅲ. ①金庸（1924—2018）-
侠义小说-小说研究 Ⅳ. ①I207. 425

中国国家版本馆 CIP 数据核字（2023）第 143928 号

著　　者　汪静波
责任编辑　胡　笋
责任校对　乔宇佳
装帧设计　中联华文

出版发行　中国文联出版社
地　　址　北京市朝阳区农展馆南里 10 号　　　　邮编　100125
电　　话　010 - 85923025（发行部）　　　　　85923091（总编室）
经　　销　全国新华书店等
印　　刷　三河市华东印刷有限公司

开　　本　710 毫米×1000 毫米　　1/16
印　　张　14
字　　数　251 千字
版　　次　2023 年 8 月第 1 版第 1 次印刷
定　　价　68.00 元

序

殷国明

　　为自己的学生写序，当是不能推托之事，然余乃心虚而拖延良久，此盖出自知不学无术，所知甚少，不敢见笑于大方之家。然常言道"英雄出少年"，我笃信也。虽说静波自从硕士研究生起随读书已逾四年，然余何尝有教于她？好在静波天资聪慧，有无师自通、过目不忘之灵气，常有精思妙想令我惊奇不已；且，谁人不知，一诗不能退虏，一文不能送穷，静波竟甘心坐定学术这条冷板凳，坚持下来继续深造，咬牙读博，我又怎能不感到老怀弥慰？

　　其实，这部书原本是静波的硕士毕业论文，从开始选题到最后完稿，皆由静波独立思考，自主完成，我既没有什么指导之功，也未曾有过什么好的建议，二十余万言，皆是静波投入心血之结晶。静波对于金庸接受史的研究，不仅针对二十世纪八十年代金庸之研究，而且就二十一世纪以来研究状态而言，亦有突破迷津、点题成金之功，特别是对接受主体精细化处理的研究思路，另辟蹊径，出类拔萃，当是一部对于金庸文学研究的开拓和创新之作，在文学接受和传播领域填补了一项空白，而其所显严谨求实的学术态度和眼光，亮点闪烁，时有让人拍案叫绝之处。整部专著性情自见、言之成理、持之有故，有自己的见解，值得称道。

　　余犹感甚庆之处还在于，此著乃静波之硕士论文，初露锋芒即见其研究的广阔视野与情怀，其文笔如投石水中，自有涟漪荡漾之势，向更宽广的世界扩展，正如她在论著中所言："涉及文学批评的理论探讨的文章，已然车载斗量，此处试图借助弗莱《批评的剖析》、别林斯基《关于批评的讲话》等理论著作，开拓自身的视野和思维，为向纵深处评述那些围绕金庸展开的批评做努力。此外，试图研读钱钟书、李健吾、奥尔巴赫、巴赫金等大家的经典批评文本。"

　　文学是人学，读书贵在读人，这是钱谷融先生经常说的，对此静波有自己的感悟和理解。由是言之，研究金庸在内地的十年接受，其实也是研究"读者"——"人"之接受主体的心路历程。一如静波所言，"金庸从民间转而得以在'学界'也得享名声大噪的待遇，引起诸多文人学士竞相争鸣，最后在媒体的推波助澜下，于二十世纪末轰然而成'表态''站队'的爆炸势态"——无疑，在这"接受"中可见人情、世情和舆情，其中有敏感，亦有愚鲁；有所求，也有无所求……大千世界，人情百态，皆在作者所说的一种折射装置的"接受"中鱼贯而出，尽显其中之玄机和奥秘。可见，静波没有简单地将金庸小说视作大众以至研究者们消遣抑或谋利的工具，而是寄心于"接受"背面所蕴含的更为幽深的主体自我抉择，这正是她的匠心独运所在。

　　汉代徐干《中论·治学》有言："学者如登山焉，动而益高；如寤寐焉，久而愈足。"这本书的出版既是静波研究生学业的一个总结，也是一个新的起点，我相信她将会不惧天高路远，不断登上新的高峰。

　　是为序。

前　言

　　当下接受美学的理论框架日新月异，较诸过往，"接受主体"的重要地位，似已被推举至前所未有的境地。而在具体的接受史撰写之中，似仍少见充分转换视角，深入接受主体的心路历程，针对研究文本撰写的"背后"加以探讨的接受史著作。在此，或许"金庸接受史"能够作为一个标本，若将地域着重限定于内地（大陆），将人群定格在学界，时限设置为新时期至千禧年末（1979—2000），将这一研究对象固定下来之后，通过研究二十世纪八九十年代围绕其人其作展开的批评与研究，换一种角度切入背后的生态现场，也许能够对具体的"研究"文本生发机制，取得更为深切的理解。

　　本书分四章进行论述：

　　第一章，主要处理1979—1989年的"金学"发轫。此时的"通俗文学热"基本属于大众，其"热"并未蔓延至学界，有关金庸研究，多以单摆浮搁的孤篇批评文本之面目呈现。然而，"金学"的提出背后，可为第四次文代会拨云见日，是国家政策与文人诉求亲密合谋的面影。从冯其庸的《谈金庸》在《中国》的发表，可见刊物在丁玲、牛汉二位不同主办人手中的方针变动；章培恒有关金庸武侠小说与姚雪垠《李自成》的比对，则更多涉及以"人"为纲或以"阶级斗争"为纲的文学乃至史学问题。可见"金学"自其生发，即与同时代的文学乃至社会生态密不可分地纠葛在一起。

　　第二章，则以1989—1994年间的"金学"代表性推动者为研究对象。二十世纪八九十年代之交，诸多学者发生学术转向，停下了原本计划的手头工作，与"金学"或曰"侠学"相遇。其中，陈平原的《千古文人侠客梦》虽非专论金庸，然而影响深广，多少起到了赋予此类研究以"合法性"的作用。陈墨作为筚路蓝缕的"金学第一家"，在此期间写出六七本专著，之后更加不断修订增补，不惜"以今日之我难昨日之我"，对此显出情深一往的势态，在金庸接受史上功不可没。而柳苏（罗孚）不但因机缘巧合，推动金庸开展创作实践，促使金庸在1966年写下极为有名的、近乎自我言说的开场——"作家自述"，也使金庸本人逐步参与后期的"自我形象塑就"之中，牵线搭桥，使得金庸的作品在北京生活·读书·新知三联书店能以《金庸作品集》的面目问世。此类渗透性的工作，看似"润物细无声"，但对于学界接受而言，却是影响深远。总之，这一时期，"金学"确然得到了因缘际会的实质性推进。

　　第三章，主要处理1994—1998年间的相关热点事件，以及获得作为学界、知识界接受"阵地"的针对性刊物——《通俗文学评论》的支持。王一川在《二十世纪中国文学大师文库》的《小说卷》中，将金庸列于第四，而回溯其人学术历程，其中或许并无刻意夺人眼球之举，借机"挑战"与显明"学术野心"之意。严家炎及其《一场静悄悄的文学革命》背后，也多少隐含了香港回归的家国大事之动机与安排，由此而来的系列学术成果及旷日持久的论战，总有几分身不由己与始料未及。《通俗文学评论》在1992年创刊，1998年又兀然告终，其间的"金庸研究"，可谓占据了半壁江山，除开1997年的"金庸专号"，又有诸多金庸研讨会上的学术论文，在此处以"同声相应"之势连篇发表，若尝试打捞其中"背后的故事"，也可见九十年代，即便是有关通俗文学的学术、刊物也与市场之间有着牵扯不断，既倚其支撑，又受其牵绊的复杂关系。

　　第四章，聚焦于1998—2000年这一时段"金学"的骤然膨胀，以科罗拉多、台北、北京召开的三次金学研讨会为例，将美国科罗拉多金学研讨会的召集人刘再复作为重点个案，剖析相关"学术盛会"的场上场下，以期得见学人参会及评议背后的心路历程；而袁良骏、何满子、王彬彬这三位对学界"金庸热"提出非议的代表学者，则更多显示出两大传统——"新文学"传统与"古典文学"传统（后者在近现代某种程度上泛化入"鸳鸯蝴蝶""侠义公案"传统之中）——的争持，与当下凝缩在"金庸"身上的再定位。而千禧年末的"金王之争"这一热点事件，看似由王朔挑起争端，但在传媒的推波助澜之下，日益成为一场"众人拾柴火焰高"的热闹，即便是"真"的批评，也在众声喧哗之下被湮没无形，千禧年来临之际的焦灼，其辐射面波及文化界、传媒界的每个个体。在此，金庸的研究与批评成为某种"表征"，值得进行深入研讨。

结语部分，对二十年间的金庸研究与批评做整体性的回望与总结，提炼出"有立场无作品""有立场少作品""无立场多作品"等数类常见的金庸相关批评，并加以评述，指出以下四个方面——回到文学文本，回到真正体贴作家心境与人生历程的"知人论世"，回到文本间性，回到真正基于金庸小说而发的诸多衍生作品，或许可以作为新的学术生长点，在二十一世纪进一步地深挖与开掘。

目 录
CONTENTS

绪　论

第一节　选题缘起

　　时至今日，于金庸逝世数年之后，经过诸多追忆文章的累累"追谥"，似是逐步以中国香港一隅的"历史武侠小说"之集大成者，在中国当代文学史上锚定了自家位置。故国文坛，"沧海人归"（朱彝尊语），委实不易。然而，这一"定位"，实是积淀了二十世纪八九十年代的诸多"接受"之层累，方才在漫长的历史河道之中，获得阶段性的确认。于作家本人而言，多少存有自我塑形以推动经典化的行止；于文本而言，则在历经了多次"听取意见"之后，反复地修改与"三个版本"的成型；而对批评家——这一"接受"成果真正的生产者——来说，多少存有与研究对象碰撞之下的自身学理诉求与附带的其他意欲。致力于拆解，抑或是向庸俗的题材"等级论"投诚；致力于运用，抑或是对西方的理论武器加以反拨；致力于勾勒，抑或是将古典的悠长神韵加以"召回"与灌注——经由诸多研究者的话语层叠，乃至在当代文学史中那些急于"造史"的反复指认，即便是与当下相隔不远的八九十年代（那文学及批评研究的生态异常芜杂，诸多异质性叙述纷至沓来，对当事人而言赫然如在眼前的"现场"），似乎也已然在纸张笔墨间，逐渐形成了一种概念化的表述，开始被众人潜移默化地接受下来。总之，金庸作为"武侠小说"的集大成者，在八九十年代经历的是一步步经典化的历程。换言之，他的文学史地位，在此期间，仿佛是在确凿无疑地层层攀高、线性推进。

这一岁月虽是时隔未远，可围绕金庸的那些丰盈的、交织的，间有鲜活生命气息流转的"论说"，历经二十载，却渐已逐步被后人的研究话语锁定为"推举"抑或"碍阻"的波澜，多少忽视了这些"波澜"自身是如何浪花泛起，又是如何扩散开去。八十年代的金庸批评相对而言数量极少，九十年代的接受与研究则层见叠出，不过，学界对于八九十年代整体的批评面目，却是以另一种评价声音显得较为主流：今日对八十年代的批评褒扬有加，对九十年代却鲜有论及。然而，正如杨扬在《论90年代文学批评（代序）》中所指出的那样，这些话语"是被一种既定的价值迷雾所遮蔽着的。人们只听到一片批评九十年代的声音，而很少从文学批评自身的增长角度，认真审视文学批评在九十年代这十年间的变化"①。如果暂且搁置用高高在上的批判视角，去度量与审视一切的雄心——无论是九十年代的人文精神的失落、市场洪流的裹挟、大众文化的兴起，还是追新逐异的炫技——转为更加平心静气地反观九十年代文学批评自身，便能发现，它也自有其鲜明的特性与历史意义，其分量未必逊色于八十年代，乃至于当下更加切身的流风遗迹。

在此，"金庸接受史"的梳理，因其"接受"时日尚短，与"批评"在极大程度上显出重合与统一，不妨纳入"九十年代文学批评"的框架之中，对这些批评文章自身的生产加以研究。在前人的各类成果中，于二十一世纪初便已较为完整地回顾并探讨了九十年代文学批评得失的著作（共三部）：陈思和、杨扬主编的《90年代批评文选》，贺桂梅的《批评的增长与危机》，蒋原伦的《九十年代批评》。其后，则渐有陈丽军等的博士论文《新变与困境：1990年代的文学批评研究》《批评的文化之路》《世纪之交的文学批评新潮》出现，做出更加系统的深入分析。其中，无论择取的是位于"现场"的批评文本、提纲挈领式地勾勒面目的序言，还是系统性地进行梳理研究的专著，几乎无一例外地指出：就九十年代批评的特征而言，最重要的就是它的"多元性"。尽管也有研究

---

① 杨扬：《论90年代文学批评（代序）》，载陈思和，杨扬《90年代批评文选》，上海：汉语大词典出版社，2001年，第1页。

述明，在看似多元的面目背后，潜伏的是整体向市场滑坡的学术泡沫化倾向，但这一"整体倾向"，是无边的文学洪流，如同春水遍地般没有归宿，而我们的文学批评，也根本无法再为这无边的文学洪流指定归宿①。批评那"炸弹与旗帜"的功能日渐式微，想要经由文学批评，来规定文艺思想乃至作品创作的大方向，力求振臂一呼，就能应者云集，闻者景从，只能是九十年代之前的事情了。

主潮的消逝，就意味着思维的松绑，大家能够各凭所好，择取喜爱的文学作品，诚实地发表自己的意见，百舸争流，百家争鸣，做到坦率地"奇文共欣赏，疑义相与析"。但身在学界的知识分子，却似有不少人不约而同地表露出某种"失声"的焦虑。在威权挤压与征用文学及相关活动的年代，批评作为意识形态的附庸，随着意识形态的至高无上，地位也一并水涨船高。高压与霸权在迫使知识分子悄无声息或须与主流共振的同时，即已变相承认了其"声"的可惧与有力；"新时期"的到来，批评作为文学意义转换与思维感性传递的中介，又从追思创伤记忆、寻求审美自律等多个维度，与八十年代的文学合力，造就了一场文化盛景。就某种程度而言，在这些看似"断裂"的岁月之中，也存在一以贯之的共性，即文学批评的声音被认为是宏大的，绝大多数听众是信从的。而步入九十年代，主潮的失落，意味着批评的失声——多声部的嗡鸣，总抵不过单一声部的齐唱，因此，在九十年代那日新月异的、以"后""新"来冠名的诸多批评浪潮中，在试图"激活分歧"和"向总体性开战"的背后，又在某些热点问题的探讨中，呈现出了批评主体试图借助文学批评这一"中介"来发声，将批评作为扩音器具，借此将自身的"洞见"向听众传布的总体性。

由此，对那些在九十年代围绕金庸展开的一系列批评——虽然它们看似在步入千禧年后，已然逐步偃旗息鼓——进行梳理，或许能够作为某种"案例"，间接地为九十年代的批评纷争造一镜像，折射内中纷纭。在此需要说明的是，既然九十年代的批评不存在主潮，那么此处对"金庸批评"的研究，也就绝不能以"展现了九十年代的文学批评主潮"视之。它只能作为呈现九十年代批评

---

① 蒋原伦：《九十年代批评》，天津：天津社会科学出版社，2000 年，第 23 页。

中"某个具有时代特色的部分"之备份，却不能指望由此而一览九十年代的批评全貌。

择取"金庸"展开论述，以此作为九十年代文学批评的"备份"，却又有其特殊意义。以往的《中国现代文学批评史新编》《中国现代文学批评史》等著作，借助批评流派，或以某一批评流派中的典型人物（如写实派、为人生、印象式……）为代表，来分门别类地进行论述，剖析这些"流派"是如何按照自家喜好，择取了一批文本，并以其撰写的批评中所呈现的"整体倾向"，来做区分和梳理。可这在面对九十年代层出不穷的、爆炸式产出的、随着刊物组稿此起彼伏不断涌动的诸多批评潮流时，就略微显得难以措手。在涌现的数十种以"新""后"来冠名的批评理论中，要逐一厘清并细究其实质，不仅工程浩大，也很难说清楚这些流派究竟只是花巧名目，还是确有本质上的不同。若不分开论述，这些批评理论自身早已提好了一个新的名号，标彰着自我的"特殊"与"拒斥附庸"；可若分开论述，它们似乎并无实质上的"区分"之必要。九十年代的批评家转弯太快，应对的问题又太多，各色批评观点、文章、派别、思潮纷至沓来，且因时间、地域、圈子的差异而各不相同，甚至"今日之我"与"昨日之我"可能截然两面，几乎难以通过某种一以贯之的"流派"模式进行论述，从而使其轮廓清晰显明。

因此，不妨转换视角，先将"金庸"这样一个"批评客体"固定下来，通过为增殖于其上的层层批评"编码"做"解码"工作，来观照九十年代的那些批评与接受的浪潮，是如何此起彼伏地层层涌动。在此，金庸的意义日益凸显，区分性日益加强。作为"集体"来关心的问题日益减少的九十年代，我们很少能够见到某个特定的作家作品，在这样一个"共时"的时间段内，被如此繁杂的、各个角度的批评理论话语层层锁定，即便通过同一角度来透析其人其作，也能将之导向判然有别的指涉。

金庸，在同一时段的不同批评家笔下，几乎呈现出了"一千个哈姆雷特"般的面貌，造就出了一场景观式的大型文学批评现场。他的作品既是中国现代文学极度稀缺的、富于瑰丽想象的积极浪漫主义的象征，又是一派胡言的、压根不着调的消极浪漫主义的典型，还可以是所谓写了典型人物的"现实主义"

的作品，更好地写出了真正的"真实"的"现实主义"。他既是"侠文化"的集大成者，又是"道文化"的承继者，还是"儒文化"在中国香港薪火相传的"道成肉身"。究其文学底蕴，他既能接续古典的传统章回小说，又能承继"五四"新文学的鲁迅、老舍，竟然还巧妙地呈现了西方骑士小说的中式"笔法"。他既是"封建余孽"的沉渣泛起，又是现代精神的绝佳体现，甚至还具备了后现代主义因素的"消解""狂欢"精神；既是民族主义、爱国主义，又是世界主义；既玩弄女性，位于男权中心，又尊重女性、尊重爱情；既典雅高贵，又通俗甚至庸俗……金庸以其作品的无所不包与点到为止，成为各色批评"发声"的绝妙中介，经由这一介质，足可传达各类文学理念，发布批评者自身的文化战略。

如果不去一味褒奖金庸，只将那些负面的声音，视作金庸在经典化进程中的阵阵"逆流"，而是更多地去以理解批评主体背后焦灼的问题意识与发声为目的，或许能够更好地理解当时所谓"金庸研究"的弦外之音。借此案例，或许可透析二十世纪八九十年代"批评"与"研究"的产出过程，通过选取具有代表性的学人作为"学案"，以勾勒学术历程和探索学术心态史的方式，来理解在某一部分的批评研究之中，"研究主体"所能够具备的高度能动性。如程光炜在《文学讲稿："八十年代"作为方法》中所述，此处致力于研究的是在文本出产背后的"文学地貌、建构方式，要重新打开被当时文学批评和共识已经锁定的一些东西。它是把那些不成为'问题'的东西，重新一个一个地变成'问题'"①。与其说是为各色批评文本在金庸研究史上做挪移与"再定位"，不如说是将之重新问题化，揭示批评自身——尤其是批评主体那些"纸背"之下所包含的，既在言中又在言外的多重意蕴。

为回观八九十年代——尤其是原先相较八十年代而言并不为人瞩目的九十年代中的文学批评与研究话语，此处试图将这段时期内地学界围绕"金庸"及其作品展开的各色言说作为"案例"进行剖析，来间接为时代的批评纷争造一镜像，首先，需要厘清并声明几个问题：

---

① 程光炜：《"八十年代"作为方法》，北京：北京大学出版社，2009 年，第 361 页。

其一，由于此处试图观照之物，乃为八九十年代，尤其侧重于九十年代的内地学界，各式各样的批评姿态、话语论说与意见表达，因此主要的论述对象为针对"金庸"持续发声，间或有重要论述的内地学者的学术历程与自家心境。自然，在研究的过程中，不能忽视海峡两岸暨港澳地区前所未有的高度连带关系；不能忽视金庸自身的访谈言说、社会活动乃至文本修改与学界的紧密互动与纠葛；更不能忽视由于金庸自有其"通俗"的独特性，以及在八九十年代，"学界"与"外界"的壁垒日益被拆解的时代性，以至于从文学批评到专业性极强的"论文"，均在所难免地与报刊上的"阜利通"形成或同声相应或针锋相对的密切纠合的势态。但这些因素，在本书只作为一种学界出产批评之时，作为"应激反应"之"激"的因子而间接涉及，所着力深入描摹与论述的对象，仍然为内地学界的那些专业人士，侧重于讨论他们出产的那些围绕金庸展开的"批评"，是在何种状态之下，基于何种原因，如何最终成功完成了"生产"这一行为，背后又有何种"说金庸，而不止于金庸"的意味深长的指向。

其二，根植于上述的问题，尽管我们常在时下呼吁学术自足，希望批评与研究能够是专业的、理性的学术出产，但如果无视八九十年代它们与那些文本的外在之物的高度缠绕，一味将之摆置在"金学研究"的孤立脉络之中，认为是那些对金庸的文学价值富有洞察的学者，在一步步针对金庸的文学作品进行专业层面的学理探讨，致力于推动金庸研究的层层深入，这不过就是一种难见实貌的虚诞之语。有关金庸研究的进程，随时间迁移而逐步推进，这或许是客观上的"实存"，但如果在对金庸接受史做研究时，径直指认那些八九十年代的"批评"，是在"深入金庸文本""做出理性剖析"，就难免显得与历史现场隔了数层。

以往，很少有研究者愿意去进一步探索"说金庸"背后的意蕴。仅以金庸研究文章数目极少的 1979—1989 年间为例：1979 年，在第四次文代会上，"金学"被首次口头提出①，在这种文代会的氛围之下，提出"金学"意味着什么？

①　虽未有一手文献支撑，提及相关内容的文献为丁进发表于 1997 年的《通俗文学评论》，但根据第四次文代会等史料营造出的整体氛围来看，确有可能为参会者的耳食之言，从而辗转相传。

为什么在 1985 年，首篇研究金庸的论文能够得以发表？同样在 1985 年，行至岁尾，姚雪垠的《论当前的通俗文学》，其对时下的通俗文学热表达了高度非议。时隔半年有余，冯其庸的《谈金庸》则直截了当地表达了与只将通俗文学视作"沉渣泛起"的截然不同的意见。1986 年岁尾，姚雪垠与刘再复的论争文章《创作实践和创作理论——与刘再复同志商榷》发表在《红旗》一刊上。1988 年，《书林》第 2 期刊载了章培恒的《金庸武侠小说与姚雪垠的〈李自成〉》一文，将以金庸为代表的通俗小说，与曾得过茅盾文学奖，换言之被主流文学所肯定的《李自成》对比，大胆地提出相较"现实主义"的《李自成》而言，金庸创作的人物更加"写真实"，暗中回应了姚雪垠与刘再复的论争①。1989 年，该篇论文被《新华书摘》第 2 期转载……

如若将这些文本重新摆置回"发表"当下的生态群落，便能发现，在这些看似不过平铺直叙的年代、刊物、人名背后所蕴含的，实则是比单纯的"研究金庸"要更加丰富的意指。内中涉及文学观点上的理论辩难与蛮触相争，如此种种，而丁玲、牛汉、姚雪垠、刘再复、冯其庸、章培恒……这些人物背后，又有无尽的文学史上的"历史遗留"和暗流涌动，尽管本书对这一阶段的金庸批评不进行深入处理，但仍值得提出并引起深思——如果研究者将视野仅局限在"金庸研究"的范畴之内，限于单摆浮搁地去把它们看为"讨论金庸的论文"，就根本无法理解在这些文学批评的"写作"以及"发表"的行为背后，有着怎样的言外之意和焦灼情怀。这与其说是"金庸研究"，不如说是金庸作为一个符号被层层透析，经由不同的批评主体，在谈说不同的问题时，将之领向应对"现实主义""功能性""三突出""高大全"等各处长期横亘的理论论断的不同指涉。

第二节　前人研究成果及综述

令人略觉遗憾的是，以往针对"金庸研究之研究"展开讨论的文献，虽是

---

① 章培恒：《金庸武侠小说与姚雪垠的〈李自成〉》，《书林》，1988 年第 2 期。

洋洋洒洒共计六十有余，但能够在论述接受史的过程之中真正关注批评主体，意识到并谈论"金庸"作为批评者借以发声的"表征"的文章并不多。就目力所及，仅有李云在《迈向"经典"的途径——"金庸小说热"在大陆（1976—1999）》① 内，因剖析了诸多文艺政策等外源性的史料，从而提出了金庸作为被借重的"符号"来论说的观点，显示出某种纵深的眼光。但似限于篇幅，尽管"金庸热"在 1994 年、1998 年经历了二度膨胀，但作者似对前期八十年代的相关论述更加不吝笔墨，对九十年代末反而未做深入展开。总体观之，在"体察批评文本自身"这一方面，值得借鉴的前人研究，就显得略微欠缺。

　　不过，自二十一世纪以来，有关"金庸研究之研究"，依托基金项目与重庆、浙江二处研究重镇，已正在逐步蓬勃开展②。在理念、史料、框架这三个方面，均有几篇研究成果值得一提，1997 年，丁进发表于《通俗文学评论》第1 期的《金学的四个相关学科》，为"金庸研究之研究"的开山之作，虽略显粗疏，但功绩有二：其一，对金庸研究首次进行了以"问题"为归类依据的简单梳理；其二，文中所提的"四个相关学科"分别涉及围绕金庸展开的四个重大"言说"议题，即"地域政治""五四精神""雅俗之争""经典地位"（在丁进原文中，用"红学"这一迄今视之难以动摇的经典著作，来与"金学"参差对映，形成某种"重大意义"的文化坐标轴），确有开山之功③。

　　除此之外，在探讨批评理念时可供借鉴者，还有徐岱的《批评的理念与姿态——也以金庸写作为例》，徐岱自九十年代起，便以巴赫金的"狂欢"、赫尔津哈"游戏的人"等理论介入了金庸研究现场，该篇论文与其说是一种历史性

---

① 李云：《迈向"经典"的途径——"金庸小说热"在大陆（1976—1999）》，《海南师范大学学报（社会科学版）》，2008 年第 3 期。

② 《嘉兴学院学报》这一刊物，所在地嘉兴乃为金庸的故乡，且受过其捐助与扶持。西南大学寇鹏程与西南大学韩云波二位老师均致力于金庸相关的研究，韩云波老师为教育部项目"后金庸武侠小说与武侠文化现象研究"负责人。无论重庆、浙江，展开的研究均有极为明显的"捧金庸"的价值取向，甚至在推动金庸研究的深入、肯定金庸的成就、确立金庸的经典地位三个方面，呈现出一种"索稿式"的焦灼。尽管寇鹏程曾著文表达自己认为金庸第三次修改是"勉强"的、"减损了作品的艺术性"，但观照其指导的硕士毕业论文等，对待金庸及其创作整体而言仍有明显"正面肯定"的色彩。

③ 丁进：《金学的四个相关学科》，《通俗文学评论》，1997 年第 1 期。

的"金庸研究"之梳理，不如说是一场即时的、维护自身观点的辩论，其中提出的不要将"批评"变成"审判"等有关金庸的研究理念，在当下仍具借鉴意义①。2003年，邓全明发表于《华文文学》第6期的《通向民间的路——论金庸小说创作和金庸研究》，虽在论述的细节上稍有舛误，但将那些围绕金庸展开的论说，落足于"知识分子的心灵巨变"来讨论，在某种程度上跃出了"就金学谈金学"的孤立、单一的格局，其视野可供借鉴。此外，将陈思和的"民间写作""民间意识"纳入这一论述框架中，也颇显新意②。另有高玉的《中国现代文学史"审美中心主义"批判——以金庸武侠小说为例》，也显得别具一格，尽管高玉认为袁良骏、钱理群等学者均是在以"审美"为尺度衡量金庸的武侠小说，这一观点似有值得商榷之处，但在"政治""审美"等维度之外，高玉提出在评价作品时，希望也能给"身体"一席之地，较有新意与洞见③。

除开这三篇期刊论文质量较高外，邓集田在《异元批评和过度阐释——金庸小说研究与批评中的两种常见现象》④ 中，借鉴严家炎先生之论，谈说的两类批评现象均切中要点，但对于背后的成因而言，仅将其笼统概括为"新文学本位"，似简化了其中的复杂性，以及"新文学本位"这一"新文学的特点"其自身涵纳的诸多异质性。而张鸣豪的《从〈天龙八部〉的时空舛误看金庸小说批评素质问题》一文，在写作过程中通过对《天龙八部》进行文本细读的方式来论述，这一"文本细读"的深入，显得颇为可取。文章主要与倪匡等人的金庸批评实践进行了对话。但武侠小说是一种充分挥洒想象力的类型文本，张鸣豪过分观照在前后架构中的时间对应、人物年岁等现实层面的细节问题，或许略显胶柱鼓瑟，不过文末提出的批评应该首先"从文本内部出发，而非从文

---

① 徐岱：《批评的理念与姿态——也以金庸写作为例》，《文艺争鸣》，2000年第2期。
② 邓全明：《通向民间的路——论金庸小说创作和金庸研究》，《华文文学》，2003年第6期。
③ 高玉：《中国现代文学史"审美中心主义"批判——以金庸武侠小说为例》，《社会科学战线》，2005年第3期。
④ 邓集田：《异元批评和过度阐释——金庸小说研究与批评中的两种常见现象》，《淮南师范学院学报》，2005年第6期。

本造成的效果出发"，仍颇具借鉴①。

　　而在史料收集上，丁进的《中国大陆金庸研究述评（1985—2003）》一文，罗列了较多的一手史料，其费心搜罗之功实不可没，可做深入研究的文献目录索引，然惜略有舛误，且文中述少评多②。刘树娟的硕士论文《20世纪80年代中国大陆对金庸小说的接受研究》一文，虽然所涉接受主体横跨民间大众、中间阶层、专业研究三个领域，并非针对更为专业的文学批评与研究界，在时间上不涉及九十年代，且以表格形式整理出了全部的八十年代探讨"金庸"及相关问题的论文，体例完备，不惮劬勤，同样甚可感念③。

　　不仅在资料搜罗方面，在框架设定方面也有参照者，还有数篇硕士毕业论文值得一提：在中国香港岭南大学就读的陈硕，其《经典制造——金庸研究的文化政治》已在内地发表出版，文中颇多亮点，但因陈硕身在中国香港求学，相对来说港台地区的资料较为丰富，而对内地的材料掌握得不够充分，不过仍然保全了不少历史现场，尤其是中国香港、中国台湾地区的一手资料，令人对地缘政治的影响有了更加深入、直感的体会④。而何开丽在2005年完成的《中国大陆金庸小说研究论》，不但对"金学"提法的来源做了较为详尽的考查，并查找了《通俗文学评论》《读书》等刊物，将一手资料搜罗得颇为齐全，设立了学界"金庸"接受史的初步分期。虽在论述的过程中似对政策气候、刊物倾向及研究者主体的问题意识较为漠视，其论述侧重于"金学"研究的逐步推进，层层开拓，而非评析围绕其展开的各色"批评"的各色指向，但仍较具有参考价值⑤。此外，何菲的硕士毕业论文《金庸小说接受史研究》，无论是资料还是论述皆较为完备，尤其是第三章格外值得参看，不过仅罗列各个研究者的主要观点，在论述上少有推进和挖掘背后的深层原因，与何菲着眼于围绕金庸的

①　张鸣豪：《从〈天龙八部〉的时空舛误看金庸小说批评素质问题》，《科教导刊》，2014年第8期。
②　丁进：《中国大陆金庸研究述评（1985—2003）》，《江西社会科学》，2004年第5期。
③　刘树娟：《20世纪80年代中国大陆对金庸小说的接受研究》，重庆：西南大学，2013年。
④　陈硕：《经典制造——金庸研究的文化政治》，桂林：广西师范大学出版社，2004年。
⑤　何开丽：《中国大陆金庸小说研究论》，重庆：西南师范大学，2005年。

"接受史"而非围绕其展开的"批评状况"有关①。而赵超的硕士论文由于定题作《金庸小说经典化研究》，基本确立了"金庸属于经典"的论断，虽较翔实，但为确立这一"经典化"的线性递进过程，与作为"经典"结局的难以动摇，对诸多批评文章——尤其批判金庸的文章——自身的体认，就略显吝惜笔墨②。

总体而言，前人研究多在"金庸接受史"的层面展开，以"有关金庸的研究随时间推移逐步推进"的思维为导向，其着眼处，并不在于这些围绕金庸的"批评文章"自身出产的来龙去脉，如此视角的"研究之研究"，固然可备一说，但难免对这些"批评文章"内中包蕴的意义与所指，缺乏足够的体认，也就无法做出更加接近文本意义真相的剖析，无法给予他们在"金庸研究史"上更为准确的定位。将那些把金庸指认作"诙谐""游戏""现代性"的批评文章，简单视作"深入文本内部，客观理性研究"，就难免显得失之毫厘，谬以千里。

第三节　研究视角与方法

在尽可能地阐明前人的贡献，了解可供进一步深入开拓的研究空间后，在此最需着重之处，便为"转换视角"。相较于一概将二十世纪八九十年代的批评文章视之为学理探讨的"金庸接受史"上的成果，并对之进行功过裁定，此处试图更多地去观照那些研究与批评的主体，是出于何种原因，以致生产出了这些针对金庸的"批评"，又在他们所着意生存与活动的学界与文化圈，产生了怎样的效应。毕竟，作为一种即时的应对，除开确实是在围绕着"研究对象"展开以外，文学批评自身出产的主体性、策略性与在地性绝不应该被忽视，甚至可以说在以金庸为中心展开的讨论中，二十世纪八九十年代的相关"批评"，几乎全都以某种批评主体借之应对当下"问题"的面目出现，如果忽视了这一点，

---

① 何菲：《金庸小说接受史研究》，成都：四川大学，2007 年。
② 赵超：《金庸小说经典化研究》，成都：四川师范大学，2009 年。

就根本无法真切领会他们的言中深意。

由此，本文最为重要的研究方法，其一，返回历史现场。尽管诸多新历史主义的学者告诫我们，"一切的历史都是叙事"，一切试图"重返""还原"历史的举动，都不过是无限靠近，永远无法完全抵达。但在此处，将仍然试图做出一种"尽可能复原"的靠近之努力，通过查找自 1979 年始的《人民日报》《文艺报》《文汇报》等一手报刊资料，了解当时的政策动态与文艺倾向，由此将诸多研究批评的文本，摆置回那些"当下"出产的文本生态群落，借此观照他们此起彼伏的针锋相对、新意旁出乃至同声相应。需要说明的是，即便本文侧重于描摹围绕金庸在二十世纪九十年代的批评生态，也仍须将这一起点追溯到八十年代——因在此时，实已奠定了九十年代围绕金庸展开批评的整体基调——从而更好地体现八十年代到九十年代之间，其中的相关批评在历史上的接续性。如此一来，或能给予那些文本更多"同情之理解"，也更好地了解其中深理的动因。试举例言之，如果能领会姚雪垠与刘再复之争论，一方试图匡正学风，并为守护一以贯之的信念而努力；另一方试图为文学松绑，张扬"文学自律"的急切诉求，或许会被这全然意见相反、数度相争不下的双方尽皆感动。由此再观照章培恒在《金庸武侠小说与姚雪垠的〈李自成〉》一文中所言，或能更好地理解，论者未必就是真的在颂扬金庸写出了"真实"，而是借此反对以往的主流作家因了"写真实"之名，即便心中诚挚地确信自己在行"写真实"之举，写出来的却仍是一个"不真实"。如此也能更好地从另一个历史角度，来领会刘再复为何在 1998 年致力于推动"金庸研讨会"的召开，邀请数位乃至于数十位同仁前去美国参会，并进行研讨。

其二，文本细读。如果我们仍然认为"文学批评"应该根植于"文学作品"，那么，就仍有必要细读金庸的文学作品。考虑到本文致力于研讨的问题，侧重于批评主体围绕金庸的批评产出，因此，笔者细读金庸"文本"后的成果，将时时渗透于和已有的批评成果的对话之中。唯有对金庸的文学作品有了通盘的熟稔与感知，才能够领会批评家们在多大程度上偏离了金庸的作品本身，向自身的理论构架进行了多大程度的扭转。由此，才能对其中的"间距"有恰如其分的把握，并进行剖析与论述。有关金庸的"批评"，内中更为独特之处在于，金庸的作品历经了二度大幅度的修改。有别于七十年代的"封笔"与修订，始于 1999 年的第二次"修改旧作"的行为，是金庸以直接修改以往创作的文本方式，来对学界的各位评论者，与召开的数个研讨会做出回应。因此，其中的"文本细读"，就更加需要注意：批评主体在写批评文章时，针对的是金庸作品的哪个版本？自然，绝大多数都是依据其在七十年代第一次大规模修改后，以文集形式发行的三联版，但也不排除所见为修改前的刊行本（即报刊上首度连载的版本），乃至地摊上的，根本并非金庸本人，而是"金庸新"等冒名者所写的"李鬼"文本；而金庸在二度修改旧作时，其中哪几处体现了对批评家的意见吸纳，又在后记中以作者自述的方式，为应对批评而将本文意义进行了迎合抑或抗拒？金庸身为原作作者，为了应对外界尤其是学界在研讨会上的诸多批评，有如此大面积地"修改旧作"的行为，即便放眼数千年的文学长廊，仍实属罕见。正因金庸作为创作者这一"修改文本"的特殊性，在文本细读这一层面，版本的比对便显得格外重要。

其三，知人论世。相较"重返历史现场"的宏阔体察，"知人论世"则更看重对批评主体的隐秘心理状态进行剖析与探求。如若能够深入其人的心理机制，或能发现，对这些批评主体而言，内中大部分人，"金庸"与其说是一个长期浸淫的研究对象，倒不如说是一次激发意见的绝妙契机。那些属于批评主体的一以贯之的问题意识、学术会议的召集、人事纠葛的互动乃至人情往来、各色刊物的约稿与其中倾向……治学理念、学术背景、人情、权力、利益，如此种种，一经心头掂量，均能在有意无意间，影响他们产出文章的表述。由于涉及数十位批评主体，要将内中纠葛一一厘定，难免力不从心，但通览具有代表性学人的代表性研究著作，并对他们在创作有关"金庸"的研究文章时，其内心深处的焦灼忧虑、学术交往与人际应对有所了解，不仅是可能的，也是必要的。除此之外，还将参考《人文精神寻思录》《批评空间的开创》《批评的向度》《隐形书写：90 年代中国文化》等涉及八九十年代文化、文学、批评状况概述的文本，争取能够对那个年代的文化语境，即文化群体的心理语境有一个整体性的认知，从而更好地对这些涉及金庸的"批评"进行理解与定位。

其四，理论介入。涉及文学批评的理论探讨的文章，已然车载斗量，此处试图借助弗莱《批评的剖析》、别林斯基《关于批评的讲话》等理论著作，开拓自身的视野和思维，为向纵深处"评述"那些围绕金庸展开的批评做出努力。此外，试图研读钱钟书、李健吾、奥尔巴赫、巴赫金等大家的经典批评文本，借由对一流的批评的感性认知，来更好地理解九十年代这些批评的特殊性，并在了解了当前批评的历史（九十年代）之后，与优质批评相比对，先对批评有理论层面的宏观体察，再尝试进一步探讨今日的文学批评，或许是值得向之靠拢的尺度。

上述四类研究方法都并无多少新意，但仍期望在整体性的视角转换之下，能够对那些围绕金庸展开的批评如何"生成"，做出更为深入细致的论述。并借此作为二十世纪八九十年代——尤其是九十年代出产的文学批评的一个备份，借之展现当时理论爆炸的、对文本层层植入的、景观式的文学批评之一隅，以资当下批评借鉴。

第一章　1979—1989：应时而动的单篇批评

二十世纪八十年代，特别是其后半程，常被视为文学与批评的"黄金时期"。伤痕文学、寻根文学、先锋文学等诸多文学形成的创作与批评浪潮，层见叠出，风起云涌。相较而言，"金庸"及围绕其人其作所展开的接受，虽在民间长久风靡，风头一时无两，但在此期间，却并非大陆（内地）学界所关心的主要问题。甚至可以说，在这十年之内，"金庸"对于学人而言，不过是如同"边角料"般不太起眼的东西，学界的那些"方法热""观念年"，在这一阶段几乎与之无涉。对它的处理，与其说是在沉潜地进入文本之后，因遥自相契，有所会心，以至于从金庸的诸多"文本"内部自然生发，不如说是由于被外界的诸种他因"倒逼"，从而生成了一批在某种意义上说，或是以学理研究的"论文"为表象，或是以观点争鸣的"杂文"为实质的产物。

有意味的是，虽然在书写批评时的"不深入文本"，历来被视作并非批评正统的"野狐禅"，故为诸多视文学批评为神圣之事的批评家们所不取，但正因在这一阶段有关金庸的多数批评之中，金庸所写的"文本"本身在批评家眼中无足轻重，使得"金庸"之整体，基本只作为"问题之表征"的面目而得以呈现，却反而可透过学界围绕"金庸"所进行的那些讨论，观照几位有分量的大陆（内地）学人，借此呈现出的与当时诸种内外因素呼应的"隐秘关切"。纵览这一时期的相关批评文章，较之金庸作品合集的洋洋大观三十六本而言，在这十年之内的相关"评说"，却均以零零星星的孤篇形式发表，且无论在结构、语言、内容、思想各处，基本皆为浅尝辄止，唯一的一本论说合集《金庸百家谈》①，也不过止于收录了金庸本人的诸多港台好友之印象批评，与其将其视作学术论断，倒不如将其视为知情人的一手文献进行参考，似乎来得更为妥帖。

除开这一略显名不副实的"论集"之外，若钩沉出这十年之中内地围绕金庸展开批评的十数篇文本②，会发现其中有几篇重要的、被反复提及的金庸批评文献或有关"金学"的口头表述，即为 1979 年郑朝宗口头提出的"金学"③；1986 年发表的冯其庸的《谈金庸》；于 1988 年章培恒写下并刊载于《书林》④，1989 年被《新华文摘》所转载的《金庸武侠小说与姚雪垠的〈李自成〉》。不妨就以上述文本及相关语境作为个案，来辨析这一时期零星微澜的"金庸批评"。在此，或可做某种视角转换的处理，即减弱"金庸接受史"这一脉络的纵向连续，更多地关注批评主体的身处场域与历来心迹，从而更好地深入这些"批评文本"本身的内在肌理。由此便能发现，若能暂且搁置"金庸研究的线性推进"这一思路，便能读出批评文本字里行间那各自浓墨重彩的"独特性"，以及另外一层的"整体性"。

第一，八十年代的上述批评主体，几乎无一例外地有着对文艺政策与时局变幻的高度敏感。无论是采用曲径通幽的方式还是单刀直入的方式来论说，无论对政策方针和文艺风向是喜闻乐见还是极力抗拒，整体的外在"气候"，总是一个横亘于心的庞然大物，这使得批评主体在写作批评时无法对之不加理会。在看似写金庸的"论文"背后，几乎均能读出的，是批评家作为即时心印的

---

① 三毛等：《金庸百家谈》，沈阳：春风文艺出版社，1987 年。此处所论，乃为大陆（内地）的金庸研究与批评，在中国香港、中国台湾，有关金庸武侠小说的研究成果在此时期明显丰硕许多，如中国台湾远流出版社几乎与《金庸作品集》的修订版同步，且组稿推出《金学研究丛书》。

② 有关材料，主要参考的前人研究成果如下：丁进：《中国大陆金庸研究目录》，《文教资料》，2000 年第 6 期。刘树娟：《20 世纪 80 年代中国大陆对金庸小说的接受研究》，重庆：西南大学，2013 年。王先霈、於可训：《80 年代中国通俗文学》，武汉：湖北教育出版社，1995 年，文后相关通俗文学批评文章的目录索引，同样提供了不少可供参看的背景材料。

③ 丁进：《金学的四个相关学科》，《通俗文学评论》，1997 年第 1 期。

④ 章培恒：《金庸武侠小说与姚雪垠的〈李自成〉》，《书林》，1988 年第 11 期。

"随笔体"的气质，甚至于在争鸣"问题"时骨鲠在喉、不吐不快的"杂文体"的战斗风味。因此，批评中的某种"火药味"，虽然随着批评主体的风格不同，从而显得或浓或浅，但观点的针锋相对和对以往"律令式"的先在论断之意图反击，却是实实在在、挥之不去的。它们在今日——写下批评文本之时——激起了这些批评主体的深重情感与切肤记忆，成为一场借助金庸加以阐发，从而得以成为文本实体的"不平则鸣"。因此，所谓"金庸批评"，便决不可止于单摆浮搁地解读某一"读金"的文本，而须牵丝扳藤，领会其后言诠。

第二，在八十年代，有三位被后人视为金庸批评史中的重要人物，在迄今为止的研究中一而再，再而三地被提及，并与他们背后的年月深刻地绑定在了一起，他们分别是：郑朝宗、冯其庸、章培恒。统而观之，三位先生，实则均非现当代文学的相关"专业人士"，反而更偏向于钻研古典文学（且不提享有盛名的冯其庸之"红学"，及章培恒的一贯长于古籍考证。就现存资料来看，即便郑朝宗虽于四十年代著文时多做西洋小说研究，并于1949年后教授西洋文学史，但自三四十年代始即与钱钟书保持良好关系，又自八十年代后，多携门生研究《谈艺录》及《管锥编》，也仍显出某种与中国古典文学的血脉相连与性情所好）。在后人的追认之中，早期实由他们推动了"以传统章回小说笔法"为着眼点的"金庸研究"，若对这一巧合略做灵犀心印，令人颇感一切研究在其开端之时，自有批评主体潜藏的审美趣味作引，即无论"政策"如何龙盘虎踞，批评生发的原初，还是由批评主体长期浸润其中的文学形式所形成的审美偏好做主导。批评主体究竟该如何"正视己心"，甚至于即便并不刻意去"正视己心"，但仍自有己心牵引，在此似乎也可稍加关注。

第一节　郑朝宗与第四次文代会："金学"发轫考

所谓"金学"的首次提出，即金庸批评在大陆的开端，具体情况究竟如何？在1997年丁进所作《金学的四个相关学科》中，这样指认道：在大陆，乃由郑朝宗先生开大陆"金学"之先，由他首次在1979年的第四次文代会上口头提出了这一命题①。何开丽在其硕士毕业论文中，寻找了多种郑朝宗留下的文字资料，并未发现相关记载，因此，在她看来，丁进所说当为不确②。韩云波先生在其《金庸小说研究史》中，同样指出郑朝宗是"钱学"的倡导者，此言当为丁进误传。

　　不过，丁进既言明了这一命题是"口头提出"，那只寻找文字资料，自然难以觅得以文字为载体而获留存的实证，毕竟既是口中偶提，那话语便时常随风而逝，不比文字寿于金石。其实，这一丁进的"不确"之论，或可进一步细究，究竟"不确"到了何种地步？其中又有哪些成分，可以说是"确"的？查考有关第四次文代会的资料及郑朝宗先生的全部现存文集③，或能初步推测出如下三个结论：在1979年的第四次文代会上，应该确有参会者于口头上提出"金学"，至少已提出了"金庸研究"，毕竟，第四次文代会场上场外的氛围，是在自上而下地召唤着研究金庸的"金学"之提出；不过，"金学"的提出者或许并非郑朝宗先生，1979年前后，郑朝宗在参加第四次文代会之外，正在大力推动"钱学"——即钱钟书之学——发轫，却被张冠李戴，误指认作"金学"起源。但若说由郑朝宗或其友朋门生（尤其同处福建的文坛人士），在第四次文代会期间的会上会下口头提出"金学"，也不无可能，从郑朝宗的文学趣味看来，其人对金庸的武侠小说，至少并不排斥，且身在厦门大学，福建与台湾地缘相近，听闻并道出"金学"二字或也顺理成章。丁进所说的"郑朝宗提出'金学'"这一论断，大概因其未能亲身与会，止为口口相传，辗转而得，因之是稍有错讹的耳食之言。在此，不妨重返并描绘第四次文代会的整体氛围及其与金庸相关的部分，再与郑朝宗的个人性情与文学取向相参照，分作"整体"与"个体"的不同线索，从而进行论述。

---

① 丁进：《金学的四个相关学科》，《通俗文学评论》，1997年第1期。

② 何开丽：《中国大陆金庸小说研究论》，重庆：西南师范大学，2005年。

③ 就笔者目力所及，所翻阅查找的郑朝宗著作及版本如下：郑朝宗：《护花小集》，福建：福州人民出版社，1983年。郑朝宗：《〈管锥编〉研究论文集》，福州：福建人民出版社，1984年。郑朝宗：《梦痕录》，香港：三联书店，1986年。郑朝宗：《海夫文存》，厦门：厦门大学出版社，1994年。郑朝宗：《海滨感旧集》，厦门：厦门大学出版社，2014年。郑朝宗，郑松锟：《西洋文学史》，厦门：厦门大学出版社，1993年。

　　武侠小说在七十年代的内地，只被视作"封建残余的沉渣泛起""又粗又长的文艺黑线"，又因金庸其人身在中国香港，原本他的武侠小说，乃至整个中国香港的文学活动，在此期间，都被放逐于正统的内地文学史外，销声匿迹，不配得到只言片语的提及。与此时大陆的"雅雀无言"相对应，有关金庸的武侠小说，台湾也同样经历了从"严禁"到"解禁"的过程。直至1979年9月，台湾远景出版社的沈登恩先生方才得到"上峰"的一纸公文，言"金庸的小说尚未发现不妥之处"，同意远景出版社在台湾出版金庸的小说①。恰逢此年10月30日至11月16日，第四次文代会在北京召开，福建等东南地域的文人学士，与台湾不过一衣带水，只需对对岸的新闻讯息稍加关切，总有一二消息较为灵通的人士，出于机缘巧合，对于台湾有关金庸的"解禁"及相关台湾学者执笔的金庸评介文章能够有所听闻，进而在第四次文代会期间于北京参加会议、会晤友人等时道出。

　　1978年12月，党的十一届三中全会召开，倡议"解放思想""实事求是"，停用"以阶级斗争为纲"的口号。这一会议之于文艺界的重要性，已为人所共知，承接其后的1979年第四次文代会，相较以往而言，呈现出的是拨开云雾，重见天日，令文艺界众人颇感疾风骤雨的年代已然结束的"解放"态势。在这次文代会上，作为文联报告人的阳翰笙直接在发言中表示：

　　　　茅盾副主席给林默涵同志写了一封信，说希望第四次文代会能开成一个大团结的会，开成一个大家心情舒畅、真正百家争鸣的会；开成一个向二十一世纪跃进的大会。②

　　在第四次文代会上，周扬也做报告道：

---

① 钟兆云：《卖花人去路犹香——遥祭沈登恩先生》，《博览群书》，2005年第1期。
② 阳翰笙：《中国文联会务工作报告——在中国文学艺术工作者第四次代表大会上的报告》，载中国文学艺术界联合会《中国文学艺术工作者第四次代表大会文集》，成都：四川人民出版社，1980年，第66页。

但是现在的情况不是思想解放过了头，而是思想解放还不够，束缚思想解放的阻力还很大，思想僵化或半僵化的，还大有人在。对人们的思想解放，只能促进，不能促退，只能加以正确引导，而不能加以压制。①

到了 1979 年 11 月 16 日，夏衍的《闭幕词》仍然称，"在文艺界，思想解放不是过了头，而是只露了一点头，离真正的思想解放和文艺民主还有一段距离"②。1979 年 11 月 17 日，《人民日报》发表社论《迎接社会主义文艺复兴的新时期——热烈祝贺中国文学艺术工作者第四次代表大会胜利闭幕》，再次对"放"进行了强调，内中道："我们一定要坚持'放'的方针，充分发扬文艺民主。"③

此地海峡两岸暨港澳地区文艺界人士济济一堂，徐庆全在进行相关研究时，曾这样感慨道："在中国，'名单学'是一门很高深的'学问'，一切政治动向，都能从组'名单学'上得到解释。"通览第四次文代会代表名单，与会人士洋洋数千，郑朝宗、钱钟书等人尽皆参会，而首次撰文指明"郑朝宗 1979 年在会上口头提出'金学'"的丁进，却并未名列其中，即未能直接与会，亲耳听闻"金学"的提出④。不过，在这样的会议上有人——甚至不止一人提及"金学"二字，并为旁人听闻传开，后由丁进辗转闻之，倒也不无可能，除开这次文代会的"解放"使人敢于提出外，另有一层历来较少为人所瞩目的文代会的"海峡两岸暨港澳地区"之团结，与"现代化"之需索，正在从上至下地给予"金学"的提出以呼唤，做着整体氛围上水到渠成式的铺垫。

第四次文代会除了对"文化大革命"的拨乱反正，令诸多被打倒，被流放，

---

① 周扬：《继往开来，繁荣社会主义新时期的文艺——在中国文学艺术工作者第四次代表大会上的报告》，载中国文学艺术界联合会《中国文学艺术工作者第四次代表大会文集》，成都：四川人民出版社，1980 年，第 42 页。

② 夏衍：《闭幕词》，载中国文学艺术界联合会《中国文学艺术工作者第四次代表大会文集》，成都：四川人民出版社，1980 年，第 110 页。

③ 《迎接社会主义文艺复兴的新时期——热烈祝贺中国文学艺术工作者第四次代表大会胜利闭幕》，《人民日报》，1979 年 11 月 17 日。

④ 《中国文学艺术工作者第四次代表大会代表名单》，载中国文学艺术界联合会《中国文学艺术工作者第四次代表大会文集》，成都：四川人民出版社，1980 年。

受尽苦难的文坛耆宿重返中心以外，历来较少为人所重视的是，第四次文代会在海峡两岸暨港澳地区文学版图之"团结"上，也有着精心的谋划与努力。港澳台地区文学，在第四次文代会的会场上数次得到了提及、强调，并写入了它的章程之中。这使得言说"金学"，除开发此声者，或有己身历来的关切之外，也很可能是一种被官方在会议上一提再提之后的"激发"产出。

其中，在港澳方面，何达在题为《香港文艺活动的国际性》中述：

> （香港）还有许多文艺性的书刊和各种文艺团体。香港的报纸都有篇幅很大的文艺性的副刊，刊登大量的连载小说与散文、杂文等文艺作品。……五四运动以后的现实主义文学艺术在香港可以说是根深蒂固。……在一九四八年前后，香港曾出现了文艺界的大繁荣。许多文艺界的前辈如茅盾、夏衍等都在香港辛勤工作，播下了大量的文艺种子，几十年来，在香港以及南洋一带文艺爱好者中产生了巨大而良好的影响。①

在中国作家协会的章程中，又进一步写明了："中国作家协会广泛团结一切新老作家，包括台湾省作家、港澳作家和海外华侨作家，不断扩大和加强文学界的爱国的、革命的统一战线。"② 有关港澳的文艺出版与介绍工作，与内地坚持的"社会主义方针"之纯粹相较，便存在截然不同的工作重心。被尊称为"廖公"的廖承志，为祖国的和平统一大业与外交事业做出了卓著贡献，他素来关心中国香港的文娱产业及出版工作，与夏梦、廖一原等人皆私交甚好。在他的现存文集之中，1964 年 8 月写就的《关于香港的电影工作》，指明了他与内地一意"消灭走资派"迥然相异的取向：

---

① 何达：《香港文艺活动的国际性》，载中国文学艺术界联合会研究资料部《开辟社会主义文艺繁荣的新时期》，成都：四川人民出版社，1980 年，第 571 页。加点字部分为笔者所加。

② 《中国作家协会章程》，载中国文学艺术界联合会研究资料部《开辟社会主义文艺繁荣的新时期》，成都：四川人民出版社，1980 年，第 386 页。

我们主要的敌人是谁？斗争的矛头向着谁？向着帝国主义、殖民主义。我们团结谁？团结百分之九十以上的人民，工人农民、小资产阶级，甚至包括一部分资产阶级。①

1967 年 12 月 13 日发表的《努力搞好港澳地区的出版工作》中，又道：

在港澳搞出版工作，必须与内地的宣传方针有所区别，不是执行社会主义的宣传方针，而是执行爱国主义的宣传方针。港澳出版工作，要为扩大爱国统一战线和国际反霸统一战线服务。②

在这一团结的战线之中，"港澳"既有如许地位，那么，金庸及《明报》（这一由金庸掌控运营的报刊，于副刊上常连载其人所作的武侠小说）、《明报月刊》（这一定位作知识分子交流的刊物，历来在更具文化深度的层面对内地的动向有所关切）的被论及，顺带"金学"的被提及，就更显示出了某种顺理成章、呼之欲出的可能性。1979 年，香港一方与金庸交好的老友罗孚、令金庸为之倾倒的女士——曾在长城电影公司合作过的女明星夏梦、长期从事影视工作的廖一原等人，均在京参加第四次文代会，同年，领导人廖承志建议廖一原拍摄武侠片《少林寺》，随后取得巨大成功③，这一"灵机一动"，据说是受到了金庸武侠小说的启发，在铁竹伟的《廖承志传》中，这样写廖承志与廖一原的晤谈：

（廖一原）：演员队伍青黄不接；编导人员老了去世了；更重要的是形势变化，电影观众与过去也大不一样，现在香港年轻人都喜欢看李小龙的武侠片。

---

① 廖承志：《关于香港的电影工作》，载廖承志《廖承志文集》，北京：人民出版社，1990年，第 409 页。
② 廖承志：《努力搞好港澳地区的出版工作》，载廖承志《廖承志文集》，北京：人民出版社，1990 年，第 484 页。
③ 廖一原：《廖公提议拍少林寺》，载中国新闻社《廖公在人间》，香港：三联书店，1983年，第 105 页。

（廖承志）：对呀！细佬，你们是不是也搞一些武侠题材！前几年，金庸先生送我书，那时我闲在家中还没工作，哇，让我看得好过瘾！①

喜爱金庸武侠小说者，从担任外交统战工作的高层领导人，到第四次文代会的操办者，看来大不乏人。在江晓原对冯牧的追忆之中，也同样述道：

冯牧爱好是多样的，除了京剧，还爱看武侠小说。多次对我说，金庸的小说出一本，他看一本，读来不费脑筋，又有收益。作者对传统文化老子学派有研究，他的书，不像一些武侠小说胡编乱造，思想、道德上有积极意义。②

喜爱金庸小说的冯牧为第四次文代会的举办可谓煞费苦心，与金庸曾一起共事并在其《明报》上刊载游记的夏梦在第四次文代会上风头颇劲③，会上会下，夏梦、廖一原等人在投入中国香港电影的工作层面，也多次受到之前看金庸小说"看得过瘾"的廖承志指引。这些"场外"的讯息，虽与文艺，与金庸的武侠小说，与"金学"研究没有直接干系，但其中总有牵丝莲藕式的关联，第四次文代会虽是立足于文艺界，然而如王蒙所言，"几千人的文艺大会，人民大会堂的灯火辉煌，党和国家的领导人尽数出席"④，它仍然有着"文艺"之外的意义，如果说"四个现代化"是新时期最大的政治，那么归根结底，文艺就要为"四个现代化"的建设更好地服务——当时"人民大会堂的会场里巨幅横标就写着：全国文艺工作者团结起来，繁荣文艺创作，为培养社会主义新人，促进社会主义现代化建设而奋斗"⑤。为发展四个现代化，中国香港特殊的"桥梁"与"橱窗"作用就显得颇关紧要，在文艺层面，就同样需要团结香港、论

---

① 铁竹伟：《廖承志传》，北京：人民出版社，2008 年，第 375 页。
② 江晓天：《冯牧西去周年祭》，载江晓天《江晓天近作选》，北京：大众文艺出版社，1999 年，第 254 页。
③ 梁羽生：《噢，夏梦、夏梦》，《星洲日报》（新加坡），1980 年 4 月 3 日。
④ 王蒙：《王蒙自传·第 2 部，大块文章》，广州：花城出版社，2007 年，第 72 页。
⑤ 王蒙：《王蒙自传·第 2 部，大块文章》，广州：花城出版社，2007 年，第 74 页。

说香港、研究香港，国家政策与文人诉求，乃至百姓的诉求在此亲密合谋，使得各方均迫切地需要正视中国香港这片土地上的文艺创作。作为代表的金庸武侠小说，若放在以传统文化维系母体血缘关系，促进海峡两岸暨港澳地区紧密团结这一维度来审视，自可发挥其作用。第四次文代会着重解决的，自然是"文化大革命"的遗留问题，诸多大陆（内地）文坛及牵而带之的问题，但除此之外，加强"团结"中有关港台地区的团结，虽不那么重要，但似也不该被全然忽视，其中金庸及其"金学"的提出，或许便可成为这一缩影。

因此，"金学"在此次文代会之上，确有可能被参会者道出，并由丁进辗转听闻，或许已显得较为明晰。然而，"金学"究竟有多大的可能，确是由郑朝宗先生所提出呢？这或许仍须回溯郑朝宗其人一贯以来的创作与文学偏好，及其1979年参加文代会时的关注点，从而使得其间存在的，属于个体的"可能性"，展露得更为清楚。

郑朝宗先生较为充分地表现他的"文学观"，即较为集中地言明怎样的文学是"好"的文学，尤其怎样的小说是"好小说"的时段，主要集中在1947年至1948年间。或许，钱钟书在1948年即已出版的《谈艺录》（初版）中，有关郑朝宗论"诗"的记载，可为一证：

> 郑君朝宗谓余："渔洋提倡神韵，未可厚非。神韵乃诗中最高境界。"余亦谓然。①

《谈艺录》内"神韵"一节，虽是主要论诗，但"诗"在中国古典文学之中，原可泛指一切文学作品，何况钱钟书在后文之中，更引了古人论"古文"之言，来进一步申说"神韵"："字句章法，文之浅者也，然神气体势皆由之而见。"（清·姚姜鹑《摇鹑堂笔记》第四十四卷）在此将"神韵"之说，引申至

---

① 若查考1948年上海开明书店所出《谈艺录》（初版），即可见其中"友人之言"已有明文所载（第48—50页）。而此处所写，为2011年商务印书馆版（在此书第109页），因这一版本更进一步指明这里的"友人"即是"郑君朝宗"，并且更加明确了钱钟书的态度是"余亦谓然"，即赞同郑朝宗所言，此为开明书店一版中所无。

他类体裁的文学作品，或也未为不妥。本来体裁的分别，在中国历来的文学作品中常难将界限划得一清二楚，因此若说以文学的"神韵"为最高境界的郑朝宗，未必会在金庸的作品内苛求"真实地表现人生"，而是重视其整体的气势与"神韵"，自然也就颇有可能。毕竟，虽在"真实地表现人生"这一点上，武侠小说确有先天不足，但对酝酿数百万字的骨肉停匀，气势浩荡，神韵贯通的长篇著作而言，即郑朝宗在《论风格小说》中所提到的那种看似"不费经营而自然优美的风格"——若与"十七年"乃至"文化大革命"期间，诸多刻意拔高的"高大全""大团圆""大获全胜"的作品相较，则也实为金庸所长。其实，较之"真实地表现人生"，或许"神韵"才为郑朝宗心头所好，毕竟，文学观念与性情偏好的表达，在1949年前夕这样的特殊时刻，落在纸面上的言之凿凿，未必就是在"真实"地表达着心中的实际所想，论者心中究竟是怎样一个想法，纸上的千言万语，或许并不能抵过与友人私叙的只字片语。

其人所重视的"真实"，便可得到进一步的明确：他在意的，并非确切的现实生活之"实存"，哪怕在现实生活中"根本不存在"也无关紧要，但内中却须有"人情"上的真实。人物"半真半幻"无伤大雅，但一定要显出"深微的人情味"，并要提炼刻画得活灵活现。换言之，它应该给人一种感知上的真实，也即应该有"幻中见真"的真实感。就这一点论，或也实为金庸的胜场独擅。且不提数百万乃至千万读者，皆为金庸所塑造的郭靖、黄蓉、杨过、小龙女等人物角色魂牵梦萦，心心念念，就连王蒙这样身居高位的纯文学作家也曾提及，在读至《笑傲江湖》中的刘正风"金盆洗手"之时，曾为之流下热泪。① 论述至此，便可见郑朝宗之于文学所重，或许乃为"神韵"与人情上的"真实感"，而这二者在金庸的文学作品之中确然具备。

然而，尽管郑朝宗在文学上的整体性情所好，似与金庸作品并不抵牾，甚至内中颇有某种暗合，但也不可断言，"金学"确于1979年第四次文代会间由郑朝宗首次口头提出。考察郑朝宗在"文学观"上与金庸作品可能产生的暗合与某种程度的推崇，仅能略作诗家心印，却并不足为注家实证，丁进之说，着

---

① 金庸：《后记》，载金庸《笑傲江湖》，广州：广州出版社，2009年，第1294—1295页。

实未能有明文确证，以作定谳之论。何况，在郑朝宗的全部现存文集之中，并未有任何一处曾提及"金庸"，在 1979 年时，郑朝宗的关切也绝不在于"金庸"，而在钱钟书的《管锥编》。1986 年，郑朝宗在回忆到 1979 年第四次文代会前后的状况时，这样写道：

> 1979 年我上北京参加第四次文代会，一天接到周振甫先生从西宛宾馆打来的电话，说有事相商，我去见他，他捧出一大包《管锥编》样稿，叫我看后写篇评论。我固辞不获已。回厦门后，细读全稿，寝食俱废。①

郑朝宗全部的注意力，在第四次文代会间，或是早已被拨云见日后的老友相聚，和喜获钱钟书的《管锥编》所占去。在这期间突然去关注金庸，并口头提出"金学"的可能性，就纸上存有的记载来看，确实不大。而同出厦门大学的后生学子，也以明文指认此时的郑朝宗一力推动着钱钟书的研究——也即"钱学"之发轫②。既然提出金学为"口提"，那诸多口中言谈，历经数十年岁月之后，早已随同时间一并散去，郑朝宗生活在福建厦门这一沿海地区，在大陆与台湾最为相近，文代会间又有台港澳地区的代表前来交流，能够接触到金庸的作品也为顺理成章③，此外又与金庸作品中有着"文学观"的暗合，说其"口头提出金学"也就不无可能。虽然在着落于纸间的记录中，未有郑朝宗关注"金庸"的确证，由郑朝宗提出"金学"的可能性也并不算大，但在 1979 年第四次文代会间，有人口头提出"金学"——并极有可能是与郑朝宗同样来自福建厦门一带的人士，在谈说台湾已对金庸"解禁"，《联合报》《中国时报》刊

---

① 郑朝宗：《怀旧》，载郑朝宗《海夫文存》，厦门：厦门大学出版社，1994 年，第 75—76 页。
② 余能学：《郑朝宗生平及其文学活动研究》，厦门：厦门大学，2017 年。
③ 譬如：1979 年 10 月文代会期间，罗孚——中国香港"左"派报纸《大公报》总编辑，一手推动金庸进行武侠小说创作的中国香港文人，也曾登门拜访钱钟书夫妇——在回忆中写道："我记起第一次去钱家时，由于事先没有介绍，杨绛提了水壶来沏茶加水时，我还以为是老保姆呢，可见这位声名越来越大的老作家是何等朴素。"如此可见，相关的中国香港文人不无可能与郑朝宗私下相遇。

载不少有关金庸小说的评介文章，台湾远景出版社沈登恩先生正在邀请文坛人士撰写有关"金学"研究的文章——并为丁进辗转听闻，应当可断为实事。丁进虽未能亲身与会，却在耳闻之后，记入了1997年回顾"金学"历来路程的《有关金学的四个学科》之中，留下一笔实录。1980年，广州《武林》杂志开始连载《射雕英雄传》，金庸武侠小说正式进入内地。自此七十年代末八十年代初后，无论上层的政界、"专业"领域的文艺界，抑或下层的普罗大众，均已再也无法不正视"金庸"以席卷之势，风靡了整个内地，回返"金学"的发轫，辨清此语较大可能由福建厦门一带前来与会人士提及；较小可能确如丁进所言被福建学者郑朝宗提出；极有可能因郑朝宗当时提出"钱学"，是以被后人以讹传讹，如此考校，或许不无正本清源的研究史意义，以期后来人进一步开掘"金学"，乃至进一步深挖"金学之学"。之后的"金学"得到了进一步发展，1985年，张放研究金庸小说的首篇论文在内地发表，但影响力却远不及冯其庸的《谈金庸》。事实上，冯其庸的《谈金庸》在不断回溯中的"被提及"，在某种意义上可说是"文以人传"，因其人与张光年等文艺界高层的熟稔关系，加之八十年代初期以来，数次承担学术与政治双重任务在身的访美、访苏"红学"之旅，均已使得其人为文，在有意无意间受到了高度自觉的对于政策变化之"锐敏"的制衡，其间声调，也隐隐折射着上层有关"通俗""民族关系"等的政策更迭，在其背后，又更蕴纳了1984年底至1985年间学界对"通俗文学热"的冲击之反应。若说在1979年之时，"金学"的提出，仍只略做文艺风向的"放松"与海峡两岸暨港澳地区的"团结"之旁证，在此之后，则更多与"金庸"及其"作品"之外的东西更为明确地牵缠在了一起，难以拆分得清。

第二节　冯其庸与《谈金庸》：刊物的改变与 "金庸"指涉的复杂性

在直接进入1986年冯其庸的《谈金庸》这一文本之前，或许需先对外围的人物活动背景，进行必不可少的交代：1981年7月18日上午，邓小平在人民大会堂和金庸见面。金庸自述，记得曾就中国经济建设的展望、"文化大革命"的评价、中美关系等问题进行了广泛的对话。1984 年 9 月，《中英联合声明》的签署标志着香港回归进程再下一城。中国香港尽管仍是一个"畸形的社会，光怪陆离的高度资本主义化的城市"，但是被社会主义大家庭拥抱的光明前景却指日可待。已然在内地通过各种传播途径而被广大群众接受和认识的香港通俗文学在某种意义上充当着"香港文学"的角色，也理所当然应该在内地文学的"引导"下"提高"①。

　　然而，出于民族身份等多个方面的综合考量，金庸还是当仁不让地参加了中国香港《基本法》的起草，而其在 1981 年到 1984 年间所写《明报》的社评之中，其所表露的观点，乃为争取在制度、生活等方面均尽力维持中国香港现状，又坚持声明拥护中央对香港的领土主权，整整四年，贯彻的是"香港必然回归"的立场。那么，在武侠小说这一领地，"金庸接受"在这一时期究竟何如？冯其庸于 1986 年 2 月写就的《谈金庸》一文，历来在金庸接受史中被广泛提及，不妨以此作为这一时段的典型个案，分作"冯其庸怎样写下《谈金庸》"和进行细细剖析。

　　冯其庸在少时便与金庸的哥哥相识，金庸的哥哥查铮弘是冯其庸的高中老师，二人属于师生关系。在 1980—1981 年间，冯其庸已较为集中地阅读了金庸的作品，并与金庸发生了交往。他在回忆录中这样写：

　　　　查铮弘从六合到了杭州，见到金庸以后，查铮弘把前前后后的经历，都给他弟弟讲了，嘱咐金庸，你一定要帮我谢谢冯其庸先生。②

---

① 李云：《迈向"经典"的途径——"金庸小说热"在大陆：1976—1999》，《海南师范大学学报（社会科学版）》，2008 年第 3 期。陈国球曾撰《收编香港——中国文学史里的香港文学》，谈及内地如何"驯悍"香港文学："一是以'现实主义'为批评基准，肯定那些批判'香港社会黑暗'的作家和作品；一是强调个别作家的怀土之情，如果能够歌颂'统一''回归'，当然是最好的展品。"

② 冯其庸口述，宋本蓉记录整理：《风雨平生：冯其庸口述自传》，北京：商务印书馆，2017 年，第 354—355 页。

此后于 1984 年，冯其庸又写，自己此时再读《鹿鼎记》等作，一发而不可收。然而，值得注意的是，为什么 1980—1981 年间、1984 年时，这些真正在进行"阅读"活动的时候，冯其庸均未写下《谈金庸》？作为批评主体的冯其庸，是怎么会想到要在 1986 年 2 月，来写这么一篇《谈金庸》？这一寥寥千言的文本之内，或许"语怀抱则指而可想"，在一些印象式地称颂"广度""才气""宏大场面"等艺术评点之中，前后强调了两次"民族感"与"爱国心"。第一次，在谈"思想"时，着力写金庸"笔下的人物，也使人感到有深厚的民族感情与爱国思想"；第二次，在总结时又强调"那些英雄人物的磅礴的豪气，那种民族感、爱国心"。同时，在此文内，还重点花了些笔墨为侠义小说的传奇性做了辩护。

当时的冯其庸在学界可谓位高望重。1986 年 3 月，在其弟子的叙述中这样道："目前冯先生是中国人民大学语文系的教授，兼任中国艺术研究院红楼梦研究所所长，中国红学会会长，《红楼梦学刊》主编。"[①] 他在回忆 1984 年 12 月为红学交流，鉴定《红楼梦》列藏本而出访苏联的活动时这样说：

> 当时我们中方的意图，是希望通过《红楼梦》这件事能够跟苏联逐步沟通。因为那时候完全是处于一种断绝交往的状态，也不是个办法。那么我们要从政治上去跟他们沟通呢，也不合适。所以实际上我们中央的意图是想通过《红楼梦》这件事能够逐步沟通。我自己感觉到，我们来鉴定《红楼梦》不是单纯的学术问题，否则也用不着国务院、外交部、文化部三方面会同以后让我们出来。我想好了，如果列藏本实在不行，我也不能说它很好、有价值，但是看了以后确实列藏本是有价值的，这样我就好办了。[②]

---

① 陈其欣，何根生：《艰难的历程——介绍冯其庸教授的读书和治学》，载冯其庸《秋风集》，北京：文化艺术出版社，2000 年，第 278 页。

② 冯其庸口述，宋本蓉记录整理：《风雨平生：冯其庸口述自传》，北京：商务印书馆，2017 年，第 293—294 页。

文中所说"我自己感觉到……不是单纯的学术问题"并非任何人都能够对此间的复杂内涵有所"感觉"，《谈金庸》在这一状态之下，虽为"随笔"，但已难为"随便"。

几乎与这一为"红学"出访苏联的事件同时，1984 年 12 月 29 日至 1985 年 1 月 5 日，中国作家协会第四次会员代表大会在北京召开，冯其庸也在北京一同参会①。巴金在开幕词中道："会议是在党中央决定加快以城市为重点的经济体制改革的步伐这样一个新的历史条件下召开的。这对于我们的文学工作必将产生深刻的影响，对于我们的会议也就提出了一个崭新的课题。"② 中国香港武侠小说家梁羽生也参加了此次会议，并做了发言："武侠小说源远流长，它是小说中的一个流派，应该承认它是文艺园地里的百花中的一花。但对于我们今天的国家来说，文艺的主流应该是反映现实生活的作品……武侠小说（当然是指比较健康的）是属于有助于劳动者在紧张工作之余的'娱乐和休息'一类作品，这类作品固然有其需要，但它只能是'支流'，主次有别。"③

无论是有别于以往党中央的"重政治"，转而对"经济"的格外看重，还是梁羽生作为中国香港武侠小说作家，能够参会并发言，且称武侠小说为"文艺园地里百花中的一花"，其间意味均颇深长。在 1984 年末由官方邀梁羽生前来参加第四次作代会并发言后，实为学界评说（尤其是赞誉）武侠小说下了一道官方的隐形安全"保证"——虽是如此，但风云终究难测，这一"保证"也仍有限度。不过从此之后，学界已然"开始"著文言说金、梁的武侠小说，并开始通过不同框架来进行言说了。1985 年前后，梁羽生与金庸的创作细辨虽差异迥然，但二者的接受在内地基本处于类似的境地，均是以一种宏观的、作为"类型"的代表来被反复衡量：放在"经济体制"的脉络之中，它对纯文学的大众市场造成了挤压，盗版等诸种乱象横生，但又日益繁荣并成为大众喜闻乐

① 《中国作家协会第四次会员代表大会代表名单》，载中国作家协会《中国作家协会第四次会员代表大会文集》，北京：作家出版社，1985 年，第 112 页。

② 巴金：《我们的文学应该站在世界的前列（中国作家协会第四次会员代表大会开幕词 1984 年 12 月 29 日）》，载中国作家协会《中国作家协会第四次会员代表大会文集》，北京：作家出版社，1985 年，第 1 页。

③ 梁羽生：《回归·感想·声明》，《文艺报》，1985 年第 2 期。

见的"流行文化"，推动着出版行业提升经济体量。放在"香港文学"这一脉络之中，它具有接续中国传统文化和宣扬爱国主义、民族精神的优良属性；但作为"武侠小说"这样的一个类型小说来看，它又势必要放入"通俗文学"的框架来加以衡量，究竟是将之看待为"逆流""渣滓"，还是可以"提高""扬弃"，甚至视作"百花中的一花"，则又是另外的一类问题。三套框架，虽是各个不一，却均自可为指向"金庸"（梁羽生也同样如是）这一文本，彼此相互牵缠，又交相为用。

此时，冯其庸的《谈金庸》一文，在"经济体制"上只略有提及，并未过多着墨，但在《谈金庸》中，那一份对金庸作品艺术成就的高度赞颂，与对"传奇性"的呼吁宽容判定，其中虽确有出自本心的成分，但若放在整个历史背景的脉络之中，并试图借助"通俗文学"来加以观照，或许堪做更为鲜明的时代镜鉴。

按王先霈、於可训在《80 年代中国通俗文学》中的梳理，八十年代有关通俗文学的理论批评的发展大致可区分为如下三个阶段：第一个阶段，是八十年代初以科幻小说为主要对象的创作评论；1985 年前后，则形成了港台通俗文学作品在大陆（内地）传播的高潮期，由此步入第二阶段，即与作品的流布相对应的，1984 年底到 1985 年呈现小高峰的对"通俗文学热"的舆论反应；第三个阶段，是在 1987 年跌入低谷到 1988 年又趋于回升并得到持续发展的比较深入具体的理论研究和创作评论[①]。有别于几乎同期"先锋文学"浪潮的"作家创作，批评推动，二者合力，大众接受"，这一时期学界的"通俗文学热"实为此前大众层面强烈的"通俗文学热"之舆论反应，如此的文学乃至文化批评，是由于"大众"的问题已赫然映入眼帘，在通俗文学如同洪水猛兽般的情势倒逼之下，迫不得已而进行的滞后应对，就文艺界整体对通俗文学的态度而言，据王、於二位前辈学人提炼，乃为"大多数主张扶持、帮助、引导"[②]，但就冯其庸之作

① 王先霈，於可训主编：《80 年代中国通俗文学》，武汉：湖北教育出版社，1995 年，第62 页。

② 王先霈，於可训主编：《80 年代中国通俗文学》，武汉：湖北教育出版社，1995 年，第74 页。

发表于《中国》这一刊物的整体观念，却并非从头至尾尽皆如是，在1986年执掌具体事务的"掌门人"换作牛汉之后，其态度才有所改变。冯其庸在《谈金庸》中明确地说道："我自己既没有做到用做学问的态度来读他的书，自然也就做不到用做学问的态度来评论他的书了。"这一"态度"，不仅在八十年代乃为如是，直至1997年写下发表于《北京师范大学学报》之上的《〈书剑恩仇录〉总论》，并出《笑傲江湖》等书的回后评时，也同样视其作为"散文随笔"而已，《冯其庸文集》，皇皇十卷有余，而此类"写金庸"之作，均在其编订文集时收入《夜雨集——冯其庸散文随笔选》中，态度已然表达得极为鲜明①。冯其庸真正视作学术成果，意欲藏之名山，传之后人的，还是经由《红楼梦》展开的相关索引、考证、版本与细读研究。其实，这在此处论述的《谈金庸》中，亦有若隐若现的体现，他在评点金庸小说中的传奇性时，仍心心念念地提及"就说是《红楼梦》吧，也还有太虚幻境之类的描写，侠义小说有一定程度的超现实性或幻想式的神奇性，我认为是可以的，我们不能用评价现实主义小说的眼光去评价传奇小说"。

　　冯其庸的文章在某种程度上，也不妨视作章培恒《金庸武侠小说与姚雪垠的〈李自成〉》之先声，只是，在1988年章培恒的这篇文章之中，"现实主义"与"传奇性"的问题，被论述得更为复杂。究竟什么是真正的"现实主义"，什么是真正的"真实"？为何声称为"社会主义现实主义"的典型的文学作品，却令章培恒先生深感"真中见假"，反不如传奇性作品的"假中见真"？如果说《谈金庸》中所容纳的属于"民族""人情"的他物，在某种程度上更加"外在"于文学，那么，此后的《金庸武侠小说与姚雪垠的〈李自成〉》，其间容纳的"他物"虽丰，却与"文学"有着相对更为紧密的牵连。它当被视作一篇学术体的杂文，其间文学观、史观乃至最终落足到"人"观之上的碰撞，甚至可勾带出过往绵延三十余年的文艺界问题，在双方的"不得不吐"之中，字里行间，是学人的生命体验、隐秘衷肠与委婉心曲。

---

① 冯其庸：《〈书剑恩仇录〉总论》，原载于1997年第5期《北京师范大学学报》；《〈书剑恩仇录〉回后评》《〈笑傲江湖〉回后评》等，均收入冯其庸《夜雨集——冯其庸散文随笔选》，北京：中国友谊出版公司，1999年。

第三节　章培恒论金庸与《李自成》：
以人性还是阶级斗争为纲？

若说《谈金庸》因和其他论说金庸作品的文章，一同由冯其庸本人编订并收录于随笔选中，显示出了作者对待写作金庸批评与研究文章的某种"信手为之"的态度，那么，章培恒先生究竟如何看待自己写下的《金庸武侠小说与姚雪垠的〈李自成〉》①呢？在其人编订的《灾枣集》这一杂文集的序言中，有了更加明确的表述：

> 除了论文以外，集子中的文章全都可算是杂文。尽管有些也具有若干学术性，但我在写作时并没有把它们作为论文来写，视为"学术散文"也许更为合适，从而也可以划入"杂文"的范围。就我自己来说，对本集的杂文的喜爱超过论文，因为它们都比论文活泼，而且其中有若干曾惹得某些人不快，例如《读书杂谈》《金庸武侠小说与姚雪垠的〈李自成〉》等。②

> 在我的"浮想"中，最有趣的是《金庸武侠小说与姚雪垠的〈李自成〉》刚发表时，颇有些原则性较强的先生认为以金、姚相提并论是对姚雪垠先生的亵渎，现在则有更多的读者认为我的这种做法是贬低了金庸先生，尽管我在文中已经声明我自己更喜欢金著武侠小说，但他们认为这两位作家不属于一个档次，根本不存在可比性。这两种反应都使我高兴，尤其是后一种，它说明了我们的社会确实在进步。③

---

① 章培恒：《金庸武侠小说与姚雪垠的〈李自成〉》，《书林》，1988 年第 11 期。
② 章培恒：《灾枣集》，济南：山东友谊出版社，1998 年，第 3 页。
③ 章培恒：《灾枣集》，济南：山东友谊出版社，1998 年，第 3 页。

此言颇可见出章培恒当时心迹——它是一场观点的交锋与争鸣，虽略具学术性，但不妨更以作为"阜利通"的杂文攻辩视之，章培恒的"有若干曾惹得某些人不快"，显然借用了鲁迅之语。此文的写作与发表自有念兹在兹的潜在对手，因其与批评主体发生冲撞，从而激起某种心绪，即时组织成文。而究竟如何比对和看待金庸的小说与姚雪垠的《李自成》，此处"眼光"，已绝不止于批评主体一己的阅读趣味之表达，在他看来，其中所说明的，实则是一个属于"社会"的问题。既是如此，若要更好地读出其中意味，或许便得回到写作之时，章培恒先生的历来关切与幽微心地。

尽管《金庸武侠小说与姚雪垠的〈李自成〉》一文，时常被放置于金庸接受史的脉络之中得到论述，然而，这篇文本自身所侧重探讨与商榷者，实则为姚雪垠《李自成》一书中的人物形象塑造①、历史观念折射、文学价值标尺乃至社会方向引领。"金庸"在此，或不过是章培恒先生在读完收录于姚雪垠《创作实践与创作理论》中《应当重视社会主义的思想文化建设》《论当前的通俗文学》等文之后，随之连带想起的一个信手拈来的"发声"由头，那自然便对金庸作品读得不细。而即使是作为侧重点加以论述，历来为论者所重视的《李

---

① 时至今日，姚雪垠所塑造的"李自成"这一人物形象，似已较少有人提及，但在当时，"李自成"可谓享有盛誉。继得茅盾文学奖之后，在 1984 年的作代会报告中，也作为典型形象得到评述。张光年这样报告说："最能表现新时期社会主义文学的崭新的艺术面貌的，要数人物形象的多样化与人物性格的真实性和深刻性了。文学是人学……可以说已经创造出了一大批具有不同性质不同深度的典型意义或认识意义的给人留下深刻印象的人物……李自成、崇祯帝……这些人物，其中有不少已经走到人民的生活中去，为广大群众所熟知了。"在这一次作代会（1984—1985 第四次作代会）上，章培恒先生同样参会，或许在那时便留下了一点印象。直至九十年代，陈墨在论金庸笔下的李自成时，或仍暗暗提及姚雪垠塑造的李自成，即："李自成并不是一个了不得的政治人物，更不是理想的化身，不像当代某些人所想象和虚构的那么伟大和光荣。"参见张光年《新时期社会主义文学在阔步前进——在中国作家协会第四次会员代表大会上的报告》（1984 年 12 月 29 日），《中国作家协会第四次会员代表大会代表名单》，载中国作家协会《中国作家协会第四次会员代表大会文集》，北京：作家出版社，1985 年，第17—18 页；第 108 页。陈墨：《金庸小说与中国文化》，南昌：百花洲文艺出版社，1995 年，第 164 页。

自成》前三卷①，或许当时致力于重估古代文学遗产价值②的章培恒先生，也并未加以细细研读。只是由姚雪垠写下作为文学作品的《李自成》，与作为理论争鸣的《创作实践与创作理论》之中，整体透出的某种从属于六七十年代之暗黑的浓烈气味，引起了章培恒先生某种几近切肤的战栗。是以若说写下《创作实践与创作理论》一书中数篇文章的姚雪垠，对于批驳刘再复的人性论、文学主体性、二重组合论③和当前"社会主义文艺建设现状"，是"如鲠在喉，不得不吐"④，那章培恒先生对于姚雪垠和由其人其作代表的某种文学乃至精神的"方向"，在此处论说之时，也同样如是。"不吐不快"之迫急，使《金庸武侠小说与姚雪垠的〈李自成〉》一文多有透露以往的生命体验与深重抱负。文章虽为率尔操觚，却涉及诸多迄今仍盘桓不去的重大文艺问题。

回到最初发表的原始刊物，章培恒先生此文，1988年，被《书林》收录于《书评：关于姚雪垠的两本书》这一栏目之中，而另一篇排稿，则为杨凡所作的《不平家的肖像——评姚雪垠的〈创作实践与创作理论〉》⑤，由刊物的编排可见，这两篇文章均被视作针对姚雪垠的书评之组稿。既是针对《李自成》《创作实践与创作理论》二部书稿即时的探喉而出，无可避免的便是批评文章自身的较为粗粝。不妨搁置在探讨金庸批评史时，时常集中于章培恒先生如何褒赞"金庸"的惯性瞩目，而将《金庸的武侠小说与姚雪垠的〈李自成〉》之本文

---

① 章培恒写作《金庸武侠小说与姚雪垠的〈李自成〉》时为1988年，此时第四卷、第五卷还未出版，自然无法读到。

② 章培恒：《关于魏晋南北朝文学的评价》，《复旦大学学报（社会科学版）》，1987年第1期；章培恒：《从〈诗经〉、〈楚辞〉看我国南北文学的差别》，《中国文化》，1989年第1期；章培恒：《明代文学与哲学》，《复旦大学学报（社会科学版）》，1989年第1期。这些文章均收于章培恒先生晚年亲手编定的《不京不海集》之中。

③ 有关这一论争的前因，可参看红旗杂志编辑部文艺组：《文学主体性论争集》，北京：红旗出版社，1986年。此书中收有刘再复、陈涌等人文章，姚雪垠读后，写下相关论争文章收于《创作实践与创作理论》中，章培恒先生此文，主要针对姚氏的文学作品及论争文章而发。

④ 姚雪垠：《后记》，载姚雪垠《创作实践与创作理论》，北京：红旗出版社，1987年，第149页。

⑤ 杨凡：《不平家的肖像——评姚雪垠的〈创作实践与创作理论〉》，《书林》，1988年第11期。此处杨凡同样借用了鲁迅语，以做文章标题，杂文意味跃然纸上。

细细研读，在与之对话的过程之中，显出原本"金庸批评"的应有之义，并试图剖析章、姚二人的重大分歧，从而更贴近章培恒"读"与"写"下此篇批评之时的意旨与心地。

若章培恒先生对金、姚的文本读写得稍细一些，那《金庸的武侠小说与姚雪垠的〈李自成〉》或许便不是这样的写法。作为在复旦大学任教多年，声望卓著的古典文献学学者，在早期编订的学术著作《嫌疑集》中，十数篇论文，几乎全从传统的古典文献学治学路径入手，排定年谱、校对版本、勘定目录、字词训诂……而在临终之前，于医院病床上反复修改成型的《不京不海集》中，考证部分多达 24 篇（中收以往编入《嫌疑集》内的文章，并在许多地方做了较大的删减、增补和改动），论述部分则为 15 篇①，整体呈现出的面目，仍是那些较近于"乾嘉学风"的考证文章，此为其毕生的治学重心所在，培养的首位博士生陈建华先生，在为之作序时这样写："可以这么说，在章先生那里，考证成为一种辩证思维的艺术。"② 一般而言，一位治学上卓有建树的大家，基本上已形成一套相对成型的研究路数，在进行研究活动的时候，多半会循着这条路子来走，然而，在比对金庸的武侠小说与姚雪垠的《李自成》时，章培恒先生却并未按一般设想中"应有"的研究路径，一以贯之地做熟稔无比的细读③、比对、考订④：他并没有拿出金庸《碧血剑》中的"李自成"形象塑造，来与姚雪垠《李自成》的"李自成"比对，也并未去考证金庸在初版的《碧血剑》中，与 1970 年至 1980 年间全力修订的三联版之中所写的"李自成"，究竟有多大不同，但其实此中大有可说之处。

在五六十年代于报刊上连载初版《碧血剑》时，因金庸迫于报刊编排所需急于收尾，对于李自成其人只以寥寥数笔一带而过。李自成、牛金星、宋献策

---

① 编者（均为门下学子）：《出版说明》，载章培恒《不京不海集》，上海：复旦大学出版社，2012 年，第 1 页。

② 陈建华：《追求真理，毋变初衷——章培恒先生〈不京不海集〉读后》，载章培恒《不京不海集》，上海：复旦大学出版社，2012 年，第 18 页。

③ 这在《不京不海集》中写《儒林外史》一文中体现得极为鲜明。

④ 在《不京不海集》中，有数篇古典白话小说均是由这一路子来进行研究并得出结论。

等人，在攻破明代都城后与李岩在"爱民""军令"上产生的重大分歧，与最终忠臣李岩之死，均未有细致描述，且作为主角的袁承志也并未参与到这一情节之中，"二李"最终结局，只以短短一句"袁承志来晚一步，李岩已被李自成杀死"，作为这一次要情节的交代与收束。而这些地方，在金庸七十年代所补写的三联版《碧血剑》中，却被大力铺陈，几乎拿出了一两回的篇幅（《碧血剑》全书不过二十回）对之加以渲染书写，从中撷取数段，或可借此感知一二：

> 一路行去，只听得到处都是军士呼喝嬉笑、百姓哭喊哀呼之声。大街小巷，闯军士卒奔驰来去，有的背负财物，有的抱了妇女公然而行。李岩见禁不胜禁，拿不胜拿，只有浩叹。袁承志本来一心想望李自成得了天下之后，从此喜见升平，百姓安居乐业，但眼见今日李自成和刘宗敏的言行，又见到满城士卒大掠的惨况，比之崇祯在位，又好得了甚么？
>
> ……
>
> 李岩心头大震，当即站起。他知自来帝皇最忌之事，莫过于有人觊觎他的宝座。历朝开国英主所以屠戮功臣，如汉高祖、明太祖等把手下大将杀得七零八落，便是怕他们谋朝篡位……
>
> 李岩斟了一杯酒，笑道："人生数十年，宛如春梦一场。"将酒一干而尽，左手拍桌，忽然大声唱起歌来："早早开门拜闯王，管教大小都欢悦，管教大小都……"那正是他当年所作的歌谣，流传天下，大助李自成取得民心归顺。只听他唱到那"都"字时，突然无声，身子缓缓俯在桌上，再也不动了。红娘子和袁承志吃了一惊，忙去相扶，却见李岩已然气绝。原来他左手暗藏匕首，已一刀刺在自己心窝之中。红娘子笑道："好，好!"拔出腰刀，自刎而死。袁承志近在身旁，若要阻拦，原可救得，只是他悲痛交集，一时自己也想一死了之，竟无相救之意。霎时之间，耳边似乎响起了当日在北京城中与李岩一同听到的那老盲人的歌声："今日的一缕英魂，昨日的万里长城……"众将见主帅夫妇齐死，营中登时大乱，须臾之

间，数万官兵散得干干净净。袁承志心中悲痛，意兴萧索。①

　　这些叙述，在金庸早年的报刊连载版中，均未加诸一语，全是在 1970 年至 1980 年间修订之时增补添入。为何金庸在二十年后再写李自成，会有如此之大的改变？为何要在《碧血剑》中添入这番由主角袁承志亲身介入其中的复杂情节与深长情感？

　　章培恒先生出于其灵敏嗅觉，在读完《李自成》前三卷后，自然会在《金庸的武侠小说与姚雪垠的〈李自成〉》中问出这样的问题："在封建社会的农民军中，能不能出现这样的革命领袖？形成这样的革命部队？"② 这些灌注在李自成身上的崇高，是不是一种受到了"左"的观念支配，对农民领袖的刻意拔高？不过，章培恒先生在认真论述"李自成"给人的真实感时，却并未提出金庸的"李自成"塑造及前后的变迁，来与姚文加以比对，所提仍为金庸更加广为人知的《神雕侠侣》《天龙八部》《笑傲江湖》等诸篇作品，不妨略做推断，章培恒先生实则并未读过《碧血剑》这部金庸早年所写的小说，也对其前后的版本变迁并无了解，虽自述"有若干学术性"，但这篇文章的"学术性"可谓微乎其微。否则按照章培恒先生一贯的治学路数，这原本在"治学"之时不当不论。

　　此外，莫说只是兼带提及的金庸，即便对姚雪垠的作品，章培恒先生或也未全认真通读。若仔细品读《李自成》，读者或能觉出其中如书写人物慧梅之时，溢出了为塑造崇高形象放弃情感真实的藩篱，多处写情写义颇为感人。

　　《金庸的武侠小说与姚雪垠的〈李自成〉》一文，也存有细节上的纰漏，如认真查考姚雪垠的以往创作，便能得见。章培恒先生对于姚雪垠在创作时抛弃了李自成被围于鱼复诸山的史料，认其为"捕风捉影之谈"的见解，这样评价道："为什么这个故事完全是'捕风捉影之谈'，毫无事实根据？他的'自己研究的结论'是怎么得出的？他都没有任何交代。"实则早在 1978 年第 5 期

---

①　金庸：《碧血剑》，广州：广州出版社，2011 年。（修订版，即三联忆旧版）
②　章培恒：《金庸武侠小说与姚雪垠的〈李自成〉》，《书林》，1988 年第 11 期。

《历史研究》这一刊物上，姚雪垠便在《李自成自何处入豫》一文中，将自己为何认为"李自成被围于鱼复诸山的史料不可取"这个问题谈得颇为清楚，列举历史地理、战争形势等数点来加以阐明。细考姚、金二人的写作过程，姚雪垠写《李自成》，实比金庸漫取因由、随意点染的"李自成"，所花费的时间心力要多得多，二者不可相提并论。通观《姚雪垠文集》第20卷中的史料卡片摘编，左为作家评点，右为原始文献，其卷帙浩繁，用力甚勤，令人心生感佩。然而，作家如何择取、编排与呈现这些史料，读者——尤其是章培恒这样长期浸染于"文化"环境的读者——如何看待最终成品，却又是另一回事，无法单凭作家的"用功"，便能得到应有赞许。

反复着的"阶级""出身"之论，在《李自成》这一书写明清之际的历史小说中比比皆是，构成了全书的基本写作语法。而章培恒集中于《金庸的武侠小说与姚雪垠的〈李自成〉》这一杂文的最后落足之处，实可论其乃为"人"观。

不妨先就"史"论之。要在作品中容纳、呈现乃至高于"史实"，是姚雪垠颁布给自己的一道绝大难题①。单纯以虚构的文学创作来视其文学作品，其实未尝不可，还可免去一道关卡，叫论者不致以"史"之"实"来评定甚至责难作品。但对姚雪垠而言，此种阅读模式实非其人心中所愿，他定要让自己的作品承担起比这更为重大的责任——必须以史官抱负来忠于"历史真实"，为之

---

① 以"小说"为"史"，在中国的传统中，历来自有一条潜在脉络。"野史""稗史""补史之阙"，在对小说进行定位之时，总难脱开这"史"。龚自珍直接将小说家列入"史"的领域，将之称为"任教之史"，"史"的包容之广，且不提章学诚的"六经皆史"之论家喻户晓，单以《古史钩沉·论二》来说，龚自珍就曾指出："史之外无有语言焉，史之外无有文字焉，史之外无人伦品目焉。"参见王元化《释〈物色篇〉心物交融说——关于创作活动中的主客关系》，载王元化《文心雕龙创作论》，上海：上海古籍出版社，1979年。

不惜在一定程度上破坏文学作品的可读性①。为塞入现实的"史官"之笔，反削弱了文本自身的组织逻辑。若欲展露真正的"史实"，"识、才、学"三者缺一不可，而其间至关紧要之处仍在"史识"——须经由论者的识见，来决定究竟如何甄别和选择常相抵牾的史料，并决定论者究竟以何为根基，来逐步搭建其论说的框架砖瓦。姚雪垠的"史识"，在他论"李自成鱼复诸山"一事时，就展示得颇为明晰，在表明了种种外在缘由之后，最终落脚之处，又回到人物性格：

> 　　第一，李自成是一个性格非常坚强的人……第二，刘宗敏是李自成的生死战友，对革命坚决到底……（李自成）断不会将革命事业与自己的生命决于一次卜卦……以上几点，可以说这个虚构的突围故事编得实在经不起推敲。虚构者对于李自成和刘宗敏的思想、性格，以及他们之间的关系，毫不了解。②
>
> 　　在阶级社会里，一切官私历史著作，包括各种文字史料，都带有鲜明的阶级性和政治倾向性，为一定的阶级利益和集团利益服务。在关于李自成从何处入豫的问题上，我们所见到的文字史料不仅一律带有阶级的烙印，也往往带有宗派倾向的烙印。③

以上二段将姚雪垠身为"史官"灌注于《李自成》中的"史识"表述得颇

---

① 李丹梦：《最后的"史官"——姚雪垠论》，《中国现代文学研究丛刊》，2018年第6期。然而，这一思路极易导致具体的文学作品，在承担了"文"与"史"双重压力之下的难以两全，过分重"实"，即易偏离"美术"，如刘师培在《论美术与征实之学不同》中所言："小说一端，有虚构事实者，亦有踵事增华者；皆美术与实学不同之证。盖美术以性灵为主，而实学则以考覆为凭。若于美术之微，而必欲责其征实，则于美术之学，反去之远矣。"转引自郭绍虞主编：《中国历代文论选（第1册）》，上海：上海古籍出版社，2001年，第108页。
② 姚雪垠：《姚雪垠文集》（第18卷），北京：人民文学出版社，2010年，第302—303页。
③ 姚雪垠：《姚雪垠文集》（第18卷），北京：人民文学出版社，2010年，第310页。

为清楚，他常说自己要将被封建文人出于既定的阶级烙印，因此往往"颠倒黑白"的史料，再重新"颠倒"回来，加以拨乱反正。然而如何能够看出古人是在歪曲、污蔑与颠倒？这又要凭着姚氏自己的一点"史心"，拿出阶级分析来论。在过分重视"阶级"之时，撰史者虽自认公心，而心未必能"公"；虽自认直笔，而笔却时常为"曲"①。

除了为"史"的"不平则鸣"之外，章培恒先生于姚雪垠的"文学"之观，也难以认可。无论论文衡史，皆因往古之事同今人冥冥相契，方才搅动今日的一池春水。不妨仍以吴梅村的《圆圆曲》做楔，试观除因姚雪垠"阶级意识"之下的史识，使得其虽出于"治史"本心，仍难免臆造史料，妄论古人之弊，使得章培恒愤而论此作"违背历史真实"之外，又是双方在"文学"上的什么冲突，使得章培恒认为违反了生活的真实，叫人"真中见假"。

《圆圆曲》作为吴梅村的千钧笔力之作，历来得享千古传诵，此中为写陈圆圆之事，又已囊括明清易代诸种情境，实已勾连"文""史"二端。在姚雪垠的现存文章之中，对此心心念念数度提及。或许可说，其人虽将《圆圆曲》定位为"诗"，但主要是以"史"的眼光打量这部叙事长诗，并试图对历来读者积筑于此诗之上的对"史"的误会，加以辨明和剖白：

> 李自成在士大夫眼中虽然被看作是一个逼死"君父"的"逆贼"，但社会上都知道他有不贪色、不爱财种种美德。说他拷掠吴襄，夺去陈圆圆，于理不合。②

几十年来史学界的许多人做出了光辉成就，但是许多庸俗的风气也影响到史学界，把大明朝的灭亡归结到一个女人身上，就是一种非常庸俗的

---

① 治史须"善入善出"，此用心与能力缺一不可，否则连"进入"史料，也尚力有不逮。如龚自珍道："不善入者，非实录；垣外之耳，乌能治堂中之优也耶？则史之言，必有余吒。不善出者，必无高情至论，优人哀乐万千，手口沸羹，彼岂复能自言其哀乐也耶？则史之言，必有余喘。"

② 姚雪垠：《姚雪垠文集》（第18卷），北京：人民文学出版社，2010年，第336页。

史学思想。①

　　《圆圆曲》是政治抒情诗，它的写作目的不在记载真实历史，而是要抒发诗人的亡国之痛和对吴三桂的痛恨。"痛哭三军尽缟素，冲冠一怒为红颜"，这样事情根本没有。②

　　在"史"这一面，章培恒先生已直指姚雪垠论《圆圆曲》所说不确，而就"诗"（也即文学）而言，双方的解读，也大相径庭。章培恒先生是怎样看待《圆圆曲》的呢？他说：

　　　　吴伟业的传诵最广的诗，恐怕是《圆圆曲》。这首诗最动人的所在，并不在于批判了吴三桂的罔顾君亲大义（其实，诗里是否存在着这样的批判也还是问题），而在于讴歌了陈圆圆的美丽，她那可怜的身世和在爱情上的悲欢；也在于讴歌了吴三桂对爱情的坚贞、捍卫爱情的勇敢（至少在诗中是这样），并倾诉了个人在群体缠缚下的悲哀与痛苦。试看："痛哭六军俱缟素，冲冠一怒为红颜！"倘若我们不是存着封建道德的先入之见，认为一个人只该为皇帝复仇，而不应为解救和夺回自己的爱人而战斗，那就不免将这诗句看作一种为爱情而不顾一切的英雄气概的歌颂，从而受到感动。实际上，诗人自己恐也具有同样的感受。"妻子岂应关大计，英雄无奈是多情！"这与其说是对"英雄"的讽刺，还不如说是对"英雄"的同情甚或赞叹。③

　　　　其实，"冲冠一怒为红颜"是含有赞美之意的。因为"冲冠一怒"这类现象，在我国记载上本来是只有在英雄身上才会发生的。（蔺相如、荆轲、樊哙、岳飞……）所以，读过一些古代文学作品的人，一看到"冲冠一怒"四字就会浮现出一个英雄形象，再接上"为红颜"三字，那就更显

---

① 姚雪垠：《姚雪垠文集》（第17卷），北京：人民文学出版社，2010年，第375页。
② 姚雪垠：《姚雪垠文集》（第18卷），北京：人民文学出版社，2010年，第79页。
③ 章培恒：《元明清诗杂谈》，原为《元明清诗鉴赏辞典》（上海辞书出版社，1994年）所写的序，后收入章培恒《灾枣集》，济南：山东友谊出版社，1998年，第220页。

出英雄多情，于勇武中有绮丽之致了。①

　　然而，吴伟业对此又不是一味赞美。《圆圆曲》在后面又说："妻子岂应关大计，英雄无奈是多情。全家白骨成灰土，一代红妆照汗青。""冲冠一怒为红颜"的后果是如此悲惨，令人不寒而栗。②

古来红颜常与祸水并提，为陈圆圆做一讴歌，内中颇有陈寅恪作《柳如是传》意，而论及对"为爱情不顾一切"的歌颂，这一几近于在文学解读之中为吴三桂从另一角度稍做翻案的说法，比起姚雪垠所说的"痛恨"之情与"庸俗"史学，却又是金庸历来被视作"通俗"的作品，与章培恒先生重视"情""欲"的理念有了某种暗合。在金庸的《鹿鼎记》中，陈圆圆琵琶轻捻，逐字逐句为韦小宝唱出《圆圆曲》，并一一款曲讲解。金庸以韦小宝之口道出："你这样美貌，吴三桂为了你投降大清，倒也怪他不得。倘若是我韦小宝，那也是要投降的。"③ 自然韦小宝胸无大志，并无什么英雄豪气，只为陈圆圆的绝色而心荡神驰，未足以"爱情"称之。这样的所谓"怪不得要投降"，自不妨名之以"庸俗"，可这却尊重了人性，尊重了生而为人，或许皆存一念之差（或许也未必能论之为"差"）的偶然性之可能。

　　其实，金庸自己在写的时候，不过驱策群雄，为免与前作诸"侠"重复，一方面容纳晚年阅历所得，写一个"韦小宝这小家伙"自娱，另一方面娱乐《明报》读者，以期增加报纸销量，也为创下的"江湖众生"做一收笔，大概根本未能想到学者们深切思考的"尊重人性""尊重平常""尊重偶然性"，不过只是自己写时，以人之常情推之，以点染笔法叙之。然而，"彼以意兴之所至为之，以自娱娱人。关目之拙劣，所不问也；思想之卑陋，所不讳也；人物之矛盾，所不顾也。彼但摹写其胸中之感想与时代之情状，而真挚之理与秀杰之

---

① 章培恒：《说"冲冠一怒为红颜"》，原载《上海文学》，1995 年第 12 期，后收入章培恒《灾枣集》，济南：山东友谊出版社，1998 年，第 243 页。

② 章培恒：《说"冲冠一怒为红颜"》，原载《上海文学》，1995 年第 12 期，后收入章培恒：《灾枣集》，济南：山东友谊出版社，1998 年，第 243 页。

③ 金庸：《鹿鼎记》，广州：广州出版社，2011 年。

气时流露于其间。"① 这或许正是章培恒先生常论的："在那个年代而强调教育作用，不过是使其成为有意识地宣扬封建思想的工具。如果首先着眼于其娱乐观众的作用，倒反而能较少受到封建思想的束缚……（教育意义）是从愉悦读者的功能中自然衍生之物，而并非从外界强加进去的。"②

那无穷的偶然性的起伏、错综、混杂，交织出了一个历史的走向，文学作品要体察并显露的，或许其实就是这样活生生的"真实"，即便万般谋算，千钧一发之际，也常被牵扯而至扭转，"情"之一念而动，或许将这份偶然性体现得最为明晰。在《鹿鼎记》中，尚能写下韦小宝可能如是，且能以己心度之，道出英雄吴三桂、李自成也同样可能出于对陈圆圆的一片深情，而致"英雄气短"倾覆江山，又为什么非要认此为"决不可能"呢？或许尊重这种"可能性"，方是在尊重历史的真实、文学的真实、人的真实——真的现实。

为突破往日十数年间文学史是"一部现实主义与反现实主义斗争史"这一论调，为突破那已然过分僵硬，毫不"现实"的"现实主义"概念之桎梏，金庸的武侠小说在此出于机缘，被章培恒先生纳入了写作之中。在 1989 年的《对武侠小说的再认识（代序）》中，章培恒先生说得更加具体：

> 　　新派武侠小说已向西方的新观念靠拢，也正因此，其艺术成就不仅大大超过旧武侠小说，而且也超过了那些在"左"的观念支配下的所谓新文学作品（小说）；其给予读者的思想上的启发，不仅远非旧武侠小说所能望其项背，就是上述的所谓新小说也明显不如（说得更准确一些，在这里还包含着往什么方向去启发的差异）。③

---

① 章培恒在《文学与娱心》（原载《海上论丛》第 1 辑，复旦大学出版社，1996 年）一文中，着重引用了王国维此言。
② 章培恒：《〈苦愚斋戏曲选〉序》，原载郁亦行，莫秀荣《苦愚斋戏曲选》，上海：学林出版社，1992 年。后收入章培恒：《灾枣集》，济南：山东友谊出版社，1998 年，第 170 页。
③ 章培恒：《对武侠小说的再认识（代序）》，原载曹正文《武侠世界的怪才——古龙小说艺术谈》，上海：学林出版社，1992 年。后收入章培恒《灾枣集》，济南：山东友谊出版社，1998 年，第 73 页。

但《李自成》在那个年代的写作以及 1987 年《创作实践与创作理论》的出版，姚雪垠也并非是在"不按照自己的认识、评价和感情来写作，力图使自己的认识、评价和感情与旧的秩序相适应"，姚雪垠实抱有出于己心①的严肃目的。在致亲朋好友的那些书信之中，显出他是真心自创作伊始，就努力要：

> "以阶级斗争为纲，努力写好阶级斗争，反映历史的客观规律，而不写自己所不理解的事，也不在历史本身规律之外、历史条件允许之外，附加不可能的事"② ……
>
> "为无产阶级文学占领'历史小说'这一角阵地"，因"我们同国内外资产阶级文艺思想斗争是长期性的，理论上的批判只是一个方面，用作品做斗争才更有力量"③ ……
>
> "重炮保卫马克思主义文艺理论阵地"④ ……
>
> 认定"《李自成》本身就是在战斗中出现的，我为人民献身的文学事业也是在斗争中前进的"⑤。

虽是"真心"，但早已成为被时代洪流裹挟的，再也辨不出真正"本心"的真心。无论是文学的创作，还是理论的争鸣，全都成了姚雪垠为阶级斗争、为马克思主义文艺战斗的一件"武器"，这距离文学本身的价值，显得颇为遥远。在章培恒那里，究竟什么是"文学本身的价值"，为什么金庸比姚雪垠要更靠近文学本身的价值？1999 年《关于中国文学史的宏观与微观研究》之中，章培恒先生明确道出：

---

① 在 20 世纪 80 年代，作家没有必要以"左"来投机，按姚雪垠的风骨，人到晚年也并非只图名利随风倒的投机者。

② 姚雪垠：《姚雪垠文集》（第 19 卷），北京：人民文学出版社，2010 年，第 70 页。

③ 姚雪垠：《姚雪垠文集》（第 19 卷），北京：人民文学出版社，2010 年，第 128 页。

④ 姚雪垠：《姚雪垠文集》（第 19 卷），北京：人民文学出版社，2010 年，第 315 页。

⑤ 姚雪垠：《姚雪垠文集》（第 19 卷），北京：人民文学出版社，2010 年，第 645 页。

第一，肯定文学的本质或其根本职能在于追求和提供美感，至于教育意义之类，则不属文学价值的范围。实际上，读者在文学中获得了美感以后，完全可以走不同的道路。例如李商隐的名句"夕阳无限好，只是近黄昏"确实很具美感，但一个将近暮年的人在被诗句所感动以后，为了不辜负这无限好的"夕阳"，既有可能更努力地工作，也有可能更沉湎于享乐。这两种情况都不能影响该作品的价值……我想在这方面可以借用法国哲学家柏格森的如下论述来说明："艺术家把我们带到情感的领域，情感所引起的观念越丰富，情感越充满着感觉和情绪，那么，我们觉得所表现的美就越加深刻、越加高贵。"[1]

可见，文学之"美"，才是章培恒先生所认的"本身价值"——它不是形式上的、孤立的"美"，而是容纳了情感、观念、感觉、情绪的兼容并包之"美"。但在《金庸的武侠小说与姚雪垠的〈李自成〉》一文中，章培恒先生仍只论了文学的"娱人"与"人生"两种价值，可见，虽然章培恒先生就文学本身价值而言，尽管认为"娱人"较之"斗争"更高，但这是因为这里的"斗争"是实际上已抹杀了真实"人生"的假的斗争，就其根本而言还是以"美"为最上。在此，比起在谈及金庸接受史时，一味夸耀他对金庸的褒赞，将"金著"捧至神乎其神，不妨通过其他文本，一观章培恒先生对待金庸的作品时，其实际品评究竟如何：

因其中的优秀之作恰如尖庄一样，"品虽属中下，色味颇不劣"。例如金庸先生的《鹿鼎记》，那固然不是文学史上的杰作，但其中却有不少很能引起人思考的东西，光是书中对那个大搞个人崇拜的神龙教及其教主的批判，就很有社会意义。当然，也有许多描写除了使人感到有趣以外，别无深意，但也并无以软刀子割读者头的企图。不像有些作品，明明对读者有

---

[1]　章培恒：《关于中国文学史的宏观与微观研究》，载章培恒《不京不海集》，上海：复旦大学出版社，2012年，第572页。

害，却贴着漂亮的商标，使人不得不想起冒牌名酒……所以，与其提心吊胆地喝所谓名酒，实不如心安理得地喝尖庄为愈的。①

　　这一段话，通过譬喻，将金庸文"品"在章培恒眼中究竟有怎样的地位，说得颇为清楚。如同钟嵘排诗分为上中下三品那般，章培恒先生眼中，金庸作品的"格调"是并不太高的，这些武侠小说虽不足以称为文学史上的杰作，但却并未"以软刀子割读者头"，强调"阶级"，压抑"人性"，呼吁与读者有害的"方向"，这差不多算是章培恒先生对金庸作品地位的定评。

　　章培恒先生的《金庸的武侠小说与姚雪垠的〈李自成〉》于 1988 年发表，1989 年被《新华文摘》转载，这大约是金庸的武侠小说，第一次得到属于兼有"学术"及"官方"二者的某种认可表态。由此，较有影响的金庸批评，在八十年代也就告一段落。通观在此十年之中有关金庸的文学批评，因其"即时性"的迅速产出，且出于迫切地希求发挥效应，在某种程度上就丧失了深入文本肌理的更多可能。而步入九十年代之后，金庸批评的学理化日益加强，不过，其间"方向"之指，却并未因学理的渗入而稍有削弱。只是在此后的时期，它成了更加纷繁，也更加炫目的"方向"之表征，失却了八十年代讨论金庸之时，更多从属于中国古典的、印象式评点的取其一二略做点染敷衍的批评样貌，注入了更多的西方理论、文化研究、研讨会组稿、高校动向乃至传媒热点事件的批评态势，与八十年代相比，若以"严肃的批评"和"认真的研究"为标杆，或许"金学"在二十世纪九十年代的推进开展，与八十年代相较，离金庸只在演绎方向上略有差异并走得更远，但与八十年代相通的是，两个十年，尽皆存在极为突出的"偏离"与"转移"之特性。

---

　　① 章培恒：《武侠小说与尖庄白酒》，《新民晚报》，1990 年 10 月 31 日。

第二章　1989—1994：学界的接纳与专著的出炉

有关金庸的批评与研究，也因"弘扬民族文化，引导通俗文学"① 的需求，回返"金庸接受史"的历时性脉络来通观这一时期的金庸批评，较诸八十年代确可称作有了实质的"推进"。其中如下几个特点显得颇为突出：

其一，金庸及其创作，在此期间正式登上了北京大学中文系的课堂——尽管并非专门为其开设讨论课程，而是放在整个中国游侠文化的脉络之中，对之加以阐发。在前人所写的"金庸接受史"中，往往将此"登上北大讲台"，定位至严家炎于 1995 年开设的"金庸小说研究"这门课程，然而，若观陈平原的访谈、回忆等文，可见其人于 1990 年秋天便在北大开设了选修课，在课上多有讨论武侠小说，后于 1992 年凝作《千古文人侠客梦》一书②。此书之中，有专章涉及金庸，当可推想，当时课堂上自然已有相关探讨。其时，《千古文人侠客梦》虽是为了打通古今游侠文化，勾勒类型文学脉络，但并非有关金庸的专著，且陈平原亦坦承，当时写作此书，多少被人视作"不务正业"，"是否值得，只有天知道"③。然而，既身在"北大"，课在"北大"，"讲金庸"在"北大"，其意义与效应也自是非凡，有着某种"风向标"之意味。不过，陈平原虽以其北京大学著名学人的身份，使得其作《千古文人侠客梦》，在诸多有关金庸的接

---

① 陈墨：《新武侠二十家》，北京：文化艺术出版社，1992 年，第 3 页。
② 陈平原：《武侠小说与功夫电影》，载陈平原《当代中国人文观察》，北京：人民文学出版社，2004 年，第 199 页。
③ 陈平原：《后记》，载陈平原《千古文人侠客梦》，北京：新世界出版社，2002 年，第 267 页。

受史中一提再提，并由后人加以浓墨重彩的勾描论述，其书质量固为上佳，但也不可忽视"北大"的光环效应。事实上，研究港台文学——自然，金庸也囊括在内——实则率先在广州沿海地区蔚然成风，此后才"吹"至内地。1981年，中国当代文学学会台湾香港文学研究会在广州成立。1985年，《华文文学》亦在此地创刊，暨南大学、中山大学、汕头大学等，因地域之便，甚至借由潘亚暾、陈先茂等学人的亲友关系，才率先读到了一批批的港台地区文学作品，并对之加以评述，做了介绍、推广、研究等大量工作。

其二，这一阶段，浮现出了有关金庸研究的系列专著。此类专著数量并不算多，虽也有几本如曹正文所写的《金庸笔下的一百零八将》等，但如同陈墨这般，以一己之力，在四五年内写出了六七本针对金庸小说的专著，则实为罕见。平心而论，这几本书在九十年代初版时的学术含金量并不太高，整体看来泥沙俱下，前前后后多有拖泥带水、重复累赘之处，但在九十年代初，民间"武侠迷"虽是不计其数，但学界的"金庸批评""金庸研究"可称不上"学术热点"，相反，是被人看轻，甚至是嗤之以鼻的"冷板凳"。由于百花洲出版社的大力支持，在这一阶段持之以恒地做着金庸研究，写着专论的陈墨，诚无愧于被称作"大陆金学第一人"。数十年来，陈墨对金庸可谓一往情深，时至今日，仍不断增订修补，出了一套厚厚十三本的修订文集。有意思的是，或许因陈墨专研金庸的著作近乎"等身"，其成果数量虽多，而除其"成体系""蔚为大观"之外，却似又无"或可再论"之处，是以在"接受史"的梳理之中，常被后人几笔带过，并不对其著作多加评说。然而，在整个大陆的"金庸批评与接受"中，早年即已针对作品花大力气写下数本专著的陈墨，并不该轻易地被世人冷淡与遗忘，也应经由后人，去寻求并勾勒他的心路历程。

同样不该被遗忘的，还有罗孚在历来的"金庸接受史"中，人们多能知晓正是由于《大公报》时期他的鼓动，才使得梁羽生、金庸二人开始进行武侠小说创作。多有关切者，或许能知，就是通过他的约稿，才使得梁羽生、金庸均于1966年时写下对"新派武侠小说"的自述与评论。此外，却似无人论及罗孚，在1982—1993年间的"北京十年"之中，由于其人与《读书》、三联的密切联系，与北京文坛诸多文人的亲密关系，为介绍香港文学的详情与轶事做出了不少贡献，自然，金庸也在其"介绍"的范围之中。不过，最有代表性的《金色的金庸》一文，虽是于1988年刊载于《读书》，却于1993年方才结集于《香港文坛剪影》之内得到出版；此外，1990年1月30日，金庸以"弟 良镛"作为署名，致信罗孚，对其登在《读书》上介绍金庸的文章，提出自己希望罗孚进行修正的意见①。据考，这是金庸第一次明确地主动介入自己在内地学界的"接受"，并希望批评家能够刊登更正文章的方式，来与之互动。其后，金庸本人与知识界的互动与纠葛，则越发密集起来。此外，在八十年代，《读书》一刊中罗孚对金庸单枪匹马的介绍，略显散兵游勇，不成气候。而九十年代之后，陈平原、李零、何平、冯其庸等多人，乃至金庸本人登在《读书》上的文章，才多多少少以"结阵"的面目涉及相关论题。《读书》以其刊物文体的不完全散文，不完全学术，既关心公共话题，又以不彻底介入的特殊姿态与开放态度，成了沟通的桥梁。在某种意义上，金庸在此经由老友和部分较为开放的学者的引荐，从香江贯通至永定河，也以在学术上更受认可的姿态（冯、章二人只将论述金庸的文章纳入"散文随笔"，而陈平原则将《千古文人侠客梦》第六章——内中有着金庸——编入了自己的学术自选集，陈墨更是在学界以"吃金庸饭"立身扬名），由下里巴人连通至阳春白雪。

因此，尽管这一时段也有胡河清《金庸小说的伦理情感》② 等论文、蔡翔《侠与义：武侠小说与中国文化》③（并非单论金庸）等论著、曹正文《金庸笔下的一百零八将》④ 等专著，但观其在"金庸接受"上的影响，为"写金庸"花费的力气，与在"沟通"——无论是作家本人与批评的沟通，香港文学生态与内地文学生态的沟通，还是大众文化认知与学界学术交流的沟通——上的贡献，或许仍不如上述陈平原、陈墨、罗孚三人颇关紧要。综合考量，不妨即以陈平原及其《千古文人侠客梦》、陈墨及其六本专著、罗孚及三联、《读书》月刊为重点，阐述这一时期，由时代风云所鼓荡而出的潜藏在"金庸批评"之下

---

① 高林编：《罗孚友朋书札辑》，北京：海豚出版社，2017年，第316页。
② 胡河清：《金庸小说的伦理情感》，《社会科学》，1992年第12期。
③ 蔡翔：《侠与义：武侠小说与中国文化》，北京：北京十月文艺出版社，1993年。
④ 曹正文：《金庸笔下的一百零八将》，杭州：浙江文艺出版社，1992年。

的"文人/学人"心态，及其对"金庸批评"的移情式的影响。

第一节　陈平原与《千古文人侠客梦》

陈平原先生数十年来，为现当代学术领域的开拓与建设做出了卓著贡献。自然，他也曾多次强调自己"压在纸背的心情"，以及"学者的人间情怀"，不过，其人有"两副笔墨"，在撰写学术论文时坚决"为学术而学术"，极力反对"以经术饰其政论"。《千古文人侠客梦》一书，尽管在择定选题之时自有现实关切与生命经历支撑，但既作为学术专著来写，又在 2013 年回答记者提问之时，由学者本人将《千古文人侠客梦》评作"个人最满意的著作"，且称其为"一本不错的学术著作"，认为"写作时精神饱满，思路流畅，中间基本上没有打嗝，可称得上一气呵成的，《千古文人侠客梦》庶几近之"①。可见，与冯其庸、章培恒将写金庸视为"随笔""杂文"② 的态度不同，陈平原确是将之作为较严肃的学术事业，来对待与论述。由此，出于陈平原在评述具体研究对象之时，坚持要"为学术而学术"的抱负，或许还是先从其人历来的学术脉络入手，再辅以现实关切与个人的经历心境，逐步勾勒《千古文人侠客梦》一书以及其中"论金庸"的生成与影响，或许较为妥帖。

1999 年，在回望自己二十世纪的治学历程时，陈平原先生这样论述："从

---

① 陈平原：《千古文人侠客梦》（插图珍藏本），北京：新世界出版社，2002 年，第 269 页。

② 除了 1986 年发表在《中国》的《谈金庸》之外，冯其庸于 1997 年写下《〈书剑恩仇录〉总论》，发表于《北京师范大学学报》，并出金庸《笑傲江湖》等书的回后评，而此类"写金庸"之作，均在其编订文集时收入《夜雨集——冯其庸散文随笔选》（中国友谊出版公司，1999 年版）中。章培恒则将 1988 年发表于《书林》的《金庸武侠小说与姚雪垠的〈李自成〉》，于 1998 年收入了《灾枣集》，并在序中自认此文"可以划入'杂文'的范围"，参见章培恒：《灾枣集》，济南：山东友谊出版社，1998 年，第 3 页。

'文学史'到'学术史'，再到'教育史'，十五年间，我的学术兴趣时有推移。"① 在文学史研究时，意图沟通文学的内部研究与外部研究（尤其沟通文史），沟通古代文学与现代文学，扩大现当代文学版图至"二十世纪中国文学"，并阐明其间雅俗对峙与不断转化的动力；在学术史研究时，则意图通过回返胡适、章太炎等人的学案，了解治学路数，汲取往日资源来对当下学界学风的浮躁与空疏加以纠正，倡导规范化与学理化；在教育史研究时，则意图厘清"大学何为"。其后，步入二十一世纪，陈平原在城市研究（尤其是北京）、图文互动等方面，也均有突出学术成果。

不过，在陈平原的诸多跨界研究与发起凡例之中，与"金庸批评"关联较为密切的，还是早年的"文学史"与"学术史"研究。为打通古今，沟通雅俗，从而由陈平原本人特意拈出"金庸"自不必说，而其人在学术的规范化、学理化这一方面所做出的努力，也实可谓泽被后世，即便到了九十年代后半叶的金庸批评，仍颇多受其影响。陈平原在评价自己九十年代的武侠小说研究时，这样批评道："论者过高估计了武侠小说的哲学兴趣，也不了解武侠小说作为一种通俗文学类型，追求新思潮而又不求甚解，基本上只是取其口号略做敷衍的特点，说深了必然显得勉强。"② 然而，所提"论者"的此番行为，某种程度却正是根植于"学理化"的学术理念而来。原本卑之无甚高论，却为做出"学理化"的面目，每每行文，必取几个"理论""思潮"的口号来做敷衍，以做学术"圈中人"的表征，这样撰写出来的文本，有时难免成为空有"学术文章"的名头妆点，却是并无真知灼见的一篇浮文。碰上了也常"略作敷衍"，又自包罗万象的金庸武侠小说，正是一拍即合，产出了不少批评的"大作"，这一境况，尤以九十年代末为甚。陈平原在研究学术史，倡扬学术规范与强调学理之时，约莫难以想到，之后江河日下，竟会产生如此"龙种变跳蚤"般数量激增而质量骤减的局面。

---

① 陈平原：《北京记忆与记忆北京》，北京：生活·读书·新知三联书店，2008 年，第.160页。

② 陈平原：《千古文人侠客梦》（插图珍藏本），北京：新世界出版社，2002 年，第 182页。

毕竟，陈平原本人的研究，确是名副其实的"龙种"，眼光既高，积累又深，手法也好。1985年时，尚在北大求学的陈平原已与钱理群、黄子平有了构建"二十世纪中国文学"的宏阔视野与学术雄心，在《读书》刊出三人意见后取得热烈反响。在他们尽人皆知的《三人谈》中，这样写道：

> 在"二十世纪中国文学"这个概念中蕴含着的一个重要的方法论特征就是强烈的"整体意识"。一个宏观的时空尺度——世界历史的尺度，把我们的研究对象置于两个大背景之前：一个纵向的大背景是两千多年的中国古典文学传统……一个横向的大背景是20世纪的世界文学总体格局。①

由此可见，甫自开局，陈平原即已意欲突破以往传统的文学史论述，在王瑶的《史稿》等由于时代所限，深受意识形态影响的著作基础之上，再度重绘"现当代文学"的版图。其间基调，或可称之为突破以往狭窄格局，重筑一个"大整体"的"扩充"之努力。此时，金庸作为这一"版图扩充"的实例，无论是从反拨以往文学史书写中过分偏重严肃文学的角度，过分偏重西学涌入的角度，还是过分偏重内地文学的角度，通而观之，金庸均有可取之处。不过，当时的陈平原对金庸或许略有关注，但投入的精力，实则较为微薄。其人身在北大，正是年少意气之时，一面与友人畅谈学术，一面也在为自己的博士论文《中国小说叙事模式的转变》寻找材料，忙得不可开交，很是费了一番辛苦。在1987年末即已写成的随笔集《书里书外》中，他这样说：

> "雅"和"俗"有时候很难说。就像今天如有"俗人"专门收集俗不可耐的街头小报、三流杂志和通俗小说，日后肯定对"雅人"的研究大有帮助。②
> 　　只有进入二十世纪，这种"俗小说"与"雅小说"的对应关系才真正

---

① 黄子平，陈平原，钱理群：《二十世纪中国文学三人谈》，北京：人民文学出版社，1988年，第25页。

② 陈平原：《书里书外》，杭州：浙江文艺出版社，1988年，第2页。

确立并发挥作用。在很多批评家调整鉴赏眼光的同时，学者们也有必要调整一下研究角度。如果说"五四"一代学者确立了"俗文学"的价值，我们的任务则是确立"俗文学"在整个文学系统中的地位和作用。①

当时的陈平原，正为写博士论文寻找以往通俗小说的报刊资料而一路南下，寻访上海、苏州、芜湖等各地的图书馆，企望一阅馆藏的旧报刊。这样一份钻故纸堆的"观史"眼光，易于使其学术旨趣、立场和态度更为多元、平和与通达，从往昔的历史事实出发，跳脱出长久以来新文学传统必须"一统天下"的桎梏，少带偏见地对"通俗小说"加以品评。或许可见其人写作《千古文人侠客梦》，谈论金庸作品的学术动机，于 1985 年提出"二十世纪中国文学"之时已隐约浮现，且至少于 1987 年，即眼见"香港武侠小说反攻"时就已初步形成——虽然大概只是影影绰绰的模糊轮廓。

况且，八十年代埋下的这颗种子，也非仅止于简单的一笔带过。1988 年 7 月 26 日，陈平原在《人民日报》上发表《通俗小说的三次崛起》，内中和往日的"赵树理方向"进行了比对，在涉及金庸时这样论道：

> 讲清楚李涵秋、张恨水乃至金庸在二十世纪中国文学史上的地位和作用，讲清楚他们的创作跟整个小说思潮的关系，他们作为通俗小说家对小说艺术发展的贡献，这才算触及问题的实质，也才能建立起基本稳定的小说界"三分天下"的局面。②

直至 2013 年为学生讲课之时，也仍然这样表达自己的观点：

> 在二十世纪中国小说史上，有两位通俗小说的大家，必须给予认真看待，一是活跃在三四十年代的张恨水，一是活跃在六七十年代的金庸。这

---

① 陈平原：《书里书外》，杭州：浙江文艺出版社，1988 年，第 51 页。
② 陈平原：《通俗小说的三次崛起》，《人民日报》，1988 年 7 月 26 日。

两位先生，或以都市言情取胜，或以武侠小说名家，都是大才子。①

可见，就"学术追求"的角度而言，从始至终，陈平原打量金庸的目光，都与陈墨这样的"专门研究"不同。它并非定格在金庸身上的长久凝视与反复深描，而是在"二十世纪"乃至"数千年来"文学史的长河之中往来逡巡，将"金庸"作为一个广袤集合中的"元素"，进行定位与描摹。这与1985年，即《三人谈》提出"二十世纪中国文学"同年，这与作为"方法年"而引入的"系统论"或许略有几分关系。毕竟，早在1985年的《三人谈》里，就这样写："国别文学纳入世界文学的大系统之后获得了一种'系统质'，即不是由实体本身而是由实体之间的关系来决定的一种质。"② 但纵观陈平原一贯以来的研究风格，与其阅读时的上天入地广泛涉猎，或许其人自身的胸襟格局、广博积累与治学趣味，是更为深层的因由。在特定对象"金庸"身上，虽是少了几分"沉潜含玩"，但却多了几分"整体把握"。陈平原做此类研究，颇有旁人难以企及的长处，身处北大，又多做晚清，偏好文史互参，受研究对象所浸染，虽对于流长过往与纷繁今世皆有了解，但较之深钻古代文学的皓首穷经，便不易沾染其间常以诗文为正，而只视小说为"稗官野史""小道恐泥"的贡高我慢之气；较之泛览世界文学的绚目光影，不断谈说文学的哲思化、理论化、非文学化——这确实难以为广大的普通读者所接受——又更多几分立足本土，了解历来国人心理，与由古至今不同时期接受动因的洞察与熟稔。是以在这样的视野之下，陈平原对"雅俗"之别，就从来不太有成见，譬如在论述《茶花女》时，他这样道：

　　所谓"可怜一卷《茶花女》，断尽支那荡子肠"，不只是茶花女的悲苦命运，让中国人倾心的还有小说的表现手法。不过，有一点必须提醒诸位

---

① 陈平原：《北京记忆与记忆北京》，北京：生活·读书·新知三联书店，2008年，第68页。

② 黄子平，陈平原，钱理群：《二十世纪中国文学三人谈》，北京：人民文学出版社，1988年，第3页。

注意，早年介绍进来的西洋小说，大都是人家那边的通俗小说。通俗小说变了一个环境，成为士大夫的案头读物，乃至影响了中国文学进程，这时候，"俗"也就变成"雅"了。①

究竟是"雅"是"俗"，由古至今，并非一成不变的定论。不过，研究者自身有无成见是一回事，而学界的普遍认知则是另一回事。虽然到了九十年代后半叶，金庸似乎已成了学界的"学术热点"，但在八九十年代之交，却远没有这样的殊荣，在那篇题为《千古文人侠客梦》的长篇序言之中，陈平原对自己当时的学术选择这样评价：

> 从不大阅读武侠小说，到把武侠小说作为学术研究对象，这一步跨得够大。文人学者中嗜读武侠小说者不在少数，可那是作为娱乐消遣，偶尔在文章中捎带几句，也是以俗为雅。至于正儿八经地把它当作一种学术工作来努力，起码在目前大陆学界还不时兴。以至当听说我在撰写研究武侠小说的文章时，师友中颇有表示惊讶的。长辈中有语重心长劝我不要自暴自弃者，朋辈中也有欣赏我洒脱什么都敢玩者。其实我从事武侠小说研究，绝不仅仅是出于意气或故作惊人之举。这事情迟早要做，只不过因外在环境的变化而提前罢了。②

在此，要追问的除了"迟早要做"以外，或许还有"为什么提前"？自然，借助文学的类型研究沟通古今，打通文本的内部与外部，并深刻领会究竟有几分属于"因袭"，几分确为"创新"，挖掘出人类的基本兴奋点，了解某个"永恒主题"③（李零语），是陈平原有目的的学术追求。但这一件事的"提前"到

---

① 陈平原：《学者的人间情怀：跨世纪的文化选择》，北京：生活·读书·新知三联书店，2007年，第136页。
② 陈平原：《我与武侠小说》，载《读书》，1991年第4期。
③ 陈平原：《千古文人侠客梦》（插图珍藏本），北京：新世界出版社，2002年，第270页。

来，追溯缘由，或许就要暂别其人历来的学术抱负，转而关注外界的气候环境。

此时回望，已是过往难以再续的几缕梦痕。这或许会使得《千古文人侠客梦》的读者更易于理解，为何陈平原在阅读武侠小说时，对其中居高临下，只手翻云覆雨的"大侠"，从来未曾表现出溺于此中的"代入感"，相反，则常以寻觅救赎，以及赞许其中"不轨于常"的任侠义气，表露出自家心境。他对其中那些"报效朝廷"之念，极少加以称许，引用金庸诸多著作时，基本也不太引用慷慨高昂，歌颂"侠之大者，为国为民"的"射雕三部曲"来加以赞誉，而是多选自在逍遥，既不愿以武干禄，也不愿残民以逞的《笑傲江湖》。在序言中，他写道：

> 因此，不妨将"缓急，人之所时有也"（《史记·游侠列传》）作为武侠小说流行最重要的心理基础。①

在此，陈平原基本消解掉了另一层大众阅读武侠小说之时普遍存在的心理——将己身"代入"英雄美人的那份快意恩仇，以及凭借高超武艺、才情、容貌……从而凌驾众人之上的欲望，在如此的选择之中，或也呈现了陈平原自己在此时此地钻研武侠小说，最重要的心理基础——"缓急"之下的个人抉择与安顿。此刻写《千古文人侠客梦》，竟有几分司马迁在《报任安书》中所表现的"借之安身立命"之心。陈平原在《千古文人侠客梦》的行文之中，这样流露道：

> 司马迁照样有自己独立的视野以及阐释眼光。选择"不轨于正义"为被当朝所诛死的游侠作传，不就隐含着不同于当代主流意识形态的价值取向？②
> 可见在司马迁、班固看来，任侠并不一定需要"武功高超"。不以成败

---

① 陈平原：《我与武侠小说》，《读书》，1991年第4期。
② 陈平原：《千古文人侠客梦》（插图珍藏本），北京：新世界出版社，2002年，第5页。

论英雄，而以"精神""气节"相推许。①

从"侠以武犯禁"之中，或许能体味出几分古今的异代同调——自然，在陈平原的叙述中，所重者不再为"武"，而是这份为了不公打抱不平的"侠"之精神，这份"为被当朝诛死者作传"的情怀与胸襟——可以看出，陈平原在翻阅古书，为之作论的同时，也得到了某种身心的妥善安置：

> 我还是坚持 10 年前初版《后记》中的那段话：或许有那么一天，我会对本书论述的粗糙感到不安，但我想我不会后悔这一研究过程。还是那句老话：过程比结果更重要。不敢说大彻大悟，但毕竟曾经借此获得一种澄明的心境。我实在想象不出来，还有什么比这更重要。②

这种向"澄明心境"的靠近，适时地给予了当时的陈平原以某种"安顿"之感。此后的数十年中，陈平原在访谈时，在作序时，仍反反复复加以提起。尽管历览数十本著作，陈平原基本从不明言，也不欲外人多做发挥——

> 常有人打听此书的写作是否"别有幽怀"，我既不肯定，也不否定。因为，这取决于你对"幽怀"一词的界定。为了避免过度阐释，我对此类见仁见智的提示，均充耳不闻。③

不过，或因此事于学人而言，确曾留下创痛酷烈的沉重生命烙印，即便时日推移已有数十年余，通达智慧如陈平原，在"不肯定""不否定"之下，也难免一而再，再而三地不断表述，虽不直说，但既时常提起，做些"阐释"，似

---

① 陈平原：《千古文人侠客梦》（插图珍藏本），北京：新世界出版社，2002 年，第 30 页。
② 陈平原：《千古文人侠客梦》（插图珍藏本），北京：新世界出版社，2002 年，第 269—270 页。
③ 陈平原：《千古文人侠客梦》（插图珍藏本），北京：新世界出版社，2002 年，第 269 页。

乎也并无大过。毕竟，他自己常讲：

> 完全离开当下的思考，是不能从事学术研究的，我选择题目时也常常有着现实处境的刺激，如做武侠研究。但这种现实生存处境和当下的思考是压在纸背的，可能在对对象的陈述中会透露出来，但不是直接表达出来。①
>
> 没日没夜地与"侠客"及"侠客文学"对话，那已是十八年前的往事了。可我永远记得唐人贯休的《侠客诗》——"黄昏风雨黑如磐，别我不知何处去。"②

此时，那些童年时的恬静、幼年时期所奠定的基本认知，与已然化人潜意识内部的原初记忆，便自然而然地涌上心头。在陈平原的那篇《有情怀的学术研究——答北京大学研究生杨早问》中，他这样回答：

> 你问谁对我的治学历程影响最大，这很好回答：一是我的父亲，他使我建立起基本的价值观念与审美趣味；一是我念博士课程时的导师王瑶先生，他让我拓展学术视野，也谨慎自家脚步。③

其人谈论治学历程，"父亲"得与王瑶先生并而提之。谈说"建立"与"基本"，那些童年时翻阅父亲收藏书籍的经历，直至1994年，也仍使陈平原深感"山村里昏黄的灯光、深夜中遥远的木屐声，以及盼望雨季来临以便躲在家中读书的情景，至今仍不时闯入梦境"④。虽经时日推移，然而早年对中国传统

---

① 陈平原：《"民族主义"及其他——答吴晓东问》，载陈平原《书生意气》，上海：汉语大词典出版社，1996年，第195页。
② 陈平原：《千古文人侠客梦：武侠小说类型研究》，天津：百花文艺出版社，2009年，第227页。
③ 陈平原：《有情怀的学术研究——答北京大学研究生杨早问》，《学术月刊》，2002年7期。
④ 陈平原：《〈陈平原学术自选集〉序》，载陈平原《书生意气》，上海：汉语大词典出版社，1996年，第114页。

小说的阅读，其间影响，仍潜移默化地流连至今，父母的关怀与支持也是始终如一。如此这般的心灵支撑，也自会影响陈平原在写下《千古文人侠客梦》时，那些"压在纸背的心情"。在回忆与记录《千古文人侠客梦》的写作与出版之际，陈平原多次提及有关父亲的影响与鼓励：

2002年，在提及《中国小说叙事模式的转变》获奖时，他这样道：

> 此书在国内曾获得过若干奖励（包括全国高校首届人文社会科学研究优秀著作二等奖，1995年），但说实话，最让我激动的，还是一次规模很小的文学奖。查1990年日记，4月7日则有这么一段话："下午领郭枫文学奖，获二等，一千五百元（三百美金，一百人民币）……评委中有好几位是我的师长……师长们想用此举表达他们对当时正'很不得志'的我的关怀与期待。"①

> 此奖之所以让我永远铭记，还在于其来得十分及时，让父亲终于看到儿子有可能"时来运转"……一年后，父亲不幸病逝，我才猛然间想起此奖对于我和我父亲的意义。②

1991年1月1日，《千古文人侠客梦》初步完稿，陈平原在后记之中，这样记录：

> 尤其感谢我的妻子和我的父母双亲，是他们的鼓励坚定了我完成计划的决心。最后，感谢父亲陈北为我的小书题写了书名。③

1991年的夏至后五天，陈平原的父亲猝然病逝。一直以来，早年父亲以家

---

① 陈平原：《〈中国小说叙事模式的转变〉新版后记》，载陈平原《自序自跋》，北京：生活·读书·新知三联书店，2014年，第16—17页。
② 陈平原：《〈中国小说叙事模式的转变〉新版后记》，载陈平原《自序自跋》，北京：生活·读书·新知三联书店，2014年，第17页。
③ 陈平原：《千古文人侠客梦》，北京：人民文学出版社，1992年，第224页。

中的诸多藏书——主要是中国传统的书籍——培育了陈平原的读书趣味；在
"文化大革命"期间，因其在潮州的关系，使陈平原能够在乡村中做一个中小学
教师，不会完全因为"劳动"而将读书耽搁下来；在陈平原考入中山大学，乃
至负笈北上，进入北大的求学期间，也由始至终在背后默默支持着他。亲人的
离去，使得陈平原在论着"武侠"之时，对与身为"武侠迷"的父亲相处的那
些过往，又显得再度刻骨铭心，历历在目：

  年初回潮州探亲，父亲还兴致勃勃地和我讨论武侠小说，并约好等这
本小书出版后，他再从头细读。父亲少时练过武术，连带喜欢武侠小说。
去年读了我论武侠小说的文章，父亲旧瘾重发，让我二弟给找了一部《神
雕侠侣》，一拿上手就不愿放下，以至因对病弱身体非常不利而被我母亲勒
令"下不为例"。近年父亲病情日益严重，自称是荷叶上的露珠，随时可能
掉下来摔碎。这话不幸而言中，今年五月间，他竟一病不起。父亲是我的
论著最热心的读者，几乎每文必读，而且常提出很中肯的意见。因此，我
写文章时，会突然间冒出一个念头：这话父亲会欣赏吗？如今，这种感觉
还在，可已是"人去楼空"。再度灯下涂鸦，不禁悲从中来。①

  陈平原在 1993 年初出版的专著《小说史：理论与实践》的扉页上这样题
写：谨以此书献给我的父亲。在《千古文人侠客梦》中，也未必没有包含着献
给"武侠迷"父亲的一番心意。整体而言，历来的学术抱负、外在的政治气候、
学界的凋零气氛，以及一直以来潜在心间、因父亲的自小培育，对传统小说以
及武侠小说的"爱屋及乌"，共同孕育出了《千古文人侠客梦》这部著作。虽
在"金庸接受史"与"武侠接受史"上，此著时常得到论说，但其间蕴纳之
意，着实较之单单论述"金庸""武侠"深远得多，它自始至终根植于陈平原
的生命与心路的双重历程。其人自言：

---

  ① 陈平原：《千古文人侠客梦》，北京：人民文学出版社，1992 年，第 224—225 页。

在确定选题和独立思考的时候，背后要有东西，要有压在纸背的"生命之感"。没有这一底蕴，这课题，你能做他也能做，今天做明天做关系不大，那就没有多大意思了。①

对这些背后的东西若勉力掘出一二，或可得见之后在旁人论及《千古文人侠客梦》时，所谓金庸的"借势水涨船高"等言，都已是后生晚辈的回望与贴上的标签，这场"水涨船高"，实与研究者自身的心境原本无涉，对陈平原来说，这只是一场上述的诸种因素混杂之机缘巧合，是以将目光投注至"侠"的因缘际会。他道：

比如，朋友们说你写完了《千古文人侠客梦》，应该接着写《红袖添香夜读书》，因为"言情"跟"武侠"一样，也是我们很重要的文化传统。可我没有这么做，起码在那个时刻，这个题目与我没有"趣味相投"。文学史上、文化史上、学术史上值得探讨的话题很多很多，最后你选择哪一个，投入五年十年的精力，似乎冥冥之中自有定数。其实，制约着这一选择的，有的是外在风气，有的是学术理路，有时是材料发现，但更重要的是个人的心境。②

随着年岁渐长，于这"冥冥之中自有定数"，也越发相信了起来。人的心境既是各有差异，那所做的研究，所得的结论，也常常大相径庭。譬如，同样是研究金庸，陈平原对此虽无成见，但其人立场一贯鲜明：

关于雅、俗文化之间的对峙与转化，是笔者近年学术研究的一个重点；其基本立场是理解通俗文化，坚持精英文化。之所以郑重提及，是因为国

---

① 陈平原：《书生意气长——答〈中华读书报〉记者陈洁问》，《中华读书报》，2007 年 3 月 28 日。
② 陈平原：《小城文化与学者之路——答〈潮州日报〉记者邢映纯等问》，《潮州日报》，2016 年 1 月 19 日。

内有些朋友一提"民间社会"（指"市民社会"），就滑向"民间文化"，再一转就几乎成了"大众文化"。这是我所绝对不能接受的。①

这就与同样身处这段时期，却写下诸多专著的陈墨大不相同。陈墨常将金庸的作品，与《红楼梦》《人间喜剧》相提并论，并坚持雅俗之分只是"名可名，非常名"——换言之，即雅俗之分在实质上并不存在——迥然相异。陈平原所阐述的"雅俗转换"，是在历史的行进过程中对文本认定发生的自然变迁，但在特定的某时某地，雅俗之分却是泾渭分明，在他看来，金庸尽管是大才子，但其作品所具备的仍是强烈的"通俗"特性。在同期——即 1990—1994 年间陈墨的判断中，金庸不但得到"雅化"，甚至已"经典化""名著化"。陈墨留下的学术形象，似乎自开山时，即已在大费精力反复研究金庸，在钦敬不已的热忱表达之中，似乎少了几分冷静客观，转为完全的"高山仰止，景行行止"之语。不过，少有人知的是，在研究金庸之前，他在别的学术研究对象上，也已花费了许多功夫，只因形势有变，以至这些工作在某种意义上只成唐捐——这点，与陈平原又实为相似：

> 因为突然的情势变故，这套书（陈平原、钱理群、黄子平三人所编二十世纪中国散文选的丛书）的出版略有耽搁——前五本刊行于 1990 年，后五本两年后方才面世。以当年的情势，这套无关家国兴亡的"闲书"，没有胎死腹中，已属万幸。②

今日比起当年"二陈"尽皆经历的险些——甚至确实——"胎死腹中"的结果，似乎已要幸运得多，无论是陈平原的《千古文人侠客梦》，还是陈墨有关金庸的诸多著作，均得到一而再，再而三的再版。不过，比起陈平原《千古文人侠客梦》在接受史上所得的崇高地位，陈墨的书虽在民间大受欢迎，但研究

---

① 陈平原：《当代中国人文学者的命运及其选择》，载陈平原《学者的人间情怀》，珠海：珠海出版社，1995 年，第 123 页注 1。
② 陈平原：《附记》，载陈平原《闲情乐事》，上海：复旦大学出版社，2005 年，第 4 页。

者在评述接受史时，却似不甚在意。不妨还是再度深究，在1990—1994年间，其人以一己之力写下的初版《金学研究系列丛书》，究竟具备怎样的水准，背后又有着怎样的曲折。

第二节　"金学第一人"陈墨：近十本研究专著

在一往情深，无休无止地研究金庸之前，陈墨究竟在做什么？那些有关其他方面的成就，因时势使然，今日似难再从故纸堆中觅得"成果"（就目力所及，八十年代末的陈墨作品，仅有刊于《萌芽》上的《"新星"的蜕变与荣衰——从〈新星〉到〈衰与荣〉》；刊于《百花洲》上的《论新时期长篇小说的艺术局限》等寥寥数篇论文），但仍可从其人对往昔的追忆之中，寻见一二踪影。在回望八十年代初时，陈墨的叙述是：

> 那时我还在大学里读书，当然还没有开始读金庸小说。而是迷上了当时轰轰烈烈的一门"新学科"——"人才学"。中国大陆的读者总该还记得在七十年代末、八十年代初的时候，"人才学"兴盛的故事。我那时虽在中文系读书，但对哲学（尤其是关于人的哲学）、心理学极感兴趣，另外，老实说也想成为"人才"，所以"人才学"既出，我的热情和期望可想而知。
>
> 于是，数年之间，在我大学毕业之后，写成了一部数十万言的专著《人才学原理》——说起来，那一部书才是我的学术的处女作。是我写成的第一部完整的专著。自己尚未"成才"就写《人才学原理》，这部书的命运结局不问可知。①

虽是自评尚未"成才"，不过，由这未能出版的"数十万言"可见，陈墨

---

① 陈墨：《金庸武学的奥秘》，昆明：云南人民出版社，1993年，第303页。

自年少时便是个有天分的才子——他在中国社科院的老师陈骏涛，在为他评述金庸的论著作序之时，曾给予学生这般评价。通观其人著作，确是洋洋洒洒倚马千言，虽偶有过分信马由缰之处，但能如此下笔滔滔一气呵成，也实有其过人之长，这于陈墨本硕就读期间，便已能窥见端倪。然而，才子在学术领域并非一意攻精攻坚，相反时常不拘一格。八十年代的陈墨兴趣其实相当广泛，虽然对金庸也有些许关注，但除了上文提及的"人才学"之外，也曾多有涉猎其他研究领域，并将有关讨论撰写成文，并不似后来人所得的印象那般，仅对武侠——尤其金庸——情有独钟。他在回忆之时，这样说道：

> 七年之前，我刚刚从中国社会科学院研究生院文学系毕业……写了一篇4万字的长篇论文《论新时期长篇小说的艺术局限》，发表在蓝力生老师主编的大型文学刊物《百花洲》杂志上。①

会当此时，"武侠"——特别是中国香港的武侠——作为独一份的"民族文学"与"通俗文学"双重担纲之角，开始有意无意地被逐渐抬出水面：

> 对此，大陆学界已不再能沉默。80年代末期以来，一些学者纷纷撰文，以"弘扬民族文化、引导通俗文学"为主题，展开研究与讨论，形成了一种较为可喜的新局面②。

在这一形势之下，陈墨的金庸研究，自然也便恰逢因缘际会，由数方协力推进——既有来自主流意识形态，由文化艺术出版社出面的"约稿"，也有《百花洲》的前辈学人大力支持，鼓励其将之作为学术事业，不赶时髦，将此作为"耐住寂寞"，拒斥市场化的经济浪潮，拒斥从"文人"到"商人"的华丽转身——如此在多重作用下得到的合力结果，内中必不可少的，还有陈墨对于金

---

① 陈墨：《金庸小说与中国文化》，南昌：百花洲文艺出版社，1995年，第657页。
② 陈墨：《新武侠二十家》，北京：文化艺术出版社，1992年，第3页。

庸作品本身的阅读喜好，与来自幼时家人潜移默化的影响。"人在江湖"，经由数方力量推拉，最终仍须经由论者本人，在各方的"要求"与自己的"本心"之间，达成某种平衡：

> 黄克先生①在约稿时说不要写成一部空头泛泛的理论，最好是写成实实在在的作家作品的分析……要出版这部书，是要为弘扬民族文化，引导通俗文学做点贡献。要能做到指导和影响武侠小说的阅读欣赏及其创作，对此，我是心有余而力不足，恐怕不能达到那样高的水准，完成那样重大的任务②。

身为学界新人，正苦于其他著作出版遥遥无期的陈墨，自然对此应承了下来。不过，其人表述的字里行间，又隐约透露一些对此类号召的不以为然，在之后其他论著的后记撰写之中，将不喜一力宣扬对武侠小说的"教化"，更加重视"娱乐"本身的意义这一自家心曲，说得更为明晰：

> 体育比赛固然与"振兴中华，扬我国威"有些关系，但运动员和观众在比赛和看比赛时，恐怕还是要将它作为一种纯粹的体能竞技和娱乐形式来对待的。不用说"寓教于乐"是一种正经的事业，就算是纯粹的娱乐，也是正经的人生中不可缺少的一项内容③。

可见，于他而言，能够由公家提供扶持与保障，令所著书籍出版，自然也确为其心所愿，但若只将研究金庸的文学作品，拿来做对文化的"影响"与"指导"同声相应的麾下军，其人内心深处并非一味顺随，相反颇有几分排斥。倒是蓝力生老师的前辈风采，与其真正建基于"学术"之上，对陈墨的砥砺与提携，更使其铭感于心。从研究现当代已然公认具有文学史意义的历史长篇小

---

① 时任文化艺术出版社的社长兼总编辑。
② 陈墨：《新武侠二十家》，北京：文化艺术出版社，1992年，第618页。
③ 陈墨：《新武侠二十家》，北京：文化艺术出版社，1992年，第619页。

说，到转入向来被排斥在正统文学史之外的"金学"，蓝力生老师所给予陈墨的，是一份在学术上的"底气"。陈墨这样回忆道：

> 因为我的研究方向，是中国现当代文学，而重点又是长篇小说研究，所以应邀到江西南昌参加两位当代作家的长篇小说研讨会。会议期间蓝老师出于客气，到宾馆来看望几位远道而来的与会者，我是其中之一……蓝老师却心平气和、胸襟广阔，与我聊起了金庸小说及其研究价值。这使我茅塞顿开。
>
> 接下来是向我约稿。开始我不太敢相信，《百花洲》这样在当时影响很大的纯文学刊物会发表研究金庸小说的文章。可是蓝老师办事认真，并无戏言，一再催促，我只得从命。写了一篇4万余字的《金庸赏评》交稿，很快就发表了。从此一约再约，我也"一发而不可收"，写了一本又一本。①

无论"才子"如何自认天资过人，作为新人在涉足学术圈的初期，总要寻求前人乃至同辈的认可，心头多多少少，总是带着几丝惶惑。即便颇有天赋才气如陈墨，也难免时常自我怀疑：自己"喜读金庸"的嗜好，是否只是一种难登大雅之堂，缺乏学术眼光的表现？"写金庸"这样的行为，费了许多精力，最终成果是否真能得以见诸刊物，得到学界的认可与瞩目？在此，所谓坚信自己的眼光与品味，坚信终有一日作品能够"藏之名山，传之后人"的意志力，对于那些仍然身处"学习阶段"的新人来说，不过赘词虚语。而蓝老师的支持与鼓励，则不啻为陈墨吃了一颗定心丸：即便多所积淀的前辈学人，也自有雅好金庸者；而"写作"金庸之举，也能够在高规格的书刊上赢得油墨铅字的一席之地。这样的保障来自"学术圈"，为陈墨的数百万字著述，赢得了一个能令其安心的落实去处。由此发端，陈墨一如既往地写了数年有余，再度回望这段与蓝老师的交往，在此通盘回顾的"视点"之下，更获得了这样一份认识上的

---

① 陈墨：《金庸小说与中国文化》，南昌：百花洲文艺出版社，1995年，第656—657页。

升华：

> 我慢慢地明白了，蓝老师是将"金学研究系列"当成了一种事业和信念。他多次的激励和劝慰，要我耐住寂寞，潜心学业，便是为此。我在"金学"的荒山上度过了七年时光，其时正是中国文人下海弄潮、中国文学转型换轨、充满机遇与喧嚣的时候。我得以稳住阵脚，不为所动，渐入平和之境，全仗"金学"的支撑。而在"金学"的背后，则是蓝老师的有力支持。
>
> 共近200万字的书稿，凝聚了我们共同的心血。①

与九十年代中后期不同——到了那时，"书写金庸"已多被视作追赶学术热点，谋求即刻发表——此时陈墨的读写金庸，虽也能在学界占得一点儿微薄的"市场份额"，然而仍处"板凳要坐十年冷"的阶段。金庸的作品虽在民间大为风靡，但无论是出于数十年来不提"武侠"的历史惯性，还是出于对大众文化"跟风"属性的天然拒斥，总难得到学界青眼。在如此时期，能够沉下心来连续撰写出六部专论金庸的书稿，奠定陈墨"大陆金学第一人"的开山地位，虽有外界影响、当下需求、前辈学人的多方推动，然而要真正进入品读与写作本身，则仍须仰仗陈墨自己的内在驱力：

> 我读金庸已有六年的历史……我产生了专门研究金庸的念头。那时我还不知道在海外已有所谓"金学"的创立与开拓。那时我还在中国社科院研究生院文学系攻读中国现当代文学硕士研究生，自然，我的"专业"是不包括金庸及其武侠小说的。然而研究金庸这一"大逆不道"的念头却非但不能抑制，相反却日益明确而且坚定。②
>
> 而在大陆，则"金学"尚未被认可。非但不见任何"金学丛书"，连

---

① 陈墨：《金庸小说与中国文化》，南昌：百花洲文艺出版社，1995年，第657—658页。
② 陈墨：《金庸小说赏析》，南昌：百花洲文艺出版社，1990年，第355页。

一本研究专著也无，甚至近几年发表的极少的文章也是限于篇幅或形式，基本上是泛泛而谈，或兼介绍一些金庸及海外金学的情况，属于"评介"性的文字，简而又短，叫人不能尽兴。①

因此，我想到，要写作《金庸小说赏析》或叫作《金庸导论》这样一本书，一是为大陆的"金学"鸣锣开道，兼而与同好者交流；二是做一些必要的基础工作；更主要的则是为了抛砖引玉。②

可见，当时的陈墨实是以筚路蓝缕的拓荒姿态，踏入了"大陆金学"这一无人问津的研究领域，对此心头自有一份热爱。九十年代之时，王富仁先生已在撰写《中国鲁迅研究的历史与现状》，回望数十年来车载斗量的"鲁学"之中蕴含的诸多思潮、插上的诸多路标、得出的诸多经验与教训，若说当时的"鲁迅研究"已为不能承受之"重"，那于"金庸研究"而言，却仍为过分易于承受之"轻"。无论陈墨怎样书写，即便草率粗疏浮光掠影，就学术成果而言，它几乎都具备"新意"，因在"专论金庸"的学术领域而言，任何问题前人基本都未有涉及。不比当时只要提起鲁迅，必定会令人想起"封建斗士""新的圣人""反抗绝望"等判言，学界对金庸莫说未有定论，甚至连成熟之论也极少。这自然是一件好事，使得研究者在下笔之时，或能少受外在束缚；然或也自有其弊端，使其人在论说之时，仿佛较少有着"学术共同体"的潜在心理制约，多了几分随意，显出信手而为的态势。在表述心态时，他这样道：

至于笔者本人，则首先是一个"金迷"。其次是坚信金庸小说值得一读，值得一论，值得专门地研究——相信"金学"将会像当年"红学"一样，由"俗"而"雅"，由"私"而"公"，由"少"而"多"，由"浅"而"深"，以至于成为一个非同一般的文学研究及文化研究的课题。再次是笔者既是"金迷"又爱"金学"，因而愿为大陆"金学"鸣锣开道，愿意

---

① 陈墨：《金庸小说赏析》，南昌：百花洲文艺出版社，1990年，第28页。
② 陈墨：《金庸小说赏析》，南昌：百花洲文艺出版社，1990年，第28页。

撰文著书以为金庸小说及其"金学"正名，并愿以此与广大的金学爱好者相互切磋。①

如此看来，可见其研究姿态确然摆得较低，其中不太存有批评家对于自己赏鉴目光的充分自信，也不太存有致力于"好处说好，坏处说坏"的一份公心，而更愿作为一个普通的"爱好者"来与"金迷"交流。这颇有几分今日结成"同人"的圈子意味，由于对某个特定对象的"同好"，支撑着大家走到一起并交流谈说，这就难免要将这份研究在学术上的含金量——亦即严谨的学术标准——放宽些许。某种程度上说，这样的书写更重之处，乃为畅快淋漓地表达出心中一份即将冲决的"爱意"。这份"爱意"，在陈墨幼年之时即已得到培育，他曾反反复复提及自己的外祖父：

（对金庸小说情有独钟）还有一个重要原因，我一直都未提及，那就是我的外祖父曹进桥老人对我的影响。②

我最喜欢听的便是英雄好汉江湖豪杰仗义行侠锄强扶弱匡时济世的故事。《水浒传》中梁山泊一百零八将是我心目中最崇敬的人物。算起来，外公讲的故事，正是我如今热爱金庸小说，热心"金学"研究的最扎实与深刻的心理文化基础。如果说小时候听外公讲传奇故事是"久旱逢甘雨"，则如今读金庸小说便是"他乡遇故知"了。③

请允我将此书献给我的亲爱的外公，我的忘年、隔世的老朋友！④

秉承了这样的"爱意"——如此童年阶段，与最爱的亲人相守在一处的爱，已然渗透进入潜意识领域，将之层层裹埋，在心底最深处打下烙印，并伴随终生——这种爱的积淀，常常使得陈墨在将之诉诸笔墨之时，难以用理智按辔。

---

① 陈墨：《金庸小说赏析》，南昌：百花洲文艺出版社，1990年，第2页。
② 陈墨：《金庸小说之谜》，南昌：百花洲文艺出版社，1992年，第536页。
③ 陈墨：《金庸小说之谜》，南昌：百花洲文艺出版社，1992年，第537页。
④ 陈墨：《金庸小说之谜》，南昌：百花洲文艺出版社，1992年，第538页。

或许由此，在前后六部论述金庸专著中江湖儿女时，陈墨或以大块笔墨直接复述原文，在几页的勾勒情节概要后，只总结一句"好得无以复加"的赞词，或如同咏叹调般，一而再，再而三将前文说过许多遍的东西再说一遍的大段重复，或极尽赞誉以表钦敬，甚至到了令人略觉过火的地步：

> 金庸先生的武侠小说的妙处——这也许正是中国古典小说的妙处，由金庸先生发扬光大提高到了一个新的境界——则在于将历史的人物与传奇的人物、历史的事件与传奇的故事、历史的背景与传奇的情节熔于一炉，并借此来创造出一种别具一格、半史半奇亦史亦奇奇中有史史中有奇的小说形式与境界，于人性人生及历史世界之刻画更是兼想象与思悟两长、传奇与历史兼美、好看与耐看齐至了。①

本是学术著作，却写成这样的一曲赞不绝口的颂歌，似非平心静气的得实之论。陈平原在《畅销书的学问——读〈畅销书〉》中，这样评价在大众间十分流行的学术畅销著作："注重平面的叙述，而缺少纵深的剖析；只告诉你'是什么'，而不告诉你'为什么'；什么都点到了，可什么都没说透；好像说得头头是道，可又好像说了等于没说——这或许正是不少畅销的学术著作的共同特点。"② 读陈墨九十年代前叶诸多作品，就颇有"如此这般滔滔千言"地说了半天，然而却似不耐咀嚼，少有回味之感。这样的论述方式，使得金庸"史"与"奇"的融合究竟好在何处，如何做到这样的"好"，与前人相较又究竟有了怎样的推进，似是都未能够说得通透，只单纯留给读者一点浮皮潦草的"金庸在这点上就是极好"的印象。于普通嗜好者，自然能够大呼快心，然而对于认真研究之人，颇觉难以餍足。如此将金庸的作品，无论是在哲学境界，人物塑造，还是语言把握上，都推至一个无以复加的地位，甚至难免令人觉得有些过度夸张：

---

① 陈墨：《金庸小说赏析》，南昌：百花洲文艺出版社，1990年，第21页。
② 陈平原：《畅销书的学问——读〈畅销书〉》，载陈平原《读书是件好玩的事》，北京：中华书局，2015年，第65页。

　　大智大慧、大悲大悯，这是一种极高的艺术境界，同时又是一种极高的哲学与人生的境界。他人之所以不能模仿金庸的著作，之所以不能望其项背，不仅在其缺少慧眼，同时也在其缺少慈心。①

　　金庸本人晚年信佛，好读佛经，若说《天龙八部》中不少言谈情节颇具佛家色彩，那是确然有之。但如此将金庸写成"大智大慧""大悲大悯"，简直要成了佛祖的道成肉身，那便令人感觉有些过分吹嘘之嫌了。除开论思想境界外，在论及金庸对韦小宝的人物塑造时，陈墨更称：

　　　　"无侠"是《鹿鼎记》中的韦小宝，这一形象乃是秉天地之灵秀而孕的"精灵"，也是中华民族五千年文明文化历史所生的"怪胎"。设若作者没有将天地灵秀与千年历史文化"吃透"又怎能写得出这样不朽的人物形象？设若作者的胸怀装不下天下大势与千年文化历史，又怎会写这样的人物故事？②

　　这样一讲，仿佛金庸又成为继承了鲁迅衣钵的后起传人。在尽人皆知的"阿Q"之外，又成功写出了一个吃透"国民性"的韦小宝出来。韦小宝的讲交情、给面子、重义气，几分浮滑、几分机警、几分盘算，自然确有国人的面影，但金庸终究并非鲁迅那样的现实笔墨，几笔便泠然刻画出"阿Q"于辛亥年间最终惨遭游街与被枪毙的际遇，并经由数十年积淀，凝成一个"国民性"的整体缩影。与此相对，最终金庸在《鹿鼎记》中塑造的韦小宝，竟能七美兼得，并及时收手全身而退，连身为作者的金庸，在晚年接受采访之时都道，若非因为受到那么多读者喜爱韦小宝的强烈感情牵制，则韦小宝应得的结局，该是在"通吃岛"上流落一方，晚景颇显凄凉的。在《鹿鼎记》中的韦小宝，要说真是浓缩呈现出"天地灵秀""天下大势""千年文化历史"，那未必担纲得起。

---

① 陈墨：《金庸小说赏析》，南昌：百花洲文艺出版社，1990年，第237页。
② 陈墨：《新武侠二十家》，北京：文化艺术出版社，1992年，第72页。

除颂扬金庸塑造的人物形象之余，在语言上，陈墨又这样论：

　　　　金庸的小说没有梁羽生那样刻意地追求诗词的妙语，也没有像古龙那
　　样对人物对话与语言形式如此矫情，而是混混沌沌、洋洋洒洒、纯纯朴朴、
　　自自然然地写出了巧夺天工的"大巧"文章。①

　　这样的溢美之词，叫金庸显得又如同苏轼那般，是千年方出一二的不世之
才，文章下笔倚马可待，又全是自然成文，只见其"行于其所当行，止于不可
不止"。此论作为普通爱好者的爱意表达，也未有不可，但若以探其究竟的"学
术目光"来与真实的创作历程两相核对，那就难免叫人对其"真相"，略感几分
失去"天才"光环的平淡无奇。受时代所限，陈墨所搜罗并加以阅读的金庸作
品版本，无论来自港台还是内地，究其内容几乎全为三联版（其时内地三联版
《全集》未出，但内容与已出的台湾远流版、香港明河版相同），而非原先的报
纸连载版（或单行本刊印版）。这一版本的作品集为金庸在1972年封笔之后，
花费了十年光阴，逐字逐句一一修改而得。就金庸作品的初始面目而论，自然
也颇显情意丰沛与才气纵横，但在文字上确因连载时限所需，少了几分刻意经
营，显得相对粗糙与无味，这"大巧文章"，并非"率意自然"而为，而是苦
心推敲修改而得。苏轼写诗，时或寥寥十余百余字，撰文不过千余，今人如金
庸写一部作品动辄数百万字，须得考虑到整体布局与前后照应，如何能"混混
沌沌、洋洋洒洒、纯纯朴朴、自自然然"？当然，陈墨的本意，或许是称赞金庸
在与梁羽生、古龙二人相较中，文章显得更加"大巧不工"，于平常处见真功
夫，但论其笔调，实在赞誉得稍嫌过头。
　　自然，陈墨对金庸的文本，也曾指出几点不足，如在论小说《天龙八部》
之时，即道其"并非无懈可击"，在叙事结构上稍显松散，内中佛理的呈现稍嫌
概念化，"虚竹"这一小和尚的人物形象也显得略微单薄了些②。但较之其人连

---

①　陈墨：《新武侠二十家》，北京：文化艺术出版社，1992年，第72—73页。
②　陈墨：《新武侠二十家》，北京：文化艺术出版社，1992年，第113页。

篇累牍的赞词，则不过万中一二。尽管陈墨出于心头热爱，在九十年代初对金庸的颂辞似嫌过多，但客观来说，其人在金庸研究史上所做的巨大贡献，则仍是白纸黑字，不容抹杀。

其一，这几部专著是真正从金庸的武侠小说文本出发的批评。无论是谈结构人物，还是语言艺术，陈墨均凭胸中一份敬慕之意，将金庸所写的文学作品先吃得较"透"，然后再以自己的话语进行转述与评点。金庸作品篇幅甚巨，且不论《明报》时评等诸多政论杂文，光以武侠小说创作的文学文本计之，即共计三十六册上千万言。陈墨能够做到这样的研究成果，单论阅读如许的文本体量，已非容易之事。

其二，这几部专著既"全"且"专"。说"全"，指的是其论述已覆盖了金庸的全部作品；说"专"，是指对几乎所有的"金学"评论领域都进行了专门的著书立说。几部专著包括了"情爱"论、"艺术"论、"武学"论、"传统文化"论等等，几乎将"金学"这棵树上的每个果子，都采摘了下来咬了一口，后人几乎均须在此基础之上，再对同样的论题进行细细琢磨品尝。

其三，陈墨对于文学之写"人"，多少有几分真切的、深入的体察。虽然在那个黄金的"八十年代"之后，"文学是人学"几乎已成共识，有这样的论调或许无甚出奇之处。但到了数十年后的今天，已曾饱尝过在失去了"性灵""审美"等其他文论核心点的有效牵制之后，只一力将"阶级斗争"过分高扬，乃至庸俗化和形而上学化的苦楚，又多见打着"扩充"文学，将其延展至社会、政治、经济等诸多其他领域的"跨学科"旗号，反将原本广袤的"文学"再度狭隘化、单一化到人心之外的层面，剥除其中那些属于情感的、心灵的、普遍人性的可贵成分，再回望陈墨的为"人性"正名，为"传奇"正名，为"幻想"正名，为"娱乐"正名，多少令人觉出几丝感动：

> 即如法国大文豪维克多·雨果所言，历史与传奇的共同之处，正在于它们都是借暂时的人物来描写永恒的人性——而既然"历史人物"与"传奇人物"都是一种"暂时的人"（符号），而作家写作它们的目的，无非是借此来描写"永恒的人性"，那么，真实的人与虚构的人，即历史人物与传

奇人物之间在这一层面上实际并无任何差别。①

　　先贤有言："文学是人学。"这句话实在是大有道理。②

　　不过，"人"不单纯，"文学"也就不单纯，那为"写人"的"文学"做论，也就更难得单纯。虽然就陈墨写金庸的动机而论，首当其冲乃为个人的"缘于爱"，次而论之则为来自师长的"受鼓舞"，最后才为"弘扬民族文化，引导通俗文学"的约稿需求，且三者在其心中或常略有龃龉，也仍然经由论述笔墨，赋予了金庸之作以一些"他者"的外来承载之物。作为学人虽时常难免"曲学阿世"之憾，但从另一面看，即便研究看似"封闭"的陈墨，也多少能够经此反映出某种时代风潮，譬如九十年代的又提传统文化：

　　　　郭靖是"儒之侠"；杨过是"道之侠"；张无忌则是"佛之侠"。郭靖
　　为国为民、死而后已；杨过深情狂放、至性至情；张无忌慈悲忠厚，纯朴
　　无我。这是三种完全不同的审美典范。③

　　且不论儒、佛、道三者自身作为中国历史悠久，博大精深的文化体系，内中各自蕴含高度的复杂性与流变性，单以常人对于传统文化的刻板印象论之，论郭靖的正气与担当为"儒"，杨过的深情与率性为"道"，或还算是较为自然，可要将张无忌与"佛"牵扯在一处，就未免有些过于勉强。此人虽为小说主角，但却有别于以往大多数武侠英雄的几乎完美无缺，在性格上优柔寡断，游移不定，无论对爱情、亲情、事业，均在心中不断反复衡量，思虑牵缠，少有明快决断、抛却俗世之时，这相较佛家"菩提本无树，明镜亦非台，本来无一物，何处惹尘埃"的"言身则如树，分析皆空，心则如镜，光明普照"④（陈寅恪语），何尝有半点相似？这难免令人略觉是刻意在为"射雕"三部曲的主人

---

　　①　陈墨：《金庸小说赏析》，南昌：百花洲文艺出版社，1990 年，第 3 页。
　　②　陈墨：《金庸小说之谜》，南昌：百花洲文艺出版社，1992 年，第 197 页。
　　③　陈墨：《新武侠二十家》，北京：文化艺术出版社，1992 年，第 105 页。
　　④　陈寅恪：《禅宗六祖传法偈之分析》，《清华大学学报》，1932 年第 7 卷第 2 期。

公，套上一个"民族性""传统性"的文化高帽，因郭靖适可对应儒，杨过适可对应道，是以张无忌也就被塞进了"佛"的框架。这与当时意识形态的主流倡导，殊为密不可分，毕竟，如此论调，并非陈墨独有，譬如人民大学冷成金教授，也在讲座时提了类似看法，只是表述之时，较之当时的陈墨，或许显得分寸恰当许多：

> 在许多地方，金庸把中国的传统提炼为各种理念，再通过形象把理念表现出来，超越了细节的真实，直接诉诸人们心灵的最高层次。①

"传统"——尤其中国的传统，似是到了此时，才浓墨重彩地被主流反复论说。以往谈"阶级"论"立场"，八十年代谈"西学"论"启蒙"，有关传统文化，虽说也有不少学人在默默守护，以期薪尽火传，但却似并未如此由主流倡导，高扬中华民族传统文化的连续性、独特性，意图借鉴香港，在内地更进一步"赓续传统"②，使得不少言说论著闻风而动。在此，陈墨有关"民族""中国"翻来覆去的言说，就难免给予了读者格外深刻的印象：

> 武侠小说之"武"是独特的"中国功夫"，武侠小说之"侠"亦是中华民族的独有的理想人格的精神形象。③
>
> 从文学自身的格局看，金庸的小说无疑是通俗文学作品；而从世界文学与文化的角度看，金庸又是一位地地道道的民族文学作家。金庸的创作，使武侠小说这种中华民族特有的古老的文学形式奇迹般地大放异彩。④

---

① 冷成金：《新武侠小说与中国文化传统》（讲座）。
② 何平：《侠义英雄的荣与衰——金庸武侠小说的文化解述》，《读书》，1991 年第 4 期；胡河清《金庸小说的伦理情感》，《社会科学》，1992 年第 2 期。不过胡河清此文，更多了几分隐指，内中论及张三丰处，写得如此浓墨重彩，几为过分"以意逆志"，难免令人想到其人或是以"武当"作比，在对钱谷融先生及同门的遭遇表达自己隐秘的内心感触。
③ 陈墨：《新武侠二十家》，北京：文化艺术出版社，1992 年，第 5 页。
④ 陈墨：《金庸小说与中国文化》，南昌：百花洲文艺出版社，1995 年，第 6 页。

　　中国的民族文化之所以要再度"建设"起来，大概是因为原有的思想资源，在中国历来高度一体化的实践中，有时被势所难免地庸俗化，甚至在"打倒孔家店""打倒名教"之时，连而带之地被污名化，以致难堪重任；且西学若是输入过多，那对于中国"主体性"难以保全，以及朴素的作为"共同体"的情感认同可能削弱，其中损益衡量，似乎又难免有得不偿失之忧。那从故纸堆中觅得"古老的传统文化"来加以"创造性转化"，则成为另一重可供开掘的丰沛资源。可惜的是，经过"文化大革命"，作家的学养——尤其是传统的国学学养——确实较为缺乏，以致王蒙不得不在 1982 年时，就出来呼吁"作家学者化"，而即便到了八十年代后期，当时的格非、马原等诸多作家，还是皆爱研读泰西书籍，于中国传统文化基本浸润不深，而虽有"寻根"热潮，却又多显地方性与民间性，无论是韩少功的楚地，还是阿城的道禅，似都显得"灵根"单一，未如金庸那般包罗万象。若要论既承载了诸多传统文化（即便只是取之点染），又能够切实地将之输出给内地的学人乃至大众的作品，那以金庸为代表的香港新派武侠小说，或实为当仁不让：

　　　　过去，我们有过漫长的 30 年时间，一方面要建设"民族大众文化"，一方面又将通俗文学禁在国门之外及"历史的垃圾堆"中，这种奇异的矛盾现象给中国的民族文化的建设带来的影响，消极的一面大于积极的一面。①

　　原本所谓"大众化"的实质，还是希望"化大众"，结果发现，若欲"化大众"，仍须先得到大众的真正喜爱方可，否则众人观之尚且不愿，又遑论意欲受其"熏浸刺提"？好在，此时金庸的作品已有了足够的群众基础，而陈墨对金庸的研究，或也可视为"大众"与"学人"的双重担纲，行文既流畅通俗，也有一定的学术底色，那多少就可成就一道建设"民族大众文化"的借其"输出"之桥梁。或许正因为其"爱好者"的定位，与当时在学界的"身份"还稍

---

　　① 　陈墨：《新武侠二十家》，北京：文化艺术出版社，1992 年，第 27 页。

有欠缺，不比北大、复旦那般具有象征意义。陈墨对金庸虽是评价很高，花费的气力也多，所得皆为开创性的成果，但在作者金庸那里，尽管也曾获金庸对其评点"深为拜嘉"之语，却并未得到如北京大学的严家炎先生，与复旦大学的章培恒先生那般的待遇（金庸在二十一世纪时在为新出版的作品集增补的后记之中，对二位先生加以特意感谢）。然而，究竟研究价值几何，即便作者本人也不得盖棺论定。陈墨费了数十年辛苦，其成果价值，仍须经由时间的淘洗与后人的辨认，来做出评定。

以"时间"而言，虽因行文的整体考量，将陈墨的贡献主要放置于1989—1994年间加以评说；且照陈墨原本的计划，在1994年11月时，他的"金庸研究"也该收手。他在回望1990—1994年间成果时，这样道：

> 当然，作为大陆最早的"金学"研究者之一，作为海内外金学研究文学写得最多的人，我对自己的工作也有一份满意，这主要是因为我参与了"金学"的拓荒工作，并且付出较多的心血。①
>
> 现在，我的研究方向，已转到了其他领域，但对以往长达8年的金学研究，我至今无悔，并将终身无悔。②
>
> 而今我中途截止，告别金庸小说，是另有原因。其一是感到自己学力不够，内功甚浅，再修炼这"乾坤大挪移心法"，弄不好有走火入魔之厄，固执成见，陈词滥调，于人于己都没有什么好处。另一个重要原因，是我的合作者、百花洲"金庸系列"的责任编辑，我的良师益友蓝岚（力生）先生要退休了。高山流水，知音难遇，我虽不必摔笔焚琴，"金学"书却再也写不下去了。
>
> 我以前曾说过，为一位年轻的学人连续签约出版五部研究著作，在国内出版界似无先例。至今我仍未听说过有像我这样的幸运者，尤其是，"金学"不但不是"显学"而且在国内还是破天荒的一个课题，加之此类书的

---

① 陈墨：《金庸小说情爱论》，南昌：百花洲文艺出版社，1999年，第285页。

② 陈墨：《金庸小说情爱论》，南昌：百花洲文艺出版社，1999年，第285页。

经济效益又不大好，能够坚持出版五部书，实在是一个奇迹。①

可见，1994 年的陈墨确然由于感到自我重复，且知音不再，以至难以为继，打算就此"金盆洗手"，退出"金庸"这片江湖。不过，在当时的陈墨看来，这五部书能得以出版竟"是一个奇迹"，此后金学的市场，着实大有增长，陈墨自己也并未如 1994 年收束之时所设想的那般，从此于金庸这一领域"收笔"，而是仍旧大有可为，堪称时时都在更新、生长、创造。虽自述研究领域已有转向，然而迄今为止，陈墨有关"金庸"的评说仍不断出了诸多增订本，不断对自己往日的意见加以修订与补充。如在论"张无忌"的"佛侠"之时，到了九十年代后半叶，在《通俗文学评论》上刊载的文章，以及在九十年代末参加中国台湾研讨会时所言，皆已公允圆转许多，其中涉及论述张无忌的复杂性时，自道其"佛侠"之言过于偏颇，对金庸也从"仰视"的视角，转为尽力做到"好处说好，坏处说坏"，直言作家本人，也未必当真能够"懂得"笔下的张无忌，同样可能与所取的回目名称一般，是"不识张郎是张郎"。数十年来对金庸其人其作进行研究，大陆"金学"确能算是由陈墨一手开创，并发扬光大了。不过，与陈平原不同，或因对金庸爱之甚深，或因现实需求，在陈墨的论说之中，则流露出明显的对"金庸"的"经典化"（乃至直接超拔"金学"地位至"红学"层面）的焦灼：

> 为金庸的武侠小说研究而创立"金学"这一独特专门学科，正是金庸小说创作的艺术成就及其天才与奇迹的最好说明。"金学"与"红学"的并驾齐驱只是时间早晚的事——也许不少的朋友对此感到不安，觉得上述评价太过分了。然而只要想一想《红楼梦》及"红学"当年的遭遇状况，也许就不这么看了。既然《红楼梦》这一"大旨谈情"的消闲解闷之书能够成为民族文学与文化的丰碑和经典，金庸的"人间喜剧"也必能如此。②

---

① 陈墨：《金庸小说与中国文化》，南昌：百花洲文艺出版社，1995 年，第 659 页。
② 陈墨：《新武侠二十家》，北京：文化艺术出版社，1992 年，第 36 页。

　　《鹿鼎记》之于武侠小说，恰如《堂吉诃德》之于欧洲文学史上盛极一时的骑士罗曼司文学。而就其深广的思想内涵与幽默超迈的艺术境界而言，《鹿鼎记》的成就比《堂吉诃德》有过之而无不及。①

　　在此，陈墨将金庸的作品与《堂吉诃德》《人间喜剧》《红楼梦》等中外经典相媲美，除了对金庸著作的真心喜爱，也多少显出意欲在中国文学的"高原"之外获得"高峰"，令中华的民族文学，极力跻身一流世界文学之林的焦虑。然而，若要一个文本承载如许的民族与"地位"指向，就难免使得对其解读之中，对特定成分加以某种程度的强化，以及对其不足之处的遮蔽——这一点上，鲁迅可称是金庸的"前车之鉴"，只是金庸距离鲁迅那已然"造成圣像"的泥足深陷还颇为遥远。鲁迅在不同的年代，被因地制宜地塑造成不同种类的精神偶像之表征，而金庸也开始逐步被造作"民族特色"与"传统文化"的"无锡大阿福"。不单是陈墨，在其他诸多解读之中，也格外强调金庸的"民族主义"，少提其"世界主义"，但金庸自己，明明这样道：

　　　　郭靖说"为国为民，侠之大者"，这句话在今日仍有重大的积极意义。但我深信将来国家的界限一定会消灭，那时候"爱国""抗敌"等等观念就没有多大意义了。然而父母子女兄弟间的亲情、纯真的友谊、爱情、正义感、仁善、勇于助人、为社会献身等等感情与品德，相信今后还是长期地为人们所赞美，这似乎不是任何政治理论经济制度、社会改革、宗教信仰所能代替的。②

　　"民族主义"在金庸那里，是要通达至"世界主义"的——但这一阶段，论者似乎时常仅凭己身所需，只择前半段"民族主义"的"重大积极意义"来提。早先的金庸，或仍寻求还自己一份"真实面目"，对自己的阐述较为实事求

---

① 陈墨：《新武侠二十家》，北京：文化艺术出版社，1992年，第129页。
② 金庸：《〈神雕侠侣〉后记》，《金庸作品集》，广州：广州出版社，2009年，第1302页。

是，而随着时日推移与进入文学殿堂的一份渴望，金庸及其自我言说，也被卷入了"经典化"的进程之中，在这一自我塑就的声浪内部，既有不断地自我坦白，也难免有不断地自我扭曲。1990 年时，金庸致老友罗孚的一封信札，或为此一进程之先声。罗孚与陈平原（北大）、陈墨（社科院）这样科班出身的学院派，在背景上迥乎不同，不妨一观这样一位做统战工作的报人，在其《北京十年》之中，又对内地的"金庸研究"，做了怎样的推动。

第三节　罗孚与《读书》：《北京十年》的渗透影响

相较以往的冷清局面，1994 年可谓"金庸研究"的里程碑之年，陈墨曾评："几乎就是在一夜之间，金庸小说从主流文化眼中的雕虫小技乃至洪水猛兽突然步入了学术的神圣殿堂。"① 此处的"一夜之间"，即指 1994 年 3 月，由北京的生活·读书·新知三联书店，推出全册成套的《金庸作品集》；8 月，由北师大主持编纂的《二十世纪中国文学大师文库》出版，书中将金庸列为第四位"大师"，位于茅盾、老舍之前；10 月，北京大学授予金庸名誉教授职位，中文系严家炎教授，发表了一篇题为《一场静悄悄的文学革命》的贺词，引起不小轰动。

此三桩事，因在 1994 年接踵而至，时常在后人梳理时被一并提起，不过，罗孚、《读书》及"三联"，作为统战报人、文化刊物与出版企业，三者的关系网络错综复杂，且刊物上评论刊登与作品的结集出版，虽因《读书》与"三联"的特殊地位，从而在读书人的心中别具意义，但仍与北师大、北大身为一流乃至超一流的"高校"，由如许"文化高地"直接给予"排位""授职"的影响有所不同。考虑到如下三个原因：第一，《金庸作品集》虽是于 1993 年在出版人董秀玉的手中签订合同，1994 年正式出版，但这一事件最终能够成功，某

---

① 邹凯：《守望家园：生活·读书·新知三联书店》，北京：生活·读书·新知三联书店，2008 年，第 128 页。

种程度可谓"前人栽树，后人乘凉"。在《读书》的"沈昌文时代"——当然此时也多有范用的潜在影响——即已通过友人罗孚的中转介绍，在 1989 年与金庸取得联系，并加以大力推动；第二，就目力所及，1990 年金庸对于自己在内地知识界的"接受"首次表现出了关注，他希望言说者（即老友罗孚）以"修正文章"的方式，进行自我塑就，较之后来的直接参与自己作品的研讨会，乃至斥资举办研讨会而言，这一时段仍为"卷入"之先声，并未全然紧密纠葛于其中；第三，数十年来，身任统战工作的罗孚定位相当明确：身在中国香港作为沟通的"桥梁"，间或以巧妙手腕影响海峡东岸。而其时《读书》和"三联"的定位，又与罗孚有某种暗通之处：当时在中国各家出版社中，三联的定位是利用港台地区文化资源，承担"文化统战"这一分工的"桥梁"之责。在陈乐民看来，"三联不是一个孤零零的书店或出版社，不仅只是出书、卖书而已。它像个文化人的'联络站'，许许多多的线牵连着五湖四海的读者和作者。"① 而面向读者之时，《读书》的定位，又同样为"桥梁文化"，自称读者可借其直到"精英文化"的"彼岸"，而本身却并非"彼岸"。综合来看，考虑到 1979 年至 1989 年间的完全冷落与 1994 年至 1998 年间的骤起热潮，在 1989 年至 1994 年，内地的"金庸接受"同样给人以沟通二个时段的"桥梁"之感，似仍将"罗孚及《读书》、三联"，放入这一时段之中论述较为妥帖。

　　罗孚同金庸长期以来便是老朋友，有趣的是，金庸的创作、自述及其接受，几乎每个时段，均有罗孚若隐若现地在"出一份力"，于幕后不断推动。尽管 1952 年与 1966 年，较之此处所论述的"九十年代上半叶"似乎隔得较为遥远，但考虑到作家的提笔缘由与剖白自述，是早期的文本接受乃至后人永需回返以做参考的"一手文献"，这对罗孚如何推动金庸产出这些文本加以简单介绍，似仍有必要。

　　五十年代，金庸还是中国香港报刊"左"派阵营中的一员，受罗孚鼓励，与梁羽生一同开始创作新派武侠小说，以期扩大销量来争取更多的读者，为己

---

① 　陈乐民：《三联印象》，载王世襄等《我与三联：生活·读书·新知三联书店成立六十
　　周年纪念集：1948—2008》，北京：生活·读书·新知三联书店，2008 年，第 34—35
　　页。

方"文大新"① 的意识形态诉求扩声扬音：

> 1952 年金庸从《大公报》转入《新晚报》做副刊编辑，主编《下午茶座》。随后，梁羽生、金庸先后开始在《新晚报》发表武侠小说（连载），开现代武侠小说之先河，而《新晚报》亦洛阳纸贵。

然而，随着内地风声鹤唳，各项与文人学士密切相关的运动愈演愈烈，1959 年，金庸感到这与自己的自由主义立场越发格格不入，是以离开了"左"派的"文大新"阵营，自创《明报》。在 1962 年的"大逃港"一事上，与原先所在的中国香港"左"派报纸立场南辕北辙，《明报》主张救助逃港饥民，甚至直接刊登启事组织救援队。因此事颇得人心，使得《明报》在中国香港声势大涨，一路扶摇直上。1963 年，《明报》对于内地的"宁要核子，不要裤子"（为造原子弹，可以吃不饱穿不暖）一说，表达了鲜明的反对立场，引来"左"派阵营的猛烈抨击，在罗孚之子罗海雷的回忆中，这样道：

> "宁要核子，不要裤子"后，《明报》和"文大新"展开了笔战……"左"派和金庸以及他的《明报》，彼此俨如敌国，一般不相往来了。

尽管金、罗二人之间的私人友谊，未必会完全为双方截然对立的政治立场所左右，但自 1959 年金庸从"左"派阵营离去，1963 年《明报》与"左"派完全分道扬镳，1966 年时已势不两立，就金庸来说，得知罗孚老友要办刊物《海光文艺》，自然便会揣测，对方的立场是否为当时的自己所不喜的"左倾"。毕竟在金庸看来，当时的罗孚仍身为"喉舌"，工作内容不乏为之"文饰"，那自是不愿为此枉做嫁衣。事实上，当时的《海光文艺》，也确有"争取台湾"的统战目的。据罗孚道：

---

① 即《文汇报》《大公报》《新晚报》。

一九六五年，我受朋友的委托，协助黄蒙田办《海光文艺》，想把它办成一个中间面貌低调子的月刊，争取台湾有稿来，刊物能销台。它在一九六六年一月创刊①。

说形"右"实"左"，是指它的支持力量而言，内容其实是不"左"的，它兼容并包，愿意不分"左右"刊登各种流派的文学作品，这兼这并，也包括了严肃文学和通俗文学②。

为了之后在中国台湾地区发行时能够少受阻力，《海光文艺》这一刊物的面目便显得颇为有趣：经由"左"派创立，为逐步弘扬"左"的观念这一目的而生，但为了能够在"极右"处（六十年代的中国台湾）立足扎根，又须竭力显得立场中立，甚至不惜以"偏右"的面目问世。毕竟，统战工作要做得巧妙，就须得做得"复杂"，以并无统战目的的表面问世，再求点点滴滴渗入。为了招徕客户光顾，罗孚想出这样的主意：

> 为了适应读者的兴趣，引起大家的重视，我们决定发表一篇金庸、梁羽生合论的文章，谈论新派武侠小说在他们勇闯直前下地发扬光大③。

> 合论发表后，我请金庸写一篇回应的文章，也希望他能长枪大戟，长篇大论。他婉转拒绝了，但还是写了一篇两千字左右的《一个"讲故事人"的自白》，登在第四期的《海光文艺》上。我是有些失望了，当时的一个主意，是想借他的大文，为刊物打开销路。梁羽生并没有要借金庸抬高自己，我们的《海光文艺》倒是有这个"阴谋"的④。

---

①　罗孚：《两次武侠的因缘》，载罗孚《文苑缤纷》，北京：中央编译出版社，2010年，第75页。

②　罗孚：《两次武侠的因缘》，载罗孚《文苑缤纷》，北京：中央编译出版社，2010年，第37页。

③　罗孚：《两次武侠的因缘》，载罗孚《文苑缤纷》，北京：中央编译出版社，2010年，第38页。

④　罗孚：《两次武侠的因缘》，载罗孚《文苑缤纷》，北京：中央编译出版社，2010年，第40页。

　　当时的金庸显然甚是审慎，"自白"的笔调也颇为克制。孰料斗转星移，转眼间，到了1982年，长期驻扎港地，为"统战"做了诸多贡献的罗孚，在北京幽居了整整十年，从此心境大变，多谈"昨非而今是"，心头满腔愤懑之情，观其提笔著文论述潘汉年所受的冤屈之时，便可以想见是怎样地在"浇自己块垒"；金庸则一步步参与起草香港《基本法》，在阔别多年后回内地探亲，自八十年代起便持香港"回归"立场，在九十年代时更是对领导人大表支持，与五六十年代的自己渐行渐远。不过，在这十年之中，又因机缘巧合，使得罗孚在北京为介绍香港文事、介绍金庸至内地知识界——九十年代后多称"学界"，再度做出贡献。

　　八十年代中期，罗孚闲居北京整日无事，或许时常颇觉气闷。恰逢机缘巧合，同当时《读书》的实际负责人范用撞见，在罗孚的回忆中这样写：

　　　　一次我和老伴去三联书店找那位绀弩叫她"四姑娘"的女编辑①时，远远有人大声叫我，走近一看，才看清楚那是三联的负责人范用。前两年到香港访问时我们相识。他热情而亲切，拉了我们上附近的馆子去吃中饭，还约我写稿。后来由"四姑娘"提出，不如写一本谈谈香港的书，这就是后来北京三联出版的《香港·香港……》。②

　　范用做出版事业，多少继承了老前辈邹韬奋的精神，在八十年代常常"顶着干"，还提点晚辈沈昌文，"我们要敢于讲话，不怕封"。因此，《读书》在介绍港台文学之时显得极为开放，求知若渴而百无禁忌。或许，他对一位年轻女士说的"办成一个刊物并且光荣牺牲，就是它的历程"③ 颇感赞同，以致范用在北京文人圈内颇有几分以"敢"扬名之势。

---

①　罗孚此指《读书》编辑周健强，被聂绀弩认作干女儿，曾以笔名"季强"在《新文学史料》上发表聂绀弩的相关文章。

②　罗孚：《北京十年》，北京：中央编译出版社，2011年，第44—45页。

③　沈昌文口述，张冠生整理：《知道：沈昌文口述自传》，广州：花城出版社，2008年，第118页。

不过，当时三联名义上的当家人是沈昌文，在办事方针上与范用略有龃龉，与罗孚的相关事宜，若仅得到范用和"四姑娘"周健强的邀稿与认可，未必能够完全顺利地开展，在沈昌文看来：

> 范用做很多事情，都有一个特点，不出面，但是在背后起作用。这样做，本人有很好的民主形象，可是实际上的局面都是他安排好、控制好的。①

> 他在离休后还是经常跟作家约稿，而且把稿费等问题都谈定了，价钱都比较高。这个事情我讲实话是比较反感的。因此他代表三联书店约的稿件我退了一些。三联书店初创时期，经济非常困难。他的特点是完全不管经济。②

不过，就罗孚及其文章而言，通览范、沈二人叙述，无论是背后的管事者，还是面上的当家人，对其态度均极为热情，并不存在沈昌文将范用约来的罗孚稿件做"退稿"之举，相反，沈昌文对此可谓"视若珍宝"。究其实质，或因其人不但是范用的老朋友，能够为《读书》与三联写些难得寻觅的海外稿件，还能为三联在各个方面带来不少隐形资源，在沈昌文看来，罗孚在京，是"为《读书》杂志立了大功，帮了大忙"③。范、沈二人其后虽然交恶，办事风格也不尽相同，但办好《读书》与三联的想法却是一致。在经由范用这位前辈，将罗孚介绍给沈昌文后，沈昌文这样认为：

> 这一来，我觉得这是上帝恩赐给我们三联书店的一位重要人物。罗孚有那么多海外的人脉，而现在又那么空闲，非得抓住他帮我们开疆拓土

---

① 沈昌文口述，张冠生整理：《知道：沈昌文口述自传》，广州：花城出版社，2008 年，第 84 页。
② 沈昌文：《沈昌文谈范用和他那辈出版人》，载华慧《都是爱书的人》，南京：译林出版社，2013 年，第 7 页。
③ 沈昌文：《书商的旧梦》，上海：上海书店出版社，2009 年，第 19 页。

不可①。

罗孚虽是"当年港地第一支笔"②，但如在开疆拓土的过程中过于"勇敢"，也会收到上层"收紧"的指令。1986 年，罗孚以真名发表在《读书》第 12 期上的《曹聚仁在香港的日子》一文，当时领导人认为此文较为"敏感"，令其最好不要用真名在《读书》上发表文章③。几乎同时，由三联出版，罗孚以柳苏为笔名写的《香港，香港……》这一书籍，刚刚发行面世，内中对金庸的介绍这样称：

> 金在这些人，这些地区④比梁更为大行其道，一个原因（当然还有别的原因）是梁多年一直相依于"左道"，而金则走上了"中间道"。虽然如此，初时金的作品在台湾也不能公开发行，后来才得到了不同的待遇。而梁的作品是一直处于半地下状态的⑤。
>
> 新派武侠小说尽管后来台湾也在制造，但它的发源地却不能不是香港，祖师爷不能不是金、梁。谈香港著名土特产，岂可对它视而不见，避而不提？⑥

在沈昌文的追忆中，《读书》专门辟出给罗孚介绍中国香港的栏目，在当时几有轰动之势，那本《香港，香港……》颇得一时洛阳纸贵之态，"成了许多单位派去香港人员的必读书"。罗孚笔墨清通，沈昌文曾大赞其专栏"文情并茂而又含义深刻"⑦，谈及中国香港衣食住行乃至文人情事，颇有跃然纸上之感：

---

① 沈昌文：《也无风雨也无晴》，北京：海豚出版社，2014 年，第 178 页。
② 沈昌文：《书商的旧梦》，上海：上海书店出版社，2009 年，第 17—18 页。
③ 罗孚：《北京十年》，北京：中央编译出版社，2011 年，第 46 页。
④ 指中国香港等地。
⑤ 罗孚：《香港，香港……》，北京：中央编译出版社，2010 年，第 177—178 页。
⑥ 罗孚：《香港，香港……》，北京：中央编译出版社，2010 年，第 178 页。
⑦ 沈昌文：《书商的旧梦》，上海：上海书店出版社，2009 年，第 17—18 页。

以后，罗孚以"柳苏"为笔名在《读书》的专栏开始发表，影响非常大。第一篇文章是《你一定要看董桥》，简直轰动了内地读书界①。

可见，当时的《读书》与北京三联书店，对罗孚颇为重视，不惜费大气力进行重点推介，在两期作为刊物总结的《编后絮语》之中，均对之加以着重介绍评论。在1988年第3期的文章中，便有一篇《请柳苏出场》，文中涉中国香港新派武侠小说：

> 有了这种想法，我们又大胆地请柳苏先生连续三期畅谈几位香港作家，包括新派武侠小说和言情小说的读者。柳苏先生熟谙港人港事，许多人、书、事都是他亲历、亲闻。文章不仅生动而富文采，而且具有史料意义。读他的文章，更可见读书一事具有何等复杂的内蕴，在这问题上"一刀切"，曰此书绝对可读，彼书绝对不能读，此类书必要，彼类书不必要，往往不确②。

1988年第5期，《文化"整合"》云：

> 柳苏先生身居内地，心怀香港文事③。

考虑到拓宽读书领域，所谓"无禁区"，即为"无书不可读"——当然，要想真正做到"无书不可读"并不现实，内里当然存在经由"主义"指导后的甄别——为了吸纳国门骤开后如潮水般不断涌入的西学，考虑到如欲撷取异国他乡的文化结晶，直接将"一手"之物拿来在客观上存在言语文字的不小障碍，

---

① 沈昌文：《也无风雨也无晴》，北京：海豚出版社，2014年，第178页。
② 沈昌文：《阁楼人语：〈读书〉的知识分子记忆》，北京：作家出版社，2003年，第106页。
③ 沈昌文：《阁楼人语：〈读书〉的知识分子记忆》，北京：作家出版社，2003年，第109页。

那香港与内地一衣带水，文字上又不过繁简之别，那自是绝佳的中转地带。罗孚作为三联一宝，在介绍金庸一事上，除了其人其文在《读书》刊物上的纸质呈现，更要紧的，或许是友人间口头上的交流、书信的往返与饭桌上的"闲谈"。在沈昌文的回忆中，这样道：

> 罗孚在帮助三联书店扩大自己的出版范围方面真是立了大功。三联书店出版金庸，也是罗孚应我请求给金庸写了介绍信。一九八九年初我还拿了这介绍信专程去香港找金庸①。

> "大约是一九八八年左右，我们非常想出金庸作品"，沈昌文回忆。沈昌文称自己是一个标准的金庸迷，他也一直想方设法与金庸方面接洽。"后来我找到了一个非常理想的人选"，沈昌文所指之人即香港著名报人罗孚，他把包括董桥在内的许多香港文化界人士介绍给了沈昌文。据沈昌文回忆，在罗孚的引荐下，他在一九八九年初在香港与金庸见面，也与金庸有了大概的出版意向②，"回来后我打了报告给上面，希望能出金庸作品……这一意向（因故）流产"③。

综合沈昌文三处回忆可见，1988 年三联即已想要出版金庸的作品，1989 年 1 月经由罗孚介绍，沈昌文正式与金庸在中国香港会面并洽谈，尽管双方皆有意愿，但当时未能成事。直至晚年，沈昌文回忆此事，仍然认为："我在任期中很遗憾的一个事情，是没有把金庸的书引进来。"④ 在 1989 年第 10 期编后絮语《风狂霜峭录》中，有此一语感慨："繁华歇尽何须吊！且由他，嫣红姹紫，一

---

① 沈昌文：《也无风雨也无晴》，北京：海豚出版社，2014 年，第 178 页。
② 据沈昌文回忆，当时具体时间是"一九八九年一月去见作者，洽谈出书。我同金庸先生谈得很愉快。"沈昌文：《书商的旧梦》，上海：上海书店出版社，2009 年，第 18—19页。
③ 邹凯：《守望家园：生活·读书·新知三联书店》，北京：生活·读书·新知三联书店，2008 年，第 121 页。
④ 沈昌文口述，张冠生整理：《知道：沈昌文口述自传》，广州：花城出版社，2008 年，第 142 页。

春收了。"① 颇有几分从"百花齐放"乍然到"百花凋零"之叹。然而，刊物却还得办下去，永远的"凋零"自下而上皆非喜闻乐见，慢慢地，"通俗文学"也逐步能够借此机遇，在"抵制西方意识形态"的意图下颇显"一枝独秀"。金庸对内地的动态历来密切关注，又因罗孚介绍，在与沈昌文联系后，也注意起了在《读书》上罗孚的"写自己"。1990 年 1 月 30 日，金庸致罗孚信，内里这样道：

> "吾兄在'读书杂志'上一文，有数处不符其（?）实，谅系传闻之误。弟自不介意，数十年交好，一切均无所（?）谓。日后当在尊文中累加注明，出书时能改正最好。"②

此时，金庸已开始亲自介入了本人在内地"接受"的塑就。经由与辗转京港二地的罗孚、沈昌文、董秀玉等人的反复接洽，交流逐步深入，这样的"交流"，不仅仅是合同签订、书籍出版这些公文上的白纸黑字，更有在北京文化圈的口口相传。毕竟，罗孚素来做"统战"工作，又富人格魅力，在京城文人圈中如鱼得水。据载，1991 年 1 月 30 日——金庸致信罗孚正巧一年之后——北京友人为罗孚庆生，"四姑娘"周健强的日记之中这样记道：

> 到了约定的日子（罗孚七十大寿），堂堂"书林七贤"如时驾临利康。计有：漫画家丁聪、剧作家吴祖光、翻译家杨宪益、出版家范用、文史家冒舒湮、诗人及作家邵燕祥，寿星公作家罗孚。

丁聪为《读书》许多作者绘制头像。吴祖光、新凤霞夫妇与老舍、齐白石等著名文人尽皆交好。杨宪益、戴乃迭夫妇所译《红楼梦》迄今仍得享大名。范用为三联、为《读书》仍在幕后掌管诸多实际事务。冒舒湮为"明末四公

---

① 沈昌文：《阁楼人语：〈读书〉的知识分子记忆》，北京：作家出版社，2003 年，第 143 页。
② 高林编：《罗孚友朋书札辑》，北京：海豚出版社，2017 年，第 316 页。"?"为笔者所加，因信件影印，中有字迹不甚清楚处，但不影响大意理解。

子"之一的冒辟疆的后人。邵燕祥则以鲁迅之后的"杂文"名家鸣世。这并非意指罗孚定会在与这些文化名流的日常交往之中，大力推举金庸及其人作品，但内里确实存在某种在自然的日常往来之间，逐步将"金庸"渗入这个圈子的可能性。毕竟相较那些仅止于写稿和用稿关系的刊物作者而言，罗孚身份特殊，与三联的经营结合得更为紧密：

> 他（罗孚）为新组建的三联书店写作并出谋划策，沈昌文曾说："柳苏先生熟谙港人港事，许多人、书、事都是他亲历、亲闻。文章不仅生动而富文采，而且具有史料意义。他还帮助我们扩大了自己的出版范围，开辟了一条通往外面世界的道路。"①

身为"三联"的如此要人，罗孚之于金庸，除开早年的鼓动写作、1966 年的约稿引出"自白"之外，则又多了八十年代隐而不露的介绍推广。九十年代上半叶，罗孚《金色的金庸》《香港的文学和消费文学》《杂花生树的香港小说》在《读书》上的发表之余，又有陈平原、李零、何平、冯其庸等人在《读书》上的文章，间或涉及甚至直接论述金庸作品。最终结成较为令人瞩目的硕果，或许这就是在罗孚、范用、沈昌文、董秀玉等人的共同努力之下，由董秀玉落实而成的"卖蔡淘金"之"淘金"——36 册《金庸作品集》。

> "卖蔡（菜）淘金"成了出版界对北京三联书店在 90 年代那段日子的戏谑之说。"淘金"，指的是几年后三联书店从香港引进出版金庸作品集。②

金庸为这套三联版作品集所作的序言，也顺理成章地率先在 1994 年第 3 期的《读书》杂志上刊载，颇令读者一睹为快。在沈昌文之后正式接手三联的董秀玉，在晚年回忆自己 1991 年在中国香港三联书店之时，这样论说当时"与金

---

① 罗孚：《香港，香港……》，北京：中央编译出版社，2010 年，第 3 页。
② 邹凯：《守望家园：生活·读书·新知三联书店》，北京：生活·读书·新知三联书店，2008 年，第 113 页。

庸再续前缘"之事：

> "我在香港工作期间，与金庸先生见了很多次，我跟他谈由三联来出版
> 他的小说，他很痛快地答应了。"金庸也一直想找一家出版社认认真真地在
> 内地出，另外他在香港对董秀玉的口碑也认可，于是双方一拍即合。真正
> 授权给三联，是在董秀玉回到北京工作之后①。

　　事实上，九十年代三联推出的《金庸作品集》，对这家以做学术与经典而得
享盛誉的老牌出版社而言，多少也会引起一些反感，有着一些阻力，即便是亲
自经手推动此事成功的当事人，或许也有几分"不得已而为之"。五十年代，三
联并入人民出版社，到了八十年代，方从人民出版社分出，主打学术文化的三
联，在九十年代市场经济的大浪潮之下，多苦于经济周转。以往领导人的招数，
据沈昌文语，是为"怕出错误"而"缩小印数"，而到了九十年代，总是"缩
小印数"已行不通，必须在一定程度上考虑"经济效益"不可。据扬之水②日
记中载，1992年8月1日，与沈昌文一同在梅园吃饭，"席间老沈对出版署采取
的革新措施（承包，放企业自主权）③大发议论，'这是一项革新措施呢，还是
又一次历史的愚弄，留待历史证明'，董对此颇不以为然。"④ 为使三联书店
"现金流"的资金链条不断裂，在董秀玉手中出版《金庸作品集》，或也出于出
版社的经济形势所迫，某种程度而言是不得不为的选择，但为了不过多影响三
联的学术书籍，董秀玉"在经营上决定，坚持不上订货会，坚持整套卖"，并取
得了颇为良好的效果，"既保证了我们学术文化类图书的销售空间，保住了自己
的根本，《金庸作品集》的销售也如约完成。约期结束，我们的图书销售依然有

---

① 邹凯：《守望家园：生活·读书·新知三联书店》，北京：生活·读书·新知三联书店，
　2008年，第121页。
② 当时《读书》另一编辑。
③ 这一措施背后即有刊物自负盈亏之意。
④ 扬之水：《〈读书〉十年（二）》，北京：中华书局，2012年，第212页。

很好的成长"①。然而，尽管在经营上有应对策略，但三联毕竟坚持了六十多年"学术文化"的声誉。著名学者唐振常认为三联"不去出版只图赚钱的书"，称赞"三联始终是一家严肃的出版社，出书严肃，临事以敬，旧邦新命，为读书人所爱"②，如此大规模出版《金庸作品集》，自然还是易于招来非议。

直至一年之后，编辑们在《读书》的《编后絮语》中，仍似隐隐约约为这一行为做着一点辩护。

一贯倡导"精致"与"高质量"的三联与《读书》，也就多少潜在地为此处出版的《金庸作品集》的质量不低进行了担保。事实上，1993 年董秀玉接任北京三联，当时制定的战略中就有一条"分层一流"的策略思想，即书、刊都有学术、中等知识读物和大众读物的不同层次，但必须都是一流品质③。尽管在经营人看来，金庸毫无疑问是属于"大众读物"的一流，但落在市场受方眼中，仍给予其暗中"更上一层楼"的可能。毕竟，三联书店多有知识分子作为潜在市场对象，多年以来，一直给人的印象都是"精品文化"，知识分子大多会对上海古籍、商务印书馆、三联书店等出版社出的新书加以关注，且围绕这一出版社，多有长期合作的老先生、老学者。《读书》的牌子，在八九十年代显出几分鹤立鸡群，如徐梵澄便曾评："《随笔》品格比较低，比起《读书》，低了不止一品。"④ 是以有人这样评价：

三联版也给金庸作品从武侠小说的芸芸众生中挺立而出。有人评论说：直到三联版金庸作品的出现，金庸小说才终于走向"文化精品"意义上的

---

① 董秀玉：《在理想与现实之间》，载王世襄等《我与三联：生活·读书·新知三联书店成立六十周年纪念集：1948—2008》，北京：生活·读书·新知三联书店，2008 年，第 288 页。

② 唐振常：《旧邦新命贺三联》，载王世襄等《我与三联：生活·读书·新知三联书店成立六十周年纪念集：1948—2008》，北京：生活·读书·新知三联书店，2008 年，第 24 页。

③ 董秀玉：《在理想与现实之间》，载王世襄《我与三联：生活·读书·新知三联书店成立六十周年纪念集：1948—2008》，北京：生活·读书·新知三联书店，2008 年，第 288 页。

④ 扬之水：《〈读书〉十年（二）》，北京：中华书局，2012 年，第 314 页。

流行，它也喻示着金庸小说本身的价值转型，"即它已经从单纯的阅读和消费价值转变成经典文本才具有的收藏价值"①。

若说此时仍为金庸成为"经典"文本的先声，那此后的北师大、北大乃至诸多的"金学"研讨会，则呈现出仿佛要更进一步将金庸抬至"经典"，奉上"殿堂"的态势。这使得就连起初介绍新派武侠小说至内地的罗孚，也难免对此流露出几丝不以为然。在其人1993年回到中国香港之后，针对1994年严家炎的贺词《一场静悄悄的文学革命》，与二十世纪末的"严袁之争"，也发表了自己的看法，其中颇有非议与意气之辞，也有针对学者的诛心之论。

步入1994年后半段，"金庸"的热潮达至一个高峰，较之先前虽有推进，但仍略显冷清的"桥梁"阶段而言，更显出了某种轰轰烈烈的态势，成了一个"热点"的学术事件。这虽然使得更多研究与讨论在此处生长，更多富有活力的学人进入这一领域，却不复早先的默默耕耘之状，未能再依循陈墨那般"坐冷板凳"的研究心境一路往前。这对于认真的"研究"而言，很难说究竟是幸抑或不幸。

---

① 邹凯：《守望家园：生活·读书·新知三联书店》，北京：生活·读书·新知三联书店，2008年，第128页。

第三章　1994—1998：高校的认可与刊物的支持

　　1994年3月由北京生活·读书·新知三联书店出版的《金庸作品集》，使"金庸"其人其作进一步引起了知识界的广泛关注。步入后半年，1994年夏秋，由北师大学者王一川领头主编的《二十世纪中国文学大师文库》① 中，将金庸列于第四位，评价似远超茅盾、老舍；10月，北京大学授予金庸名誉教授，由严家炎发表贺词《一场静悄悄的文学革命》，高度称颂其作品的重要意义。二事几乎达到了一石激起千层浪的扩放效应，北大、北师大作为中国顶尖学府，内中学人如此推举金庸，引来众人纷纷侧目，以至产生了相应的反对浪潮，如鄢烈山《拒绝金庸》② 等一系列著名杂文接连发表。此类杂文，虽然未必真正具备"学理研讨"的性质，但在刊发之后，又返转刺激了学人的进一步思考，以至产生严家炎的《金庸小说论稿》等系列学理批评实践，成为在"金庸批评史"上无法绕过的一处重镇。

　　较之白纸黑字的"批评实践"而言，这些作为"动因"的编纂文库、发表贺词等行止，不如称之为"学术活动"更显妥帖。而此类"学术活动"的背后，又存在诸多"他因"，并非止步于"学术"本身的行为。"活动"是一种多方考量之下，综合性的投入与产出，根本难以"就人论人"和"就文论文"，但若其中一方在表彰"社会意义"，另一方却煞有介事地由此探讨"文学定位"，那随之生发的系列文章，内中便羼杂诸多意气、诸多误会，乃至于几乎牛

---

① 王一川：《二十世纪中国文学大师文库》，海口：海南出版社，1994年。
② 鄢烈山：《拒绝金庸》，《南方周末》，1994年12月2日。

头不对马嘴。在某种程度上，真理不但未能"愈辩愈明"，反而越是言说"金庸"，便与"金庸"离得越远。1994 年至 1998 年间，与"金庸"相关的学术活动、批评文章、学理专著，相较 1989 年至 1994 年间的"清冷、一二耕耘、多为口头相传"而言，便显得越发"热闹、众说纷纭、占据刊物阵地"。研究的态势蓬勃固然甚好，其间泡沫却也不少，这一时段，总体而言，围绕金庸展开的批评呈现出如下态势：

其一，此时的学术活动与相关文章，和金庸本人、新闻传媒皆已发生密切纠葛，且随着"纠葛"的愈演愈深，与学理批评渐行渐远。以王一川所编的《二十世纪中国文学大师文库》为例，原本是一套诸多同道的"半路出家"（王一川以治美学出身，尹鸿、张法、丁涛等也均非长期在"现当代文学"领域摸爬滚打的学人）之作，依据"审美直觉"和"文学史"书写背后的理论追求，由此编订的《二十世纪中国文学大师文库》，虽不是很具备专业领域中"每下一义，泰山不移"的学术分量，但其中也有一定程度的认真学术诉求。可在"媒体"的夹缠不清与推波助澜之下，招致而来的却是连绵非议与论争，早已几乎与王一川等人的"重视审美""用作品说话"等言说的初衷难以接轨。如媒体因金庸位列第四而采访陈辽时，陈辽对此事发表意见道"不可将茅盾排除在文学大师之外"，文中又提"沈从文之作有名家之美，而无大家气派"①。却引来彭荆风对陈辽的回应，认为其人是"肆意折腾已故世的沈从文先生"，在"延续长期对沈从文先生不公正的对待"②，焦点逐步转移至与金庸全然无关之处。其实，就此套书库中编者交代的原意而言，虽承认茅盾在文学领域贡献卓著，但能否算作"小说大师"，是否在小说创作的实践方面达到了极高层次，则仍须商榷。其实此类讨论的标准，更多基于作为读者的"审美直感"，原本便是"公说公有理，婆说婆有理"，各自成其"一家之言"，但在报刊上短兵相接的诸多论争，却演变为"替茅盾打抱不平""替沈从文打抱不平"，究竟"金庸"的作品审美价值如何，只是成为一个报刊上引人瞩目的"标题"之噱头，反而并未得

---

① 陈辽：《且说"文学大师"》，《文艺报》，1994 年 10 月 22 日。
② 彭荆风《排排坐吃果果？——也说"文学大师"》，《文艺报》，1994 年第 26 期。

到众人的真正关注。记者以此采访金庸，也只得到"我很不安，不可以这样讲，但这是他们的一种观点"的说法，如此四两拨千斤地轻轻带过。若止于此，其实并不值得诉之为"批评"而纳入接受史中，但有意味的是，历此纷争之后，王一川仿佛越发坚定了研究中国本土问题，践行理论批评化的决心，其后将金庸不断纳入自己"大众文化""化俗为雅""现代性认同""文化虚根"等种种论述框架中。俗世诸多纷纭，未必会直接进入批评文本，但学人既身在俗世，就必然会渗入学人心境，继而间接影响批评与研究活动，是以除学人一本正经的学术轨迹外，这些因"传媒"而生的行为举止，似仍有必要纳入论述之中。

其二，身居中国内地，政治因素仍然对批评文章发挥着重要的制约、引导与召唤作用。如果说在上一时段，外在局势导致诸多学人发生学术转向，氤氲于相关批评的字里行间；那在 1994 年至 1998 年间，作为"香港回归"这一事件的先声与后延，也衍生出了诸多为"铺垫/庆贺香港回归"，从而研讨金庸笔下"家国之思、民族认同、文化之根"的批评文本。事实上，原本北大授予金庸"名誉教授"，主要是因为他在中国香港的《基本法》起草，即香港回归的制度建设、新闻事业等方面做出了突出贡献。在前期召开的座谈会上，多有相邀理科等各个领域的教授，至于"小说"成就一途，在原文的叙述中相对居于末流。而严家炎的贺词一出，众人身在文学场内，却纷纷为"新文学传统""鲁迅传统""北大传统"等争论得不可开交，这多少有几分将官方整体规划之后，由此彰显"综合意义"的举措，仅规约于文学之内来进行讨论的简单化意味。但严家炎的贺词，虽在某种程度上可算是文化官员"综合性"的公务，但其人欣赏金庸作品，也未必不是出于真心，此举引来侧目非议者沸沸扬扬，其间不乏直斥动机不纯的诛心之论，反激严家炎先生在北大开设"金庸小说研究"课程、撰出《金庸小说论稿》，诱发北大博士生宋伟杰在此期间写出了内地第一篇研究金庸的博士论文。这也确可算是原从"公务"而生，但孕育出了极具代表性的系列学术出产之果实，以至在金庸的接受史上，留下了浓墨重彩的一笔。

其三，《通俗文学评论》这一理论刊物的创办，与内中"金学经纬"专栏（此专栏时或以"陈墨金学研究小辑"代之）的组建，标志着围绕金庸展开的相关理论研讨与批评，终于有了一块属于"自己的园地"。尽管《通俗文学评论》创刊于 1992 年夏秋之际，"金学经纬"栏目始于 1993 年第 3 期，但主要的金庸研讨文章，与《通俗文学评论》之《金庸专号》，仍明显集中于 1994 年至 1998 年间（这一刊物于 1998 年底夭折）。在这份季刊上，相较"琼学天地""张恨水研究小辑"等栏目，"金学经纬"持续的时间最长、开设的次数最多，且于 1997 年时，格外组了一整本的"金庸专号"以做春季专刊。既有"刊物"作为集结的阵地，相较于零散的文章发表，便显得从原先的散兵游勇、布不成阵，转为了此起彼伏、纷至沓来的研讨势态。内中稿件，不但有金庸秘书杨兴安及本人提供的一手资料，严家炎、陈平原等学界素有名望的人士支持，陈墨等专精于金庸研究的专家供稿，甚至也纳入了一位上海纺织公司纺织技术员所写的《金庸小说的思想历程》等并非"学界人士"的研讨文章，在某种程度上确然显示出作为一本通俗文学的理论刊物，呼吁"金迷"同样来加入"金学"研讨的"学术民主化"之意愿。这一时期，在《文学自由谈》《鸭绿江》等刊物上，也同样刊载了"金迷"的研究作品，普通读者与学界学人的研究，在学术类、综合性的"核心"刊物（《通俗文学评论》于 1997 年第 1 期上登载《启事》，声明被纳入核心刊物）上并置混杂，可称是以往的"金庸批评"中未见的、独属于这一时期的特点。此外，严家炎的《金庸小说的现代精神》，刊载于 1996 年第 3 期的《文学评论》之上，似也值得一提。尽管在九十年代，学术刊物还未形成今日这般壁垒分明的格局，但《文学评论》在这一领域的学术期刊界执牛耳的权威地位，基本可谓圈内公认。这本刊物登载了研究金庸的文章，外加周宁的《从金庸作品看文化语境中的武侠小说》，刊载于《中国社会科学》1995 年第 5 期。1998 年第 3 期，国内最具影响力的文摘杂志《新华文摘》，又转载了 1997 年 6 月召开的杭州大学金庸学术研讨会之《综述》①。此外，在《文艺理论研究》《当代作家评论》等重要刊物上，同样刊登了与此相关的各类文章，标识着在各色各样的"刊物支撑"之下，金庸在这一时段确实陆续得到了学界、政界乃至大众的瞩目与认可。在受到瞩目之余，自然难以避免反对的声浪随着"认可"一同到来。

---

① 丁进：《"金学"近事》，《通俗文学评论》，1998 年第 4 期。

综观上述种种，尽管历史现场高度流变、人心难测而易流于差解，以致这一时期围绕金庸展开的系列批评与学术活动显得格外纷繁杂错，但似乎仍可在一定程度上"正本清源"，或能深入探析，究竟王一川在《二十世纪中国文学大师文库》（小说卷）中，将金庸列于第四，原本是出于怎样的学术追求？严家炎的贺词之中，有多少基于真心的学术分量？《通俗文学评论》的金庸相关组稿与呈现，又有着编委怎样的"背后的故事"？分析时，相关的"批评社会学"之视野自然也该纳入考量，但若将所有的文章与活动一概斥之为"年轻人标新立异""拿了金庸的红包"等，也难免有过分厚诬学人之嫌。或许仍不妨从学人的学术轨道与自述时的自家心迹剖白（尽管其中也难免存在为己辩护的成分）入手，了解内中相对"原初"的那份意欲。

第一节　王一川与《二十世纪中国文学大师文库》： "体验"的扩散

《二十世纪中国文学大师文库》出版之后，因其在《小说卷》中将金庸列于第四，茅盾却是未见踪影，于九十年代时，被前辈学者斥之为年轻学人的"急于出名""缺乏严谨治学精神"①。然而，若回溯王一川历来的学术轨迹，可见早年的学术履历便已甚是光鲜，并无借此来刻意追求"出名"的必要。就追溯师门"论资排辈"而言，王一川可谓出身极佳，但学科背景主要依托于文艺学。八十年代，王一川沉浸于美学与西方理论，九十年代初，则转向中国现当代小说中的"卡里斯马"典型人物形象研究，从文艺学转向现当代文学，虽然理论积淀丰厚，但若涉及长期在圈中摸爬滚打后方能得到，不可言传但又较为固定的某种"心照不宣"，或许仍有一定程度的"先天不足"。《二十世纪中国文学大师文库》（小说卷）既是由其编选，或许确因其在某种程度上尚属"未

---

① 《〈20世纪中国文学大师文库〉重排名次 鲁迅第一 金庸第四 茅盾落选 江苏文学界人士对此提出异议》，《作家报》，1994年9月24日。

知深浅”的“槛外人”之审美直感，凭个人喜好做出了如许顺序排列。不妨循其一路走来的学术之旅，一观这场“排位”的学术根由，与其人随后进行的系列研究。

在百废待兴的二十世纪七八十年代之交，虽是“千军万马过独木桥”，王一川仍在激烈的竞争之中脱颖而出，从川大前往北大，再进入北师大的第一个文艺学博士点（当时北大并无文艺学的博士点）就读，可谓天之骄子。王一川在北大时的硕士生导师是胡经之，在北师大时的博士生导师是黄药眠，副导师是童庆炳①，在博士毕业论文答辩时，则由谢冕、刘再复、王春元、唐正序、蒋培坤、王富仁及童庆炳组成答辩委员会②。诸多德高望重的学界先辈，均对王一川这样的后生学人爱护甚殷。在八十年代国门开放后，王一川又早早地于1988年至1989年秋，前往英国牛津大学师从特里·伊格尔顿研修当代西方美学与批评理论，回国之后，相对而言仍是一路春风得意，在童庆炳先生的团队之中不断进行学术耕耘，似并无要靠“编选大师文库”来刻意“夺人眼球”之需。

不过，在学术上，“人际关系”“师承种种”与“所处团队”总是居于次要，具体学人的审美趣味、学问背景、治学理路如何，仍须从其人自家著述中觅得踪迹，将各类因素综合，方为王一川编选《二十世纪中国文学大师文库》之时，将金庸名列第四的学理依据。王一川长期沉浸于西方美学，其人虽于九十年代转向至中国本土问题研究，且致力于“理论批评化”，但数十年来生发的系列研究，主要仍以“理论”为其根基。且在进行“批评”实践之时，又常不自觉地带入“理论架构”的眼光观照文本，从其喜好将文学文本放入各类叙事学的矩阵图中进行分析，便可见一斑③。不过，在他的研究之中，从未因“理论”的覆盖而将“感受”“体验”完全放逐于自己的研究活动之外，因其在早年的学术生涯之时，主要便是将“体验”作为自己的理论根基、学术根基，与

---

① 王一川：《意义的瞬间生成——西方体验美学的超越性结构》，济南：山东文艺出版社，1988年，第374页。
② 王一川：《意义的瞬间生成——西方体验美学的超越性结构》，济南：山东文艺出版社，1988年，第375页。
③ 王一川：《修辞论美学》，长春：东北师范大学出版社，1997年。

整个博士论文的立论根基，是以相较于现当代学人难以避免的先入之见（如瞿秋白等人早在三十年代，便已为"武侠小说"做了断语，之后于数十年间长期延续），王一川便相对少有"前见"，而是带了"直感"来"体验"金庸。在他为《通向本文之路》所作的《代跋：为了激情的承诺》中，这样追溯道：

> 1982 年初进入北大，导师胡经之说：艺术所表现的不是普通的、可以用认识论或心理学说清的"审美经验"，而是那种更为深沉、更为活跃而又难以言说的有关人生意义的"审美体验"……这一新思路同我内心气质中某种隐秘东西豁然贯通。①

这一份属于王一川的"内心气质中某种隐秘东西"，几乎贯穿了王一川整个博士生涯的写作。花费数年攻读博士学位时光，在读了诸多西方文艺理论家的作品，一部博士论文进行诸多旁征博引、诸多概括评述之后，提炼出的最终一点属于自身"本己"的东西，便是这"体验"二字。王一川在临近末尾之时这样写道：

> 体验，作为超越此在而飞升到彼在的中介，作为人生意义的瞬间生成，就必然地被推出来了，就必然地被高扬了②。
> 追问西方体验美学，可以使我们看到：体验并非生活中随便什么经验（感觉、印象、认识等），而是特殊的、深层的、活生生的、富有意义的瞬间③。

直至 1992 年，在为当时的新作《语言乌托邦——20 世纪西方语言论美学探

---

① 王一川：《通向本文之路》，成都：四川人民出版社，1997 年，第 405 页。
② 王一川：《意义的瞬间生成——西方体验美学的超越性结构》，济南：山东文艺出版社，1988 年，第 364 页。
③ 王一川：《意义的瞬间生成——西方体验美学的超越性结构》，济南：山东文艺出版社，1988 年，第 367 页。

究》作结语时，王一川仍然道："今日的课题在于以体验为中心，从人类学角度
（人生意义）重新审视形式的意义，以便寻求体验与形式的关系的真正解决。"①
可见，"体验"一语，在王一川的理论大厦之中实居重中之重的"奠基"地位。
不过，其人博士论文虽然得到广泛好评，但论述的核心却似又与论述的手段间
存在某种悖谬——既是要高扬"体验"，又如何能以自身的"行动"来压抑和
固化"体验"，以这样的宏大体系，将不断流转的、瞬间生成的、活生生的"体
验"，按部就班地凝缩成一部如此稳固而有力的理论实体？这样看来，从整体的
理论构建转向具体的批评实践，就成为基于这一"理论"内部生发，几为顺其
自然的"学术转向"。不过，在谈说"体验"之时，又容易时时潜藏"理论"
与"体系"的思维惯性。王一川这样回顾道：

> 到了我的博士论文写作接近完成的 1987 年中至 1988 年，我对体验美学
> 这一套逐渐滋生了厌倦和怀疑情绪。我想，照这样做下去，美学似乎是件
> 十分容易的事：关起门来，闭上眼睛，天马行空般地遐想（瞎想？）一番，
> 建造起一个自以为了不起的美妙体系。但是，这个体系无论有多么美妙，
> 它却似乎竟然与现在正发展着、热闹着的中国当代文艺潮流毫无关系！②

由此，回返中国本土，回返当下的文学文本，就成了顺应王一川的"理论"
的选择。虽是身在学界并做文学研究，但在某种程度而言，王一川对这片领域
却并非熟门熟路，乃为出于兴趣半路出家的"跨界"之举，虽然以其才力读了
不少文学作品，却似对于数十年来"现当代文学"这一学科的建制，以往的学
术累积，以及为作家贡献"论功行赏"时的潜在"江湖行规"所知并不算多，
贸然进行的"排位"之举，换作另一个长期"身在江湖"的学人，大约便不会

---

① 王一川：《审美体验论》，天津：百花文艺出版社，1992 年，第 302 页。
② 王一川：《通向本文之路》，成都：四川人民出版社，1997 年，第 409 页。

如此为之了①。不过，九十年代初的王一川还颇有几分初生牛犊不怕虎之势，顺着自己的心意"转向"起来，他这样回顾道：

> "理论的批评化"是我给自己提的一个口号，在九十年代初的形势下，就是强调放弃原来的本质论追求而投入文学批评原野上去，重新寻找和建构理论的阵地。这看起来是自身的一次战略"撤退"。当时很多人认为我"不务正业"，去做人家现当代文学的东西。②

尽管如此，在做着"现当代文学的东西"之时，内中时时翻涌而出的，仍是早年的"理论"源泉。在读了不少叔本华、尼采、海德格尔等诸多西方理论之后，在八十年代的博士论文之中，其实早已有着呼唤"卡里斯马"的先声，只是通过具体的现当代文学研究，来试图将之具象化——总结历史上的经验教训，进一步召唤出新的"卡里斯马"，这与其当时熟读的尼采之"超人"，或许颇有干系。在博士论文中，王一川这样写道：

> （我们要走出虚无）无论背靠什么，都离不开这一点——新型的人的生成。新型的人，他应当是能对抗虚无、战胜虚无的卓迈之人。他就是卓迈。卓迈渴望着超越，渴望着向人生的终极意义去生成。卓迈在体验中生成，卓迈真正能够沉入体验。对卓迈这一新的美学范畴，我们的美学难道可以置若罔闻吗？③

尽管在王一川随后的著述之中，"卓迈"美学并未成为一个被反复提及的概

---

① 钱谷融先生有关此事的意见则被表述为：为作家排座次是罕见的，这在中国一般是尽量避免的。谁来排，怎么排，按什么标准排，都是问题。《文库》编者未尝不知道这样做会引起种种议论。也许正是想到会有种种议论，所以不惜这样排一下。钱谷融：《钱谷融文集·对话卷：有情的思维》，上海：上海人民出版社，2013年，第274页。

② 王一川：《文学理论讲演录》，桂林：广西师范大学出版社，2004年，第33页。

③ 王一川：《意义的瞬间生成——西方体验美学的超越性结构》，济南：山东文艺出版社，1988年，第372页。

念范畴，但其人念兹在兹，无论做的是（卡里斯马）"人物"研究，还是"现代性"的研究，"中华性"的研究，似均意图高扬并发布这一理念，使小说创作的"人物"达至"卓迈"，并使"现代中国"达至"卓迈"。正是在研究二十世纪中国小说中的人物书写，呼唤"真正的卡里斯马"之时，金庸第一次在王一川的研究笔端有了可循的确凿实迹。不过，在撰写《中国现代卡里斯马典型——20世纪小说人物的修辞论阐释》之时，还难以看出王一川对金庸，竟会有着在文学大师间"名列第四"这样的高评价。论述卡里斯马之时，其人对此的定义乃为：

> 这就是说，卡里斯马是那种具有神圣性、原创性和感召力的特殊力量，它在文化中起着重要作用。①
>
> 卡里斯马典型的中心性、神圣性和原创性等特征，并不以强制和理性面目出现，而总是婉转显现为个人超凡魅力的情感激荡。也就是说，卡里斯马人物具有让周围群众对自己倾心服膺的个人魅力，从而与周围群众结成一种不是强制的而是体验的关系。②

可以想见，在源远流长的现当代"现实主义"创作传统中，在写"小人物"与屈辱感的漫长历史中，要寻找出"卡里斯马"还是相对困难的，顶多将晚清时在强敌环伺下幻想想出的"黄克强"，民国时以革命众人瞿秋白为原型的"韦护"，以及五十年代"革命现实主义与浪漫主义相结合"那一段的"社会主义新人"们多多地加以论述。但客观讲，这些人物离王一川所设想的，能够引起众人自心底情感激荡，并由衷心悦诚服的"卡里斯马"还是有些距离的，被划归在这一谱系之中进行论述之时，难免显出几分勉强。此时，金庸创作的"侠客"，就作为另一种"卡里斯马"，被王一川纳入了笔下：

---

① 王一川：《中国现代卡里斯马典型——20世纪小说人物的修辞论阐释》，昆明：云南人民出版社，1994年，第9页。
② 王一川：《中国现代卡里斯马典型——20世纪小说人物的修辞论阐释》，昆明：云南人民出版社，1994年，第14页。

金庸世界中的种种侠义英雄等，一时间风光占尽，美不胜收，令人艳羡。但是，这些再造的历史人物，由于主要是为满足公众的消遣、猎奇心理而营造的，因而难免充满当代神话意味，从历史连续体中孤立出来，或者拆除历史深度。所以，他们难以成为名副其实的卡里斯马典型，而不过是卡里斯马幻象①。

就笔者目力所及，这是"金庸"最早出现在王一川的学术著述之中的印迹，尽管寥寥数语，或也能借此品出一二王一川在编选《二十世纪中国文学大师文库》之前的学术观点。在王一川当时的论述之中，将金庸笔下的英雄人物，称作是卡里斯马形象的"泛俗化"，认为这里的卡里斯马较之原先的深度与高雅，已由消费主义将之改造得平面和流俗。在他看来，此类卡里斯马人物，顶多能成为一个"真正卡里斯马"的能量来源，却不配以其本身成为真实的、崭新的卡里斯马。在这部《卡里斯马典型》之中，王一川这样论述：

> 泛俗化的卡里斯马典型，诚然一定程度上代表了卡里斯马典型的平民化或非神秘化进程，具有某种进步意味，但总的说来，却无力承担新的卡里斯马价值体系的重建使命。因为，这种卡里斯马幻象内部，中心是离散的，总体已然支离破碎。真正的卡里斯马，你在哪里？②
>
> 至于这种新型卡里斯马符号的具体风貌如何，这是不可预测的。我们目前所能知道的仅仅是：它将在 90 年代的泛俗化卡里斯马符号中积聚能量、从 80 年代后期的典型碎片中寻找新的雏形、到 20 世纪卡里斯马典型中搜求传统的支援、按"中华性工程"的需要规范自身，等等③。

---

① 王一川：《中国现代卡里斯马典型——20 世纪小说人物的修辞论阐释》，昆明：云南人民出版社，1994 年，第 318 页。

② 王一川：《中国现代卡里斯马典型——20 世纪小说人物的修辞论阐释》，昆明：云南人民出版社，1994 年，第 319 页。

③ 王一川：《中国现代卡里斯马典型——20 世纪小说人物的修辞论阐释》，昆明：云南人民出版社，1994 年，第 321 页。

此处王一川的品评，虽然仅止于评说金庸笔下的英雄人物形象，似与随后为编选《二十世纪中国文学大师文库》排位发声之时，时常提及的"创作成就""古典神韵"并无多少干系，但若与《二十世纪中国文学大师文库》（小说卷）中有关金庸的论述比对，便会发现，王一川的看法在这两年前后，已然发生了某种微妙的移步换形，就整体倾向而言，对金庸之作已从偏于"贬"转向偏于"褒"。在《二十世纪中国文学大师文库》之中，他不再以批判性的视角，来论说这种以金庸作品为代表的"伪"卡里斯马的泛俗、平面与非历史，而是转为高扬读者在其中所能够得到的"真人""全人"之高峰体验与超凡脱俗。其间重心，也随着论述对象的不同，从单摆浮搁的小说"人物"，滑向了宏观的国家"现代"内部之"古典"重构：

　　他（金庸）借武侠小说式样，创造出一种现代中国人尤其渴慕的想象中的古典"活法"。读者似由此享受到一种汇儒、道、禅、兵、阴阳、气功、武术等种种古典文化精神于一体，使各门艺术的精神相互贯通的，"行神如空、行气如虹"的审美人生。在这种融汇之中，古典文化精神被按现代需要尽情驰骋，伸张到极大限度。你沉浸在金庸的古典侠义世界里，似乎比在现代文明世界中更像一个中国人，一个真人，一个全人。这时，你的全身心都处在高峰体验的极度亢奋之中，享受着只有在这里才能过的超凡脱俗的人生。……所以，武侠小说到了金庸手上，实际变成了中国古典文化神韵的一种现代重构形式①。

尽管不敢断言王一川本人何以到了 1994 年，对金庸作品的评价骤然转为如此之高，不知如此评断的转变究竟是出于本心还是顺势而为，但至少从前后的比对之中，可以发觉，即便在这套文库的编者自身这里，也多少有几分随着时光迁移，今日之我与昨日之我的并不相同。因此，《二十世纪中国文学大师文

---

　　①　王一川：《二十世纪中国文学大师文库　小说卷》，海口：海南出版社，1994 年，第304—305 页。

库》（小说卷）的编定，至少对王一川而言，或许绝非一种学术上的新"定论"之呈现，而是新"意见"之发布，当中的"史笔"意味，相对微乎其微。此外，就这套文库的编者整体来看，尽管依托的高校确为实力雄厚，学人以往取得的成就也都有目共睹，但毕竟平均年龄不满四十岁，基本仍是青年学者，中有北师大艺术系教授尹鸿、中国人民大学美学研究所副教授张法、中央戏剧学院副教授丁涛和北师大的文学博士张同道等①。这样的队伍，似乎决不能够针对现当代文学的"大师"，来做出什么一锤定音的结论。

尽管诸多意见无非一己之见，并非所有话语皆能定格成"史"而与日月同辉，但既然这一人一时一地之心，已扩散开去产生不小影响，或许也仍有疏通整理以做"存照"之必要。王一川自己回忆道：

> 鉴于自己对二十世纪中国文学的独特个人体验和变革现成评价体系的愿望，我与朋友合作编选了《二十世纪中国文学大师文库》（共四卷）……研究的焦点也应从现代卡里斯马典型转向"中国形象"阐释。②

如此看来，这似乎更多是一群好友的同人之举，并非要以长江后浪推倒前浪，借此在现当代文学领域掌握新的"排定地位"的话语权之雄心。但王一川除开自己阅读的"个人体验"之外，也并没有构建新的版图格局，并在其间背后以自身理论做以支撑的用意。无论是在面向《文学自由谈》《中华读书报》等报刊媒体发言之时，还是在《二十世纪中国文学大师文库》中的编者言说之间，都显出这次排位之举在个人的"审美"偏好之外，背后的诸多意欲，不妨将相关材料综合排列，试将其间观点看得更为清楚：

> 他（金庸）的入选，应有助于在文学史上为通俗、民间或大众文学争

---

① 《金庸可能当大师？〈20世纪中国文学大师文库〉出些新奇》，《中国青年报》，1994年8月25日。

② 王一川：《中国形象诗学——1985至1995年文学新潮阐释》，上海：三联书店，1998年，第476页。

得应有的地盘①。

作家想要成为大师，必须靠作品说话，不能凭其他"功夫"。同样，真正的批评、研究也应根据作品来发言②。

再就是按新标准把金庸列入高位，这显然对重雅轻俗的学术偏见构成挑战③。

现成排名过分倚重"现实主义""史诗"这较单一的价值尺度，忽略文学审美世界的丰富性与多样性，所以把一些杰出大师如沈从文、郁达夫和金庸排斥在外。他们加入进来，必然动摇茅盾的地位。不可否认，茅盾在文学理论、批评、创作和领导等几乎各方面都影响巨大，如果总体上排"文学大师"，他是鲜有匹敌的，第二位置应当之无愧，但我们这里只是从"小说大师"这一方面着眼。作为小说家，茅盾诚然贡献出《虹》等佳作，但总的说往往主题先行，理念大于形象，小说味不够，从而按我们的大师标准，与同类型小说相比，难以树立"小说大师"形象。加之入选人数有限，他的落选就在情理之中④。

金庸位居第四，或许更显离奇，简直就是离经叛道了。一位通俗武侠小说家，怎么可能有资格"混迹"于如此严肃而高雅的文学大师行列中？然而，人们将会看到，他的现代新武侠小说的出现，本身就标志着中国武侠小说在文化境界上的崭新拓展，并在总体上上升到一个前所未有的新高度，也推动了现代中国小说类型的丰富和发展。他在这方面的贡献独一无二，第四席位无可怀疑⑤。

循其在报纸、刊物及书籍中相关发言，整体可见，这套《二十世纪中国文

---

① 王一川：《让作品本身来说话》，《中华读书报》，1994 年 10 月 26 日。
② 王一川：《让作品本身来说话》，《中华读书报》，1994 年 10 月 26 日。
③ 王一川：《我选 20 世纪中国小说大师》，《文学自由谈》，1994 年第 4 期。
④ 王一川：《二十世纪中国文学大师文库 小说卷》，海口：海南出版社，1994 年，第 3—4 页。
⑤ 王一川：《二十世纪中国文学大师文库 小说卷》，海口：海南出版社，1994 年，第 5—6 页。

学大师文库》根本没有"提大师不提茅盾"之意，不过认为单论小说创作的实践方面，茅盾的作品成就不太能够受到编者王一川青睐。而将金庸列于第四，除了确实颇为欣赏他的作品以外，又有着编者自身想要"拓展文化境界""丰富小说类型""为大众文学争取地盘"的整体学术欲望，将金庸作为一个使学术愿望得以部分圆满的现成"典型"纳入其中。这样说来，这套《二十世纪中国文学大师文库》及排位的编定，标准确实有些模糊不清。它并非纯粹以编者对作家整体创作作品的审美喜好为标准，也并非纯粹以作家的作品在历史上取得的文学影响为标准，自然更不是以政治上的先进与否为标准……仿佛是诸种标准的"综合"，但标准一旦综合，便近乎无标准而只靠整体"感觉"——大约就是王一川常说的"体验"——无怪乎李庆西当时在报刊上写下短文，甚至于直指其排位为"拈阄"①。连王一川自己，也并未像不少老学者那样，将这套"编选本"视作"传之后人"的重要学术行为。在其人专著后的《附录》内，就并未把这套《二十世纪中国文学大师文库》纳入自家学术历程的书写当中。王一川在收本人编著时，未收《二十世纪中国文学大师文库》，而收了所编的另一套《美学与美育》，在主要论文之中，也同样未收王一川论说金庸的《想象性认同与文化虚根意义》那篇文章，并不视之为自己的重要学术成果。

尽管王一川的"编选"，大约只是不太审慎的随手为之，但这一行为造成了报纸刊物上的诸多铅字口角，却是不争的事实。叶子铭、陈辽、彭荆风等诸多学士文人，均对此提出非议，但内中似稍嫌江湖义气深重，而学理言说微弱，常常变作为茅盾、为沈从文、为老舍……为往日的"名家"挺身而出不断发声，斥责世风日下，"学风"不古，与金庸作品本身的价值评说愈来愈牵扯不上什么干系。倒是王一川自己之后的研究，仍然不断地将金庸纳入论述的框架之中。自然，这仍非"细读"之后针对文学的批评，更多体现出一种理论对作品的征用。

要超越民族寓言窘境，我们只能尽可能独立自主地寻找并重建表述中

---

① 李庆西：《作家的排座次》，《文汇读书周报》，1994 年 12 月 10 日。

国人生存方式新趋向的独特话语形式……在寻找真正的民族性的构架中体验当前中国生存的新趋向。①

在论说"现代性"的重要之时，以及在研讨"中华性"的建构之时，"金庸"就作为一个从属于现代的"古典遗韵"，被不断召入了王一川的论述之中。为了现代的理性价值重构，转身回溯中国传统文化之中的精神，王一川这样道：

> 这两种理性（伦理理性和狂浪理性）是相互对峙的，它们之间的冲突与调和是构成中国文化的一个重要问题。而这种理性的人格化便是文士和武侠。
>
> 这意味着，如果说文士和武侠在其得以生长的古代文化沃壤中尚具有充足理想化内涵的话，那么可以说，在这种文化沃壤已发生极大变质的当代，这种理想化人格不得不趋于衰微。②

在王一川看来，古典的理想化人格在当今衰微，中国的传统文化之美在今日行将衰败，但身处今日的"现代"之中，仍能召返从属于"现代"的"古典"，让中国古典学成为"中国现代学的一个关系密切的旁系或支系"③，在"令人忧虑的（现代）'全球性'境遇中，（让）中华文化的古典美愈能显示出令人流连忘返的悠长韵味"④。

这样的论说，难免给人以传统文化的接续是以今时所需为主，以往日真迹为辅之感，在古典学人看来或许略显过分，厚今薄古，但对王一川而言，却又确是郑重提出的理论构架。若说所有对"古典"的研究之中，在今日都浸透了"现代"的目光，自然未为不可，但要将金庸的创作转为此类论述的注脚——因

---

① 王一川：《修辞论美学》，长春：东北师范大学出版社，1997年，第264页。

② 王一川：《修辞论美学》，长春：东北师范大学出版社，1997年，第329页。

③ 王一川：《汉语形象与现代性情结》，北京：首都师范大学出版社，2001年，第21—22页。

④ 王一川：《文艺转型论——全球化与世纪之交文艺变迁》，北京：北京师范大学出版社，2011年，第25页。

金庸时常直接将古代典籍敷衍成文，化入小说——就难免使得那些没有充分古典学养的学人，易于在论述之时，遭到典籍史实的迎头痛击。王一川在评述金庸作品是如何以大众文化来"使用"古典之时，借《射雕英雄传》中黄蓉与朱子柳论"七十二人孔门弟子"事为例，这样讨论道："这种'胡解经书'的方式，显然属于当今大众文化惯用的经典戏拟，就是用戏谑的方式拆解经典，造成化雅为俗和以俗戏雅的效果。"① 可此类小说片段，根本并非金庸的"大众文化"之独创，不过是原本古人的记载，被金庸顺手拿来，照搬到了他的小说之中。

史载《启颜录》为隋时典籍，即便算作《太平广记》之时的后人补入，至迟也不过宋代。古人的机锋谈辩，使得座中人尽皆发噱，如此属于隋时的"古已有之"，若说只是"当今大众文化惯用的经典戏拟"，或许过于勉强。金庸不过是在书写大众文化之时，直接借用了古人的智慧，为己作增添几分光彩。尽管王一川绝非没有古典根底，于著述之中，也时或偶见随手征引诗词，但无论何人，要凭借理论雄心来宣称某个特定的东西是"今日独有，古时所无"，以此来为今张本，就难免受到厚重的历史长河之中的"实物"相抵。回返来说，《二十世纪中国文学大师文库》（小说卷），似原本就并无要在历史长河的冲刷之下，仍旧长期屹然矗立的学术抱负，以此作为要求来对之不断评说短长，似乎就显得有些白费气力。但相关种种言说，与随后衍生的"古典神韵之重构"等仍属学术论述，似仍能够以上述梳理，作为"金庸接受史"内的一个学术篇章以供鉴镜。

第二节 严家炎与《一场静悄悄的文学革命》：北大的认同

在九十年代，相较王一川的仍属学界"新生力量"，严家炎则已历经中华人

① 王一川：《文艺转型论——全球化与世纪之交文艺变迁》，北京：北京师范大学出版社，2011年，第69页。

民共和国以来诸种或文艺或政治的多重"运动"之洗礼，在"翻过几个筋斗云"后，此时的严家炎先生，多以精心培育火种，提携后进，以期薪火相传之姿，在学界呈现自家面目。正因其人身在北大，又日益德高望重，无论为文为人，尽皆平和稳健审慎中正，作为贺词的《一场静悄悄的文学革命》一出，便举座皆惊。罗孚由于对其人所言的"文学革命"与"革命文学"产生误解，直言"不能不薄这样的学者"①，斥其"眼光盯着中南海"②；何满子、袁良骏、王彬彬等人，在纷纷写出争鸣文章"与严家炎先生商榷"时，也几乎无不追溯到这篇《一场静悄悄的文学革命》。不过，考虑到上述几位学者的相关攻辩，集中于 1999 年的世纪之末发出，内中又夹缠严家炎与何满子先生早在八十年代末有关"七月派与现实主义"的论争③，以及其人与袁良骏作为同学，在 1999 年末，尚有相邀以《学术随笔自选集》编入文丛的情谊④，而随后在鲁迅的《铸剑》是否为武侠小说这一问题上，则逐步愈争愈烈，渐至显现出剑拔弩张之势。因诸种复杂内情，此处姑且人为"一刀切"，将以三位先生为代表的"争鸣"，放入之后的 1998 年至 20 世纪初这一时段内，这里仍只侧重探讨 1994 年至 1998 年间，严家炎先生基于数十年来的学术脉络，在"金庸接受史"上所做的某种程度上的"机缘巧合"之作为，与随之派生的北大授课"金庸小说研究"、学术著作《金庸小说论稿》，并考察晚辈学人，如宋伟杰的博士论文等系列学术产出及其效益。

早在二十世纪六七十年代，严家炎还是年轻学人之时，便因谈说柳青《创业史》中的梁三老汉，在文艺界引起了广泛的反响和议论。有学界先辈大赞严家炎的这篇文章"写出了气势来"，而作家柳青本人，则因在特殊年代难免草木

---

① 罗孚：《话说金庸——〈如果没有香港，没有金庸〉》，载罗孚《香港人和事》，北京：中央编译出版社，2010 年，第 48—49 页。

② 罗孚：《金庸小说，革命文学? 文学革命?》，载罗孚《文苑缤纷》，北京：中央编译出版社，2010 年，第 373 页。

③ 严家炎：《还是承认现实主义有多种形态为好——答何满子先生》，《文艺报》，1989 年 4 月 15 日。

④ 严家炎：《五四的误读：严家炎学术随笔自选集》，福州：福建教育出版社，2000 年，第 2 页。

皆兵，未知严家炎当时"不过二三十岁"的年少气盛，怀疑严家炎的这篇文章是受旁人指使，"背后有大人物要搞他"，在《延河》上发表了《提出几个问题来讨论》，对之做了尖锐反驳①。在日益严峻的形势之下，严家炎因《谈〈创业史〉中梁三老汉的形象》中一语："作品里的思想上最先进的人物，并不一定就是最成功的艺术形象。作为艺术形象，《创业史》里最成功的不是别个，而是梁三老汉。"② 以及随后的抗辩文章，被大范围地攻讦，逐步被打成"黑线"人物，在特殊岁月之中，经历了几番翻云覆雨，劳动、改造、批斗……诸种事件，严家炎都已亲历。

到了九十年代，严家炎已完全可以凭借自身的诸种"经历"，将"本人"化作一道活生生的"学术史"与"文学史"之化石，完全可以爱惜羽毛，不必刻意出面以求"耸人听闻"。因此，若说严家炎写下《一场静悄悄的文学革命》，完全是因"收受红包"而"利禄熏心"，为了故意抬捧金庸而完全泯灭学术良心，难免是过分刻薄的不实之语。此外，尽管严家炎借之成名的《谈〈创业史〉中梁三老汉的形象》，在特殊年代仿佛是以出格之语引来一片滚滚声浪，但观其《知春集》《求实集》等作，可见"尖锐""创新"与"锋芒"，历来就并非属于严家炎的学人本色，相反，其人其作，倒很有几分太极般的平衡意味，常常稳当又平和地说着"现实主义固佳，新感觉派也值得一看""作家调配人物当然有，人物不受作家控制自然也有""严肃文学很重要，通俗文学也不要小觑"……方方面面四平八稳，唯一当真被严家炎在研究中直言推崇到极致的，大约就是其人惯常所说的"只尊历史事实这位上帝本身"③。若说在九十年代的严家炎会突然借金庸故作惊人之语，确实不符其人历来的学术惯性：

　　　　我虽然较早站出来反对了"现实主义独尊论"，并且第一个重新发现了

① 严家炎：《回忆我和柳青的几次见面》，载严家炎《眼界》，南京：江苏凤凰文艺出版社，2019年，第7—9页。

② 严家炎：《谈〈创业史〉中梁三老汉的形象》，载严家炎《知春集——中国现代文学散论》，北京：人民文学出版社，1980年，第251页。

③ 严家炎：《关于中国现代文学史研究的若干问题》，载严家炎《问学集：严家炎自述》，北京：人民日报出版社，2013年，第88页。

中国的新感觉主义小说，却并不排斥写实主义，不认为写实主义作品"已经过时"，不认为现代主义作品定然出色①。

所以，我对文学上的各种主义，采取兼容并包、比较宽厚而不偏激的态度，并且据此指出应避免"跨元批评"的错误。这一点，自信是贯穿本书各篇的一种基本精神②。

此外，通俗小说的研究，应视为今后整个小说研究的重要组成部分。一条腿走不好路。只有在重视严肃小说研究的同时，做好通俗小说的研究，才能充分揭示小说发展中雅俗互相争夺又互相制约、互相促进的内在机理，减少小说史研究中的盲目性，提高二十世纪中国小说研究的水平③。

从这些二十世纪九十年代贯穿至二十一世纪的本人话语之中，揣摩其语意与笔调，可见严家炎在做论之时，确实相对兼容并包，而上述将"通俗小说研究"作为重要组成部分之语，正是严家炎于 1991 年左右写下的，在 1993 年定稿后，载于同年《文学评论》第 6 期的文章《二十世纪中国小说研究之回顾与展望》。正是在此期间（具体时间为 1991 年 2 月至 10 月），严家炎应邀前往美国斯坦福大学亚洲语文系任客座研究员，指导研究生论文写作，且曾为旧金山—华文文化中心开设金庸小说讲座两次④。尽管如今已难以找到严家炎在讲座现场的讲稿，并将之与 1994 年的《一场静悄悄的文学革命》进行比对，不过，在步入二十一世纪后，洪子诚携贺桂梅前来做访谈时，严家炎再一次追忆起 1991 年"谈说通俗"和"讲座金庸"的那段过往，曾这样回忆当时的"集中阅读"：

应该是 1991 年。我是在八十年代开始读金庸小说，但是 1991 年我到美

① 严家炎：《世纪的足音》，北京：作家出版社，1996 年，第 2 页。
② 严家炎：《世纪的足音》，北京：作家出版社，1996 年，第 2 页。
③ 严家炎：《二十世纪中国小说研究之回顾与展望》，《文学评论》，1993 年第 6 期。
④ 严家炎：《附录 教学与科研活动纪事》，载严家炎《人生的驿站》，哈尔滨：黑龙江人民出版社，2003 年，第 225 页。

国斯坦福做了 10 个月的研究，借金庸小说比较多。大部分的金庸小说都是在那里看的①。

正是在这场访谈之中，有关严家炎对金庸作品的审美直感，以及与"专业"上的客观评判有所不同的"本心"之喜好判断，或在与后生晚辈的轻松对谈之中，得以较为充分地显露。三两人的当面对话，多是一种不假思索的现场直接反应，正因严家炎与洪子诚在对话时或许并无从容的思考余裕，是以更近直吐心声，有关"金庸小说"的喜好表达，显得颇为耐人寻味：

> 洪子诚："你看了感兴趣吗？我怎么看了就不感兴趣……（笑）"
>
> 严家炎："我感兴趣。我觉得你的观念还没有扭过来。我几乎是天然地就接受了，六七岁就开始看小说，各种各样的小说都看。"
>
> 洪子诚："你是把它当作学问来看感兴趣，还是你读的时候就觉得有趣呢？"
>
> 严家炎："读的时候感觉有兴趣，同时我觉得这个现象也值得研究。"②

综观诸多学人自述，有趣的是，是否能够接受"金庸"，似乎在其早年的阅读生发之时，便已先天地得到决定。假如学者在自述本人的阅读谱系之时，如严家炎那般多所提及的是偏于中国传统古典小说的《杨家将》《施公案》《三国演义》《七侠五义》等作品，那基本无一例外地会对金庸的作品表现出宽容和喜爱；但若其人阅读谱系相对更加偏重于"西学"，如洪子诚、吴亮等，那金庸的作品对他们来说，得到的评价就似乎总是一句"不感兴趣""读不进去"。在这样的意义上，若说"金庸"中当真存在着某种中华民族的"特性"，似乎也确

---

① 严家炎，洪子诚，贺桂梅：《漫谈金庸武侠小说——严家炎先生访谈录》，载严家炎《中国现代文学与现代性：严家炎对话集》，北京：人民日报出版社，2013 年，第 189 页。

② 严家炎，洪子诚，贺桂梅：《漫谈金庸武侠小说——严家炎先生访谈录》，载严家炎《中国现代文学与现代性：严家炎对话集》，北京：人民日报出版社，2013 年，第 189 页。

为不虚。在洪子诚论及他的阅读史时，与严家炎的脉络显得截然不同：

> 小时候，语文课外的书中，我读得最多的，其实不是最容易得到的武
> 侠和言情小说。我的邻居就有许多这样的小说。但我并不喜欢。现在找起
> 原因来，大概是我太缺乏想象力，对飞檐走壁、腾云驾雾总不能神会，使
> 我现在对武侠这类小说，仍是不感兴趣……因为我的外祖母和父母亲都是
> 虔诚的基督教徒，高小上的是教会学校，所以，读（和听别人读）得最多
> 的，是《圣经》。①

而对金庸甚是喜爱的严家炎在自述早年阅读经历之时，却总以"上私塾"
"读《杨家将》"作为发端，由此沿而往后，严家炎对金庸作品的阅读、接受
与喜爱，可见确实早在 1994 年之前——大约在 1991 年间便已完成。而金庸的作
品，又当真具备着某种"民族性"，可供做联系纽带之"文化实体"——正如
其封底上所印，其人作品可为"全世界华人的共同语言"——金庸武侠小说在
华人圈中老少妇孺尽人皆知，无论海内海外尽皆喜爱，与其作在西方的难以翻
译和受到相对冷遇，确实客观存在。但这又并非说，在严家炎的学术活动之中，
仅有与世隔绝的"一片冰心在玉壶"，不存在任何从属于"现实要求"的东西。

严家炎以其《一场静悄悄的文学革命》引来文化界的纷纷议论，多少有几
分无辜与冤枉，说到底，这贺词不太能算为金庸而作的"学术文"，更多是为金
庸而撰的"场面话"，并不值得认真对待，以此为基础来做诸种学术讨论。不
过，有意思的是，作为"场面"的"活动"，会产生系列的连锁效应，它引来
了颇为重要的"作家自述"——金庸在北大正式登台，做了阐明自己历史观讲
座报告，引来了诸多议论——尽管在 1994 年时，主要仍为在《南方周末》等报
刊上刊登的杂文，而非认真的"论文"，并由之连带引来了不少学术上的连锁效
应——北大专门开设了"金庸小说研究课程"，集结出了一部学理专著《金庸小
说论稿》，以及第一篇以金庸作为研究对象的博士论文。据严家炎回忆其时

---

① 洪子诚：《我的阅读史》，北京：北京大学出版社，2011 年，第 3 页。

动机：

> 具体来说，我开这课（金庸小说研究），一是为了感谢青年朋友们的殷
> 殷期待，二是为了回答文界个别人士的无端指责①。

这"文界个别人士的无端指责"，便是指的鄢烈山以意气为之，随手写下的
《拒绝金庸》。其人根本未读金庸作品，也不算专门从事学术研究的同行，只是
"固执地相信武侠小说是先天不足的怪物"，到了二十一世纪，又在本人的微博
上自言"转而读起金庸来"。可在九十年代，却由此"圈外人"的"意气文"，
引来了不少专业学子，认认真真地在课堂上的讨论，严家炎也将此课亲手编进
了自己一生"学术履历"的"大事件"中：

> 1995 年 2 月至 7 月，为研究生与高年级本科生开设"金庸小说研究"
> 课程。日本早稻田大学岸阳子教授从头至尾旁听了这一课程，认为"非常
> 有意思"②。

不但课程"有意思"，产出的纸质成果《金庸小说论稿》，也有某种原生态
的"课堂现场实录"之感。内中所收诸多文章，除了严家炎亲手执笔写下，并
发表在《文学评论》《通俗文学评论》等刊物上的文本之外，还集结了一些听
课的学子的讨论与报告。在《生死以之痴千态——说金庸笔下的"情"》中，
严家炎就这样附记道：

> 我在北大开设"金庸小说研究"课程中，曾安排学生做作业，并组织
> 课堂讨论，其中一次的题目就是"金庸笔下的'情'"，发言者颇为踊跃。
> 限于篇幅，不可能全部予以发表，只能选录小部分发言或作业，并对有些

---

① 严家炎：《金庸小说论稿》，北京：北京大学出版社，2007 年，第 2 页。
② 严家炎：《人生的驿站》，哈尔滨：黑龙江人民出版社，2003 年，第 227 页。

作业在文字上稍作润色，经编排组辑而成现在的样子。不周之处，敬祈鉴谅①。

可见，在严家炎的《金庸小说论稿》之中，无论是《序言》中的自述，还是成文的学术实践，内存某种与青年学人一同研讨，并重视这样多数的年轻人的"集合意见"之"民主"作风，此外，此书之内，仍然秉持了严家炎一如既往的老成持重的风格。在对金庸的诸多论断之内，已然难见如陈墨在九十年代上半叶所写的一批论著之中，那样颇为触目永无止境的赞誉之词。总的说来，这部《金庸小说论稿》似乎还是相对做到了"发于本心""细研作品""基于学理""论从史出"。不过，或许是由于"五四"在中国现当代文学史上，实在有着作为"开端"过分根深蒂固的自傲，在学人心中，仿佛有着永久的至高无上的地位，以致严家炎先生在欲论金庸作品所取得的成就之时，尽管也赞成刘再复所说的金庸主要接续"本土传统"之语，但总是又要往"五四"这套谱系之中去寻求倚靠。无论是在《一场静悄悄的文学革命》中，在《金庸小说论稿》中，在访谈中，还是在与金庸的对谈之中，严家炎先生似乎总是要为"金庸武侠小说"，寻得"新文学"的母体，以期能够将其人其作，打造成一个由"五四"脱胎而出，方可在文学史上名正言顺的"宁馨儿"：

> 我是觉得金庸的小说和"五四"新文学的方向总体上是一致的。"五四"新文学中许多作品表现的是个性主义，它描写的各种各样的主人公都是懂得自尊，同时也懂得去尊重他人。这种个体本位的思想在金庸的作品中同样是有体现的。②

事实上，"五四"新文学和西方文学的根底，对于金庸武侠小说创作不是起着一般的作用，而是起着决定性的作用，可以说很大程度上决定着小

---

① 严家炎：《生死以之痴千态——说金庸笔下的"情"》，载严家炎《金庸小说论稿》，北京：北京大学出版社，2007年，第47页。
② 严家炎：《听严家炎讲学术》，载严家炎《人生的驿站》，哈尔滨：黑龙江人民出版社，2003年，第57—58页。

说的思想面貌和艺术素质。①

　　金庸事实上是运用中国新文学和西方近代文学的经验去创作武侠小说、改造武侠小说的。中西古今的丰厚学养，使他的作品突破了一般通俗文学水准而具有高雅文学的一些特质。②

　　严家炎问，倚天屠龙记写谢逊的叹声"……像受了重伤的野兽临死前悲嗥一般"，令人想起鲁迅小说《孤独者》写魏连殳的哭声"像一匹受伤的狼，当深夜在旷野中嚎叫"。意象相似，是否说明您潜在受过鲁迅影响？

　　金庸：是的。我的小说中有五四新文学和西方文学的影响。③

　　然而，金庸虽然承认"小说中有'五四'新文学和西方文学的影响"，但这影响究竟有多少，是不是如严家炎先生所说，"起着决定性的作用"，只需是熟读金庸作品的读者，几乎不用过多思考，便能得出不太相同的结论。无论是从小说的声口、语言的运用、章回体的架构、人物活动的布景，还是整体的氛围来看，金庸似乎都是从传统的话本与明清白话小说中受益更多，所接续的是"古典"的这条脉络，而非"五四"新文学的尖锐批判、提出挑战与决裂于传统之外的"另辟新路"。当然，在金庸的创作之中，确实有着对"个性"的高扬，但这与其说是源于"五四"那种灵魂觉醒，视千年以来的伦理观念为桎梏的个人本位，倒不如说是源于传统庄子、魏晋士人等的"自在逍遥""恸哭而返""吾宁曳尾于泥途之中"，毕竟，即便是看似最为特立独行的"东邪"黄药师，也曾对"西毒"欧阳锋大义凛然地声称"我平生最敬的是忠臣孝子"，"忠孝乃大节所在，并非礼法"，而这正是古人所敬，而"五四"欲反的东西。现当代文学的学人，在论述中，仿佛总是心心念念地要使金庸能够攀缘于"五四"

---

① 严家炎：《金庸小说与传统文化》，载严家炎《金庸小说论稿》，北京：北京大学出版社，2007年，第117页。

② 严家炎：《金庸小说与传统文化》，载严家炎《金庸小说论稿》，北京：北京大学出版社，2007年，第117页。

③ 严家炎：《金庸答问录》，载严家炎《金庸小说论稿》，北京：北京大学出版社，2007年，第177页。

这株巨木，对这一"名分"如此在意，似乎并无必要。为了这条"谱系"的回溯，将二十世纪时鲁迅的《铸剑》与老舍的《断魂枪》也归入了武侠小说，在二十世纪末引发了几位对鲁迅"钟情之人"的大动肝火，连带引出系列论战，乃为属于 1998 年之后的余响。

不过，严家炎提出这条谱系，或许并不是只为刻意抬高金庸，而是顺着积重难返的学术思路，只要一想到谈说作品的好处，便自然而然地想到"五四"。对任何的现当代学人而言，"五四"都是难以绕开的重镇，一讲到什么作品是"好"的，总会自然而然地想起这所有"好"的开端——毕竟，正是由这开端而始，逐步产生了"好"的定义。这就像不少学人，一旦谈到自己所推举的当代作品，就定会讲到内中承继了哪些"鲁迅传统"一样。整体来说，《金庸小说论稿》仍然是一部颇具"学术分量"的产出。直至严家炎在 2008 年作《一个痴情者的学术回眸》之时，仍以重要学术成果视之，故而这样追忆道：

> 我的十几种著作中，自己比较重视的还有《论鲁迅的复调小说》《世纪的足音——二十世纪中国小说论集》和《金庸小说论稿》三种①。

如此对严家炎历来的学术履历做一回望，尽管对金庸的讨论与言说，在某种程度上出于"文学"以外的"政策"之机缘巧合，方成为"开风气之先"，但总的来说，还是较为老成持重地在以传统的"文学"研究之方法，做着文本的品读，估量文学的成就，并贯彻其人评价创作始终的标准：

> 在我看来，题材、创作方法、小说类型等等，都不能决定作品的实际成就；真正对创作有决定意义的，倒是作者人生体验的深切程度，文学修养、文化修养的高低，以及作者自身的艺术才华。我的这些看法，大体贯穿在长期以来的研究实践中，读者也可以从本书所收的二十多篇文章中感

---

① 严家炎：《一个痴情者的学术回眸》，《东方论坛》，2008 年第 2 期。

觉出来①。

　　承认"作品成就有高低"，在尽可能的材料收集和文本品读之后，在评论中恳切地说出作品的成就高在何处，又低在何处，在文学史上能有怎样的定位，是严家炎一贯的学术思路。然而，其人虽在《金庸小说论稿》以"开（高等学府）风气之先"的说法，赋予了当时的北大博士将"金庸小说研究"作为博士论文的合法性，但这套偏于传统的"文学"研究思路，却似并未被《从娱乐行为到乌托邦冲动》这篇博士论文继承下来。宋伟杰以金庸为题的博士毕业论文，被收纳在了《大众文化研究丛书》之中，在最显学人心迹的《后记》之内，宋伟杰这样自述：

　　　　至少在 1994 年以前，我从来未曾料到金庸小说会成为我博士论文的题目。当我的导师乐黛云、戴锦华教授同意我选这个题目，使我有机会将新兴的、具有科际整合意味的"文化研究"（Cultural Studies）方法应用于一个妙趣横生的中国个案时，那一刻，十几年来所有阅读金庸的痴迷体验，以及我从少年到青年的成长历程，都以一种力度迅速掠过眼前②。

　　基于宋伟杰对金庸作品的喜爱，这本博论的"深入具体文本"显而易见，其在学理探讨方面的拓荒之举，也实为功不可没。不过，仔细研读《从娱乐行为到乌托邦冲动》这部论文之后，或会发现，虽是"严家炎教授在中文系开设'金庸小说研究'课程、陈平原教授《千古文人侠客梦》的付梓这两大开创之功，都使我的论文具有了难能可贵的合法性"③，但对此著来说，要紧的只是严、陈二位前辈的"开山"，使"金庸"有资格成为选题被拿来做成博论，具

---

① 严家炎：《严家炎论小说》，南昌：江西高校出版社，2002 年，第 364 页。
② 宋伟杰：《从娱乐行为到乌托邦冲动：金庸小说再解读》，南京：江苏人民出版社，1999 年。
③ 宋伟杰：《从娱乐行为到乌托邦冲动：金庸小说再解读》，南京：江苏人民出版社，1999 年。

体做时，却并未循着严家炎"评判高低"的传统路数继续往下深挖，取代严氏"艺术形式""精神内涵""瑕疵"等语的，是理论上的"拆解""颠覆""洞见""症候"……

严家炎在《论稿》中一直致力于探讨的东西——金庸的作品写得如何、成就如何、价值如何，在这部博论之中已然不再重要，在文化研究的模式之中，重要的是西方学人怎样"一针见血"地"指出"某个问题，金庸的文本中有着哪个片段"印证""挑战"或是"消解"了这个问题，在这当中体现出了华人的哪种"心境""诉求""症候"……这些相对于艺术审美较少关涉的东西，仿佛成了这篇论文论述的思路核心。在这样的意义上讲，无论是研究金庸，还是研究旁的任何一个作家，本身都已不再重要，要紧的只是作品之中，由某段只言片语所体现的"问题"。这就难免令人感到对于"金庸"的接受而言，这篇博论作为"开山"，似以其文化研究的理路，在侧重于"文化"表征的同时，消解了整体评论作家作品的意义。尽管内中自有新意迭出，同样不乏作品细读和学人洞见，但就挖掘"金庸"而言，令人略感未能餍足。无论如何，在北大、北师大等高校的支撑，在李陀等历来站在时代前沿的名家，充满善意地帮助、指导与鼓励下，这篇博论仍然以取得博士学位的学术拓荒之姿，屹立在了"金庸接受史"上。在其背后，有着严家炎、陈平原等先生，有着上述《二十世纪中国文学大师文库》的编者：

> 我还要感谢"博士综合考试"那一天以及平时修课之际，给我悉心指导的陈平原、严家炎和王岳川教授，还有预答辩时的丁尔苏、张法教授，以及我最终博士论文答辩时的委员会成员：乐黛云、钱理群、戴锦华、王岳川、王一川、张法、丁尔苏、张诵圣（美国得克萨斯大学奥斯汀分校）教授①。

---

① 宋伟杰：《后记》，《从娱乐行为到乌托邦冲动：金庸小说再解读》，南京：江苏人民出版社，1999年。

以后，便开始陆续浮现出不少硕士与博士论文研究金庸（尤以通俗文学的研究重镇苏州大学为多），以及产出了更多的学理文章探讨金庸，将"金庸"作为学术的对象，不再如同先前那般易于引来非议，在各色重要的学术刊物之上，也陆续有了身影。这些与这场名誉教授的授予"活动"上的严家炎之贺词，连带而来的"学术效益"，是难以拆分开的。此后直至二十一世纪初，严家炎的学术重心，似乎就转至了撰写金庸研究的文章，接受侧重研究金庸的刊物的邀稿，出席金庸作品的相关研讨会等。在这一时段之内，尤以《通俗文学评论》这本刊物为主，在重视"通俗"之时，格外重视金庸其人其作的研究。虽然在 1998年时，便已由于外在原因"创业未半而中道崩殂"，但在金庸接受史上，却也实有其独特功绩，似仍可分专节作论，留下一点应有的痕迹。

第三节　《通俗文学评论》与"金庸专号"：刊物的支撑

《通俗文学评论》自 1992 年夏秋之际于武汉创刊，1998 年底出完当年第四期后，尽管《下期要目预告》尚于文末赫然在目，但仍于此年以兀然夭折告终。尽管今日已难觅得这本刊物踪影，仅在国内大型图书馆中留存，但当时在学界却产生过不小影响。其时，这本刊物内中的诸多人事牵缠，以及编制住房、经济支撑等现实条件的制约，使得此本季刊虽载有各色文本"杂花生树"热闹非凡，以填补长期以来的学术空白之势，在创办三四年后即被列入"核心刊物"——其中组稿，有著名的前辈学者，如王先霈、於可训（后任《通俗文学评论》副主编）、严家炎等人的支持，有诸多才华横溢的青年学者（九十年代时的"青年"，现今也已都是享有盛望的前辈）如陈平原、陈思和、程光炜、汪民安、汤哲声等宏文登载——但背后总是存在或公或私的诸多"非学术"问题，影响刊物自身成长。譬如，由于这份期刊属于当时的湖北省新闻出版局，早在创刊之时，就特别注重意识形态引导，随后在"市场经济"的大背景引领下，越发在意刊物能够产生的经济效益，使得这样一份探讨"通俗"之"理论"的学术刊物，不得不在夹缝之中艰难生长，背后存有诸多磕磕绊绊与举步维艰。

不过，在 1994 年至 1998 年间尚可勉力维持，有心办刊的领导也仍身居其位，使得刊物内无论是"金学经纬""陈墨金学研究小辑"，还是 1997 年第 1 期专门组稿推出的"金庸专号"，都仍以编者的精心组稿、学人的大力支持、"金迷"的同声响应，成为"金庸接受史"上，不应被忽视的一处"期刊阵地"。

回溯早年创刊之艰难，1987 年，新闻出版署成立时，设置期刊管理司，张伯海先生从人民文学出版社副总编辑调任首任司长。九十年代初，我国的通俗文学几近乱象横生，书商为求取经济效益，在地摊上的诸多"盗版"竞争之中，想要迅疾抓人眼球被挑中售出，那狂嫖滥赌情色暴力便自然成为"不可或缺"。如此一来，为了对我国通俗文学进行一定的规范控制与意识形态引导，张伯海等人有意创办一本专门针对通俗文学的理论刊物。于 1990 年末，已在陆续物色人才与筹备物资。1992 年，《通俗文学评论》创刊号发表《我们有信心开拓社会主义通俗文学的未来——祝〈通俗文学评论〉创刊》一文，张伯海这样道：

> 故动议筹办一本通俗文学理论刊物，是 1990 年冬季，至今出刊，早已逾十月怀胎之期①。

历时一年有余，这份"我国第一家公开发行的通俗文学理论期刊"，终于在湖北创立。它依托湖北省新闻出版局，背靠数家通俗文学刊物而生，其间"大陆（内地）本位""收编港台"的思想，自是题中应有之义。据阿丹在《九十年代：通俗文学的机遇和挑战——1995 当代通俗文学研讨会纪要》这一场报道中记载，当时的《中国故事》掌门人王春桂这样道：

> 湖北是全国通俗文学的基地，大型通俗文学刊物就有三家，《中国故事》是其中之一。这也是《通俗文学评论》在湖北创办的原因②。

---

① 张伯海：《我们有信心开拓社会主义通俗文学的未来——祝〈通俗文学评论〉创刊》，《通俗文学评论》，1992 年第 1 期。
② 阿丹：《九十年代：通俗文学的机遇和挑战——1995 当代通俗文学研讨会纪要》，《通俗文学评论》，1996 年第 1 期。

　　虽然大陆（内地）在九十年代已有诸多刊物编辑在"通俗文学"上精心营运，尤以湖北为个中翘楚，但出于通俗文学自身在这片土地上的"原罪"——历来在大陆（内地）所受到的冷遇，以及"毒草""黑线""封建余孽""沉渣泛起"等诸多黑色标签，使得一时之间，尽管随着1992年南方谈话对市场经济的继续"解绑"，人们压抑已久的欲望同样希图能在通俗文学中得到隐秘的宣泄与高扬，但于此十数年间，大陆（内地）的"通俗文学"之成就，尽管在数量上迅疾膨胀，但在质量上较诸长期发展的港台，似仍多有不及之处。综观《通俗文学评论》上的诸多评议文章，姑不论对民国时期的"通俗文学"做溯源的考辨，也不论对其整体做定义与剖析的纯理论探讨，更不论对大众文化研究的几块"新试验田"，只要是仍在传统的"文学"意义之内，对当代的通俗文学成就做品评与考量，多半便会以港台地区的金庸、古龙其人其作，作为大陆（内地）通俗文学创作的标杆与超越的对象。从头至尾参与了《通俗文学评论》的组稿事务，后任《通俗文学评论》编辑部主任的钱文亮先生，在第一期的发刊词《于细微处见精神》中，曾这样道：

　　　　它（通俗文学）应该理直气壮地对人说，在对人生体验的深刻上，在对情感丰富的体味表现上，在描写人性之隐秘、细微上，金庸、古龙起码不比茅盾、老舍差①。

　　而原定的《通俗文学评论》执行主编，自己也曾撰写了不少长篇通俗小说的汪剑光先生，则在供稿之时，以《金庸小说人物论》，来表明了自家这样的态度：

　　　　港台公推金大侠为当今武林中第一人，果真如此吗？时间浩洋，大陆侠人纷纷登台，倒是我们自己该去掉观念上的狭隘，冷静地一观现状，"各领风骚数百年"，大陆人拥有创作武侠小说的生活基础，而这正是武侠小说

---

① 钱文亮：《于细微处见精神》，《通俗文学评论》，1992年第1期。

长流不息的源头活水，相信大陆侠人将以更奇妙的招数一统天下武林①。

不过，时至今日，在武侠小说的创作上，似乎还没有出现这样一位"大陆侠人"，来迫使港台武侠退居二线，以自身实绩一统天下武林。直到今天，在追忆武侠小说的流风遗迹之时，常所回返并反复挖掘的，似仍是金庸、古龙、梁羽生、温瑞安——四位"大侠"无一不是身处港台地区。即便是位于内地（大陆）本土，意图提升本土通俗文学创作，引领通俗文学方向的理论刊物，其上登载的文章，也仍以评议金庸其人其作为多——这与作为"稿源"的作者们的兴趣点密不可分，"大陆武侠"无论今日抑或当时，都未能得到"金庸"这样高的学界关注度。自 1993 年第 3 期始，《通俗文学评论》便开设了"金学经纬"专栏，时或中断，时或以"陈墨金学研究小辑"代之，直至 1998 年——停刊的年份——这一栏目方告终结。相较仅办了一期的"琼学天地"，以及其他的通俗文学大家，诸如"张恨水研究小辑"而言，有关"金学"的探讨，在《通俗文学评论》之上，无论是组稿的栏目频次，稿件的整体质量，还是稿件的总体数量，均远非侪类可及。

素来专攻"金学"的陈墨，其著说在横贯 1993 年、1994 年两个年度的"金学经纬"栏目之后，自 1995 年始，大名也出现在了《通俗文学评论》的编委会名单之中。1995 年时，该刊刊载了一则《重要启事》："本刊将于 1996 年第一期隆重推出'金庸专号'，全面评介武侠小说大师金庸的生活、创作及其思想等，请广大读者注意。"② 1996 年时，《重要启事》再刊，以告读者"金庸专号"推出的时间将被推迟：

> 为多层次、全方位展示著名作家金庸的人生道路、个性才情、气质与人格，探讨其在艺术上的追求与成就，挖掘其为中国文化所创造的宝贵精神财富，丰富"金庸专号"内容，本刊特决定将计划于 1996 年第 1 期推出

---

① 汪剑光：《金庸小说人物论》，《通俗文学评论》，1992 年第 1 期。
② 《重要启事》，《通俗文学评论》，1995 年第 3 期。

的"金庸专号"改为在 1996 年年内推出，具体日期请广大读者注意本刊预告，并欢迎社会各界人士赐稿。①

直至 1996 年末，经过长期的精心组稿与筹备，终于在《本刊预告》之中，宣告"本刊'金庸专号'即将于近期推出"。"金庸专号"的内容主要有：

> 中国现代文学研究会会长严家炎教授"在查良镛获北京大学名誉教授仪式上的贺词"，
> 金庸秘书杨兴安谈金庸小说，
> 大陆金学专家陈墨等谈"金学"，
> 以及一定数量的图片资料……
> 等等。②

这份直至 1997 年第 1 期才"千呼万唤始出来"的"金庸专号"，在同样刊载于《通俗文学评论》的丁进《"金学"近事》一文中，被其文指认作"1997年为了迎接香港回归特出'金庸专号'"③。不过，钱文亮先生在 2019 年回忆当年组稿之时，却笑言，"那只是约稿的实际情况造成的，有的人稿子准备好了，有的人却还没好，既然要出这一整本'金庸专号'，那自然要等的。至于说到香港回归，那是凑巧碰上了 1997 年，当时倒没有这样高的政治觉悟。"④ 事实上，据 1997 年"金庸专号"的《编者按》来看，似也并无什么庆贺"香港回归"的痕迹：

> 策划组织这样的一期"金庸专号"，将海内外尤其是大陆的"金学"
> 研究队伍及其最近的学术成果做一个较大的集结与展示，是本刊创办之后

---

① 《重要启事》，《通俗文学评论》，1995 年第 4 期。
② 《本刊预告》，《通俗文学评论》，1996 年第 3 期。
③ 丁进：《"金学"近事》，《通俗文学评论》，1998 年第 4 期。
④ 与钱文亮先生所进行的访谈。

不久便已萌生的愿望。

作为一位学贯中西、博古通今而又自成一家的文学大家，金庸的小说创作为汉语言文学的发展贡献了一座蕴藏丰厚的富矿。正如严家炎先生所指出的：金庸的艺术实践包含着巨大的文化之谜，是"一场静悄悄的文学革命"。当然，这一场"文学革命"并不仅仅表现在金庸使武侠小说进入了文学殿堂，我们认为，它更主要地预示了一个社会民主化与文化资源共享时代的来临！①

今天再以各家言辞互相印证，总的来说，《通俗文学评论》的"金庸专号"似确无迎合时政热点之意。不过，无论是以"非当事人的时文"，还是以"当事人的回忆"为准，无论是否存在政治觉悟抑或政治任务，"香港回归"一事，既是当时众所关心的热点问题，总会带动由"众"所创作的期刊上的文学作品与评论，并对关心时事的"大众"来说存有某种"吸力"。据汤哲声先生在《走向深入——1997 年中国通俗文学期刊作品述评》中道：

> 香港回归是 1997 年中国的热点问题之一，各种通俗文学期刊（《中国故事》《传奇故事》《今古传奇》《中华传奇》）都组织了专稿以示欢庆。②

不管《通俗文学评论》自身是否确有"以示欢庆"之意，但在后人看来，"金庸"以其源出中国香港的属性，似确能使"金庸专号"成为"共襄盛举"的一道印迹。此外，"金学"本身相较于晦涩而学院气息浓厚的纯文学研究而言，自身能够促进各个阶层"共解其中味"的特点显得颇为明晰，《通俗文学评论》因其收稿的兼容并包，较为重视稿子的"真情实感、真知灼见"，相对不注

---

① 《编者按》，《通俗文学评论》，1997 年第 1 期。
② 汤哲声：《走向深入——1997 年中国通俗文学期刊作品述评》，《通俗文学评论》，1998 年第 1 期。

重"学术理路、正规训练"①，在刊物编排的稿件呈现之上，也多少表现出了这份吸引各个阶层前来讨论"金学"的"共享"与"民主化"的痕迹。

1997年第3期，登载了一篇严伟英的《金庸的思想历程》②，作者为上海寅丰毛纺织有限公司技术员，此文虽随后为《人大复印资料》所转载，但内中学术的"行话"气味并不浓重，多少显出痴迷人士在熟读文本之后，随手进行的淋漓挥洒之态，颇有几分天马行空的奇思妙想；而如丁进等常自撰写"金学"研究目录、"金学"近事的作者，其人单位则在人事厅，也并非长期身处"学术圈"。《通俗文学评论》在用稿上的"不拘一格用人才"，确实在一定程度上实现了在"金庸专号"前所言的诉求：

> 希望这一期"金庸专号"的出版，能够吸引更多的"金庸迷"参与到我们的"金学"队伍中来，也希望这一期"金庸专号"的推出，能够对中国当代文学特别是通俗文学有一点新的启示与推动！③

此外，在与金庸相关的各色《通俗文学评论》供稿之中，就学界而言，有早先从传统说书与金庸作品的勾连角度论说的由瞿湘所撰的《大师金庸》④，有将陈平原的《千古文人侠客梦》这一专著之中拎出部分，以短篇妙文之态的布排刊登，有严家炎先生及其弟子孔庆东，以及宫以仁先生（曾受教于鲁迅，后撰写武侠小说的白羽之子）等诸位大家的倾力支持（严家炎先生《论金庸小说的情节艺术》后收入《金庸小说论稿》中）。金庸本人也亲自赠字，以彰此刊专号"内容丰富 谨致谢意"。尽管这些文本，在此前论述学人轨辙之时已略有涉及，此处似已无须再加赘述，但单是列出这些稿件名目，便足显这本刊物在"金学"研究范围上的丰富。尤为值得注意的是，在系列的探讨金庸作品的"原

---

① 《访谈》（见附录），据当时《通俗文学评论》编辑部主任钱文亮先生在接受笔者采访时所言。
② 严伟英：《金庸的思想历程》，《通俗文学评论》，1997年第3期。
③ 《编者按》，《通俗文学评论》，1997年第1期。
④ 瞿湘：《大师金庸》，《通俗文学评论》，1993年第4期。

型"，或是从论著中截出的某些片段之间，学人多少是以"始终如一"的面目，屹立在《通俗文学评论》的字里行间，而内中陈墨的《金庸小说与20世纪中国文学》一文，则多少显出了其人在长久的耕耘之后，在有关"金庸"的研讨意见上，对自身早年专著的补充与修整：

> 二是有些命名，也难以名副其实。如张无忌的形象，归入"佛家之下"就不无勉强，因为他的主要人格特征是"无为"与"随意"，这又是道家遗风了。总之，上述的"命名"，实是为了概括，不得已而为之，正如古人所言，是"名可名，非常名"。①

这便与陈墨此前在专著之中，将张无忌径直归入"佛侠"之中，产生了某种基于"自省"与"更正"的区别。陈墨在1994年至1998年间，仍然一力地丰富着自家的研究成果，从《通俗文学评论》上刊载的单篇论文可以见出；从其反复增订，在二十一世纪仍出了十数本金庸研究专著，同样可以见出。只是，金庸在与学界学人的密切交往，在与《通俗文学评论》这样的学理刊物进行交往，在频繁出席各色研讨会，与自家隐秘心事的更迭之后，也在不断对自己早年的作品，进行着新的增订。以至陈墨的研究，在1998年后，就更需要面对金庸作品再度变易为"第三版本"的难题：

> 袁承志自有了夏青青，便忠贞不贰，对其他少女不再轻易生情……这也都是由他们的个性所决定的。②

袁承志自遇青青之后便"忠贞不贰"，这是贯彻于陈墨整个九十年代的研究中的意见，而这一"意见"，却被金庸在二十一世纪以手改的第三版"新修版"所直接攻破。金庸在新的《碧血剑》中，全然有别于早年所写袁承志的"别无

---

① 陈墨：《金庸小说与20世纪中国文学》，《通俗文学评论》，1998年第3期。
② 陈墨：《金庸小说与20世纪中国文学》，《通俗文学评论》，1998年第3期。

二心""只是青弟①总是疑我"，大书特书这位少侠在见了阿九之后，一腔深情厚谊是怎样地辗转游移，心头思量无定，而最终虽仍选择了夏青青，却是迫于形势与道义之下不得不为的选择，并非出于"忠贞不贰"的情意，那若从这一文本出发，陈墨对于袁承志的诸般作为是性格与选择的"顺其自然"之说，当然就不能成立。这样的改动内容，或许多少包含了金庸在遇见第三位夫人林乐怡后，对世态人情更深的自我体认，既然原先的文本被作者亲手反反复复地拆解，反反复复地重新充实，那针对"文本"的研究自身，或许也就要面临崭新的、基于"版本学"的拆卸、冲破与重建。在这个意义上，或许确如《通俗文学评论》所言：

> 金庸是博大精深的，金庸的话题也是说不尽的。好在我们的"金学经纬"栏目还会继续开下去，我们一如既往地期待着朋友们积极参与！②

上述之言，大概唯有前半句能够成立，而后半句至1998年底，迫于形势只得成为虚语。这样的一本理论刊物，即便于1997年成为今日炙手可热的"C刊"，但既然从属于湖北省新闻出版局，这一单位重视对大众的宣传舆论引导与直接经济效益，如此虚名既然不能带来什么即时的实际利益，对于新闻出版局来说，便显得不堪为用。随着原先领导的退位，无论是申领经费还是"以报养刊"，均显得日益艰难，要向《今古传奇》《中国故事》等文学刊物伸手索取经费，也日渐张不开口。最后，《通俗文学评论》这一宝贵的刊号——刊号无论何时都是稀缺资源——便被后期设计要创办的《汽车参考》这样有市场的刊物接过手去③。回观《通俗文学评论》在兀然终刊之时，因已然送印，是以仍刊载出来的"下期要目预告"，多少令人生出几分悲凉之感：

---

① 指夏青青。
② 《编者按》，《通俗文学评论》，1997年第1期。
③ 《访谈》，据当时《通俗文学评论》编辑部主任钱文亮先生在接受笔者采访时所言。

1999 年第 1 期，本刊"作家介绍"栏目将以文图配合的形式评介澳门作家星显；"大众文化研究"栏目将首次推出北京大学社会学系副教授高丙中博士采访国际著名大众文化研究专家默多克的"默多克访谈录"；继续推出范伯群教授的"1840—1949 中国通俗社会言情小说史（二）"与徐德明副教授的"旧派小说特质论（下）""金学特辑"；另外还有孔庆东博士精彩的"通俗文学与中国现代化进程"；汤哲声博士"通俗文学在现代文学史上应有的地位"等，均值一看。①

无论如何，这些原先能以白纸黑字来充实"金庸接受史"，原定于 1999 年刊登的"金学特辑"中的文章，已无法再在《通俗文学评论》上看到，唯一能给予作者一定补偿的"退稿费"，成了作为一本优质刊物销声匿迹的遗痕。原本，《通俗文学评论》若非有着生虽逢时，却不逢地的难处，它或许能够在高校或者社科院这样的单位里，成为与《文学评论》一般，在专攻"通俗"的基础之上，取得"双峰并峙""一体两翼"的地位——正如它时常论及的"鲁迅"与"金庸"那样：

> 据中国社会科学院文献信息中心《中国人文和社会科学论文统计与分析》研究组同志，本刊《通俗文学评论》已被选为国家"九五"重点项目《中国人文和社会科学论文统计与分析研究》数据库统计系统的核心刊物之一。②

一本严肃的通俗文学理论刊物，优质的供稿无法挽救，编辑的精心也无法挽救，最终归因，仍是要聚集到"经费"之上。这多少成了一道在市场经济的浪潮之下，凌空蹈虚于"学理""严肃"的理想主义，常无奈于严峻现实的众多"刊物"之缩影。《通俗文学评论》这样的理论刊物，总比不上"通俗文学"

---

① 《下期要目预告》，《通俗文学评论》，1998 年第 4 期。
② 《启事》，《通俗文学评论》，1997 年第 1 期。

自身来得热闹好看，虽是其上言说对象的"通俗""市场化""受欢迎"与"广大读者"，每隔数页便历历在目，可自身却以其"研讨"的严肃与认真，并未能够吸引到广大读者。事实上，即便真能以"金庸专号"等来吸引到部分"广大人民群众"，也是入不敷出，仍难维持刊物营运：

> 为方便广大读者订阅，本刊将于 1996 年 1 月 1 日起正式交邮局发行。本刊的邮发代号是 38-225，每册定价是 5.60 元，全年 22.40 元。全国各地邮政局（所）均可订阅。
>
> 本刊尚有 1993、1994 两年的部分存刊，有意购买者，可直接汇款到本刊编辑部邮购。①

全年定价不过 22.4 元，以一年的运营费用所需十几万元计，《通俗文学评论》须得每年发行近万册，方能勉力维持运营的基础成本。真正的"通俗文学刊物"如《故事会》，或能在其销量最高时达至几百万，而研讨相关理论的刊物，何尝会有百分之一——近万人的受众。除了关心"通俗文学"的一些学人，与一些出于好奇来关注"通俗文学"理论问题的热心人，大约不会再有什么人要长期订购此本刊物了。回观编者在编刊上的良苦用心，多少可见此刊在"雅俗共赏"之上的两难境地：

> 但从总体上说，我们还是感到很不满足。比方说对一些大的理论问题的研讨还看不出一个长远计划；对创作的评论也缺乏一个统筹安排；评论具体的作家作品相对弱于一般理论问题的研究；研究的文章在选题立意方面又过于集中于某一门类；长文章偏多，短文章太少；文风也不够"深入浅出、灵动潇洒"；后面的两点尤其是我们感触最深且忧心忡忡的："通俗文学评论"倘若摆出一副学究式说教的面孔，那岂不是存心想把读者拒之

---

① 《重要启事》，《通俗文学评论》，1995 年第 3 期。

门外？①

高头讲章不够活泼，随口言说又不够严谨，金庸虽是能够"雅俗共赏"（事实上，不少"雅人"仍固执地坚持它"不能赏"，不少根本并不识字或是粗通文墨的俗众又何尝能谈得到"赏"），围绕金庸所展开的那些严肃认真的学术研讨，却未必能够如金庸一般受到市场的广泛欢迎。不过，在步入 1998 年后——此年甚至被称为"金庸年"，严肃的理论刊物《通俗文学评论》虽是告以夭折，多少体现了围绕"通俗"而发的认真的学术讨论，或说由其在某种程度上折射出的"人文精神"，在市场上的不受欢迎，"金庸"却在学界——在"会议经费"的支持之下，仍能在海内外风头正劲，受到诸多学者如钱理群、刘再复、李陀、李劼等的瞩目与言说。1998 年，关于金庸作品的研讨会有五次之多：云南大理和浙江海宁各一次，台湾地区有二次，美国有一次。1998 年 5 月 17 日至19 日在科罗拉多举行的金学研讨，在丁进看来，"这次会议，标志着金庸小说已经越过中国文学批评的边界而进入国际汉学界的视野"②。"金学"在 1998 年后，浮现出了比 1994 年至 1998 年间更为蓬勃高涨的势态，并在"研讨会"的热闹中，在同为文坛之"俗"的王朔的攻讦中，在诸多学者"捍卫鲁迅""尖锐发声"的非议中，在 1998 年后成为一场千禧年临近之际的文学热点事件。内中批评，较之《通俗文学评论》之上的"谈文论道"，已然不可同日而语。批评的杂文化、耸动化、与"末流"理论的"切割文本"化，使得愈是"批评"，愈是堆垛重重迷雾，而非拨云见日般使内中图景显示出天朗气清。回观《通俗文学评论》中的诸多"金学"研讨，或许仍不失为一处"认真""严谨"与"学理"的"金学"阵地与高地，值得在今日再度掘出其"冢中白骨"，来为新的研究提供一处"可及往者，更追来日"的遗址痕迹。

---

① 本刊评论员：《新春寄语》，《通俗文学评论》，1993 年第 1 期。
② 丁进：《"金学"近事》，《通俗文学评论》，1998 年第 4 期。

第四章　1998—2000：金学的火热与论战的浪潮

步入 1998 年，"金庸热"似骤然间升温至白热化，相关论战一发不可收拾。众人拾柴火焰高，这一阶段，无论是专业学者、文化批评者乃至相对与"研究"较少关涉的作家队伍，只要与文字工作相关，几乎皆被席卷进了二十世纪末的"金学"这一火热浪潮之中，出席以金庸和以其作为代表的流行文化为主题的各色研讨会，以零散笔墨为报刊写作豆腐块文章，乃至在媒体的电视节目上表态探讨"金庸"……八十年代的"文学热"与"学术热"，竟在此处以某种略微扭曲的方式，借助与"金庸"相关的大众文化与媒体力量，使其热度得以短暂回光返照。

据考察现有资料，学界最早以知名学者之口，道出 1998 年为"金庸年"者，仍为北京大学严家炎教授。1998 年开展了三次金学研讨会，严家炎先生均悉数参加，在美国纽约的《世界日报》上，有文载"严家炎指出，1998 年是'金庸年'，因为四月份他才应邀出席在中国云南省大理举行的金庸小说学术研讨会。不到一个月，美国科罗拉多举办'金庸小说与二十世纪中国文学'国际学术讨论会。今年 11 月份，中国台湾地区也将举行一个国际性金庸小说讨论会……将来如有人写金庸研究史，这次大会将有里程碑的意义。在华人作家中……目前除了金庸再无第二人"①。

不过，若在 1998 年至 2000 年这一时段间逡巡打量，大理所办"金学研讨

---

① 曾慧燕：《金庸热方兴未艾》，载林丽君《金庸小说与二十世纪中国文学国际学术研讨会论文集》，香港：明河社，2000 年，第 574—575 页。

会"，似远不如 2000 年在北京大学召开的会议更富象征意味。美国、中国台湾地区、中国北京，如此横跨中西的三地研讨会议，既显示出美国的"国际汉学视野"，又着重中国台湾地区的"港台文学版图"，更有来自中国北京的"正统殿堂判定"。云南大理的参会学者分量、声势、规模，均较 2000 年北京的国际研讨会逊色。因此，不妨参考林丽君、王秋桂以及吴晓东、计璧瑞所编在科罗拉多、台北、北京相关会议的论文集，以期尽可能还原这三场"学术会议"，究竟是如何在场上场下进行着围绕"金学"，又远不止于"金学"的学术互动，并更深入地了解其中的组织缘由、学人心境乃至学术路途的变迁。三场学术会议各有特色：在美国科罗拉多进行的研讨会，由刘再复、葛浩文牵头，多少给予了阔别故乡近十年、离散于海外的刘再复以重见友人、共同畅谈学术的"八十年代旧梦重温"之生命意义；而中国台湾地区所办研讨会，乃由台湾远流出版公司（在中国台湾一地发行《金庸作品集》的出版社）负责人王荣文先生牵头，时任台湾当局副领导人的连战致开幕词，物理学教授、台湾"清华大学"校长沈君山发表主题演讲，更借力西华饭店董事长刘文治先生之手陈设"射雕英雄宴"以犒劳来宾，更多显出"金学"席卷台湾，以求扩大销量的学界、出版方、媒体之合力"造势"。声势固然极尽浩大，可一旦如此"乱花渐欲迷人眼"，其间学术意味，便显得相对稀薄；而 2000 年所办的北京金庸小说国际研讨会在北大举办，由北大常务副校长迟惠生、香港作家联会名誉会长曾敏之致辞，显示出来自官方权威的认可。内中囊括来自世界各地的部分学者，从 24 岁的硕士研究生，至年逾八旬的名誉教授，凸显了"金学"在地区分布和年龄跨度上的广泛性①。会中，多有前两次会议的参会者再度提交论文，以见学者的日益精雕细琢，与"金学"的进一步深化。鉴于本文更多重视研究"接受主体"及学人心态，本节将侧重于对刘再复召开"科罗拉多金学研讨会"进行溯源沿波，尽可能厘清前后因缘，而另两次研讨会，则只旁带提及会议及论文提交的特点，不做更多深挖与开展。

---

① 严家炎：《"2000'北京金庸小说国际研讨会"闭幕词》，载吴晓东，计璧瑞《2000'北京金庸小说国际研讨会论文集》，北京：北京大学出版社，2002 年，第 684 页。

除开声势浩大的研讨会外，这一时期的报刊杂文，也颇值得关注。若以当下科层化的目光打量，"学术"的成果，似应多登载于专业核心学术刊物，而意见交锋与争鸣的杂文，则多散见于各地新闻出版署、作家协会等所办的专栏、报纸等地。可在这一场二十世纪末的"金庸热"中，研讨金庸之时，各方诉诸笔墨的究竟是富于意气的杂文，还是冷静客观的学理论述，实在难以区分清楚。在以往的金庸接受史中，这一阶段严家炎、徐岱等有关金庸的正面论述，多被视为"金学"的经典化再下一城，而多将袁良骏、何满子、王彬彬等人的相关论作，视为"金学"的逆流，斥之为不通"武侠"、未有发言权的"妄言"等。然而，"正面论述"在几场研讨会上已多有听闻，不妨分出一节，来为往日少有深入厘定的"袁、何、王"三家略做辩诬，并再度细究文人心曲。如通览三家著作，可见袁良骏于"香港""武侠"实则用力甚深，在《香港小说流派史》《武侠小说指掌图》这两部专著中，均可见其对金庸的武侠小说下过一番阅读功夫，惜之年事已高，确有对新兴研究对象的隔膜之感，又因笔锋甚急，下笔时写错作品中人物姓名、武功名称等，细小的硬伤和舛误甚多，难免令观者印象大打折扣；而曾在震旦大学担任教职的何满子，于古典方面学养颇厚，担纲主编《明清小说鉴赏辞典》，在知识界也实为德高望重，绝非寂寂无闻、刻意以偏激博出位之辈，其人又在五十年代被打为"胡风分子"，此后多年写作杂文，笔耕不辍，于古典学殖与现实关切二者兼长，似也未可仅将其视为"年老而顽固"，而应"同情"地理解其为当下社会"进言"之意；王彬彬其时则正富年盛之锐气，在"人文精神大讨论"中，颇有几分马前卒的急先锋意味，为批判"金庸、王朔、余秋雨"所显出的精神滑坡与庸俗现状，专撰了一部《文坛三户》，其间也仍回荡意图高扬"人文精神"之余蕴。或可主要以袁良骏先生为主要论述对象，兼及何满子、王彬彬二位，从另一番"接受主体"之心意入手研读，自可见出内中所蕴含的别样图景。

此外，王朔与金庸的论争，就更加与传统意义上的"学术"无关。从1988年的"王朔年"到1998年的"金庸年"，再至这场1999年末的金王"世纪论战"，内中更多虽为媒体喧嚷，但若从另一角度打量，却有几分为新型的、作为"文化研究"对象本身的"学术现场"塑形之意味。在这场论战前后，一切的发声、争鸣、言说，均被裹挟进入媒体的聚光灯下，王朔对金庸的评点，虽以《天龙八部》（在王朔文中此部《天龙八部》为七卷本，《天龙八部》从未以七卷本发行问世，大约并非金庸所撰的盗版）为由，究其心态，原本与"文学"也并无多少干系。毕竟，步入二十世纪末的王朔，基本已不再以文学作品的面世引人关注，而是参与了诸多影视圈、电视剧等大众文化的出产工作。对金庸的非议，较之袁、何、王三家为"精神滑坡"来振臂疾呼有所不同，背后更多的是对地域色彩与市场盈利份额被挤占后的不满。内中既有京圈文化面对港台文化时，油然而生的鄙薄与自傲之感；亦有"京白"面对南方江浙地区的语汇，深感自家才是"鲜活""口语""独一份儿"的得意劲，与今日"京话"反不如来自浙江海宁的金庸之"僵死文言"广受欢迎的愤激。原本王朔也非学者，未可独以"金庸研究"与"学界接受"视之，然而，由此衍生开来，却卷入了诸多作家、批评家等"文坛"上的"学者之文"与学人的"意见诉说"。如沪上便有钱谷融、王安忆、格非等多人纷纷发表意见。然而再清醒的陈词，再"冷静"的研讨，都被裹入报刊、电视等各家追求"眼球效应"的媒体内部，成为名家的表态、销量的保障与"热闹"的虚晃。大众文化对学界的反攻，一般仅视之为关注效应的极力挤占，与知识分子的清高坚守，而在这一场纷扰之中，却可见出别样面目：大众文化已直接将象牙塔的堡垒吞噬并囊括于内，任何的"批判""坚持""个体的不从俗"，均反复被媒体炮制，被俗众消费，反而成了"大众文化"这一黑洞内中的一个分子。到了此种境地，有关金庸的学界接受，已然难以和一般的流行市场接受拆分开来，因此，不得不将这一场"金王之争"，也作为金庸学界接受的一个部分来加以论述。

这一时期的"金庸研究"，有三个特点似是前所未有：

其一，金庸以一种全然投身其中，并带着强烈"自我经典化"意图的姿态，参与了数场自家作品的研讨会，内中所望的借助学人之力，问鼎文学殿堂，得以百世流芳之强烈意欲，凡有心人自可品出。作为作者，多有全程参会听会之举，甚至根据会上学者所言，在第三度修改自己的作品时，时时将学人意见纳入自身文本之中，有时难免论者"无心插柳"，而听者却"有意栽花"。如此的作家与批评家的互动，即便在"新批评"盛极一时的美国文坛也甚是少见。而回溯中国现当代文坛，茅盾依据瞿秋白意见，修改《子夜》中相关细节的轶事，也只是意识形态同路人之间"二三素心人，疑义相与析"式的接纳，而非如此这般大规模地召开学术会议，根据数百学者的意见，来为自家著作做第三度大幅度的删改增补。金庸此番作为，大概反映出自家晚年某种希图"流芳百世"的焦虑，颇具时代与个人特色。

其二，尽管不少批评，常被视为批评家借作家的酒杯，浇自己的块垒，但多少还得有些"触媒""借力"，须以阅读相关文本作为言说的基础。而在这一阶段内学者们的"说金庸"，却常常走向与金庸根本无关的境地。细究学人意见，其间所非议的与金庸本人的才华、成就似无多少干系，只是挂念文学史永久的历史遗留问题，争论的是"新文学传统""北大传统""鲁迅传统"——历来被视作与新文学相对立，饱含旧气息的武侠小说，有没有资格被纳入乃至动摇原先的"新文学传统"，或言其较之"新文学传统"，何者更富优长，能否各擅胜场？北大作为新文学的发源地，能不能固守"新文学"的光辉并发扬光大，还是竟已随着岁月变迁而光景日下？鲁迅作为国民性批判的第一人，作为点出自古以来令人厌恶的"三国气"与"水浒气"的洞见之士，作为诸多学者心头，几乎视之圣像般加以崇敬的伟岸身躯，后世学者能否说其人创作的《铸剑》也是武侠小说？这是不是在污名化几十年来有如人格神般的鲁迅？这些袁良骏、何满子等诸多学者念兹在兹、反复争论的问题，基本与金庸无涉，若不跳出"金庸"进行打量，难免无法理解其中数十年岁月积淀而来的心头愤激。

其三，作家、批评家、学者等在二十世纪末的这场"表态"，基本已成被媒体推搡向前的身不由己。内中饱含千禧年来临之际，各界对中国的大师、经典、文学高峰的焦灼与渴虑。诸方皆望经由己手，对此"经典"称号加诸盖棺论定。尽管将经典的评判，交给"人民"与"时间"检验淘洗的泛泛之语，常为人津津乐道，但此中的合理性究竟几何，却不免令人狐疑。时间长河固然恒定且径自一路向前，却是诸多人士在此内部的所作所为，从而使"经典"得以定型：批评家的研读与评论文章的撰写，使得人人品读后的"心中所有"而"笔下所无"得以显形；时下众人的交口称赞，推动其作能够扩散开来，更进一步长期流传；后人经由风俗变易与道德观念等变迁，再以另一重同中有异、异中有同的"期待视野"打量，最终代代接力，将"经典"的桂冠持续加冕下去。换言之，必须将这评判权力交给无数的人——自然，内中出力大小显然各有不同，文盲大概总不能与批评家获得同样的话语权——并交给无尽的未来。然而，此处"塑造经典"的渴望，却显得诸多声口皆呈僭越架势，意图要将经由时间交由后人最终完成的"经典颁布"之权，牢牢抓于己手，生造出一个当下的"经典"，或斥之为"不配"经典。如此批评，似已离作品太远，它不再是"灵魂的冒险"，相反而为放逐灵魂，成为相对庸俗些的、试图亲口亲手"搬进殿堂"的话语权之纷争。若能于纷扰间梳理出些头绪来，或将不失为后人之鉴。

第一节　科罗拉多、台北、北京：以三地金学研讨会为例

从科罗拉多、台北到北京——如此横跨东西三地的学术会议，虽是各具特色，而在美国科罗拉多所召开的会议，似较台北、北京二处，更富有学人背后自身的生命意蕴。事实上，通览三部作品集，这些在会议上提交的论文，有些并不足以真正起到"学术互动"应有的对话与交流这一题中之旨的作用。如由中国台湾远流出版公司所举办的"金学研讨会"，会上学人时或借"金庸"所写文学中的一点历史粉墨，与介入小说"情绪词语"的词频，去谈论本身擅长的《脱卜赤颜》、全真教、李冶与金元数学史、认知能量、情绪指标等历史、数学史、心理学的问题①；有的与会学者则因不擅长中文写作，直接提交英语论文，论文集中，中英杂糅，难免令人怀疑这些仅只粗通（甚至可能不通）另一门语言的学者，究竟只是出于交情"躬逢盛会"并为之捧场，还是当真能彼此间进行学术讨论并从中获益②。从积极的意义上讲，这呈现的是极其"跨学科"的宏大视野，"金学"广博，从文学到数学尽可无所不包，而从另一角度言之，

---

① 王秋桂：《金庸小说国际学术研讨会论文集》，台北：远流出版事业股份有限公司，1999年。

② 王秋桂：《金庸小说国际学术研讨会论文集》，台北：远流出版事业股份有限公司，1999年。

却难免显得论题散漫无稽，只求人数众多撑持出"盛况"的场景，真切的互相理解与沟通颇为罕见，有时甚至未能免于鸡同鸭讲的境地。多位学者于此三场会议尽皆参与，而 2000 年在北京举办的金庸研讨会，则似有使之在千禧年"盖棺定论"之意，老中青三代并包，议题讨论虽有深入，背后学人心境却难以勾勒得见。因此，考虑到 1998 年的"金庸年"，与其背后"研讨会"的召开这一接受主体的凸显，此处仍以美国科罗拉多金学研讨会，以及筹办的主要负责人刘再复，及其召开前后的心路历程，作为主要论述对象。

回返至二十世纪八十年代，刘再复在社科院的文学研究正值如日中天之际，尽管论战不断，与姚雪垠、陈涌、胡绳等老派学者，在诸多颇为重大的文学问题上多有分歧——甚至上升到了"保卫马克思主义"的高度——但无论如何，坚持文学的主体性、倾向人道主义的刘再复，在那样的岁月之中，确实赢得了广大文学青年的心。其人《性格组合论》《文学的反思》等书颇为畅销，发行往往以数十万册计，是今日几为不可想象的、风靡一时的盛景①。

不过，当时身在国内的青年学者刘再复，对待金庸小说的态度，较之后来的赞许褒扬，显得远为暧昧不清。身为文学研究所所长，忙于撰书、应酬、活动……诸多案牍劳形，大约既无心也无力卒读当时仅在民间风靡一时的武侠小说，即便为"消闲"，想来其人也是根本无闲可言。当时的刘再复，完全未有九十年代末科罗拉多召开会议时那样对金庸热心，遍览刘再复在八十年代的作品，只能找到如下两处，约略与其人当时看待武侠小说的态度相关：

> 我们今天仍然可以从俄底修斯和阿喀琉斯等形象身上发现自身的命运，自身的道路，自身的内心世界；而那些轰动一时的、成千上万的侠义小说尽管在某个时间与区域中给追求刺激的人们以满足，但书中的人物，却一个个被遗忘，人们并没有从他们身上发现自己②。

> 传奇性作品可以激发一个民族的想象力和英雄主义。不过如果只有传

① 刘再复：《我的写作史》，香港：三联书店，2017 年，第 63—64 页。
② 刘再复：《性格组合论》，上海：上海文艺出版社，1986 年，第 404—405 页。

奇性作品，那就很糟，一个民族的精神就会流于虚浮，不踏实。如果这类传奇性作品是低劣的、庸俗的，那就更糟①。

可见，早在八十年代，致力于挖掘人物灵魂与内心纵深，从"性格""精神""内心""人性"的角度，来为文学脱解外在意识形态镣铐的刘再复，根本就未能从"轰动一时的侠义小说"中，品出多少自身希冀的文学佳味来。刘再复虽从《射雕英雄传》的欧阳锋身上悟出"人不能认识自己"②；从《笑傲江湖》的令狐冲身上悟出"中国知识分子从来没有第三空间"③；从《鹿鼎记》的韦小宝身上悟出"中国人绝妙的生存法则"④。但这样的以"悟解"之法，来读侠义、读传奇、读金庸，并颇得内中三昧且深有会心，几为不可同日而语。1988年，刘再复虽已有意在中国召开全国性的金庸研讨会，但这并非其人自身定位于文艺理论与古往今来杰出文学作品的独到学术眼光，而是来自"古代文学"方面，数位研究学人的"倒逼"：

> 1988年文学所古代文学研究室的几位朋友找我，说他们极想以文学所的名义开一次全国性的金庸小说学术讨论会。并警告我说：时至今日，我们再也不能深锁学院之门，看不见正在席卷中国的金庸小说。在他们的敦促下，文学所把金庸学术会提上日程⑤。

这场酝酿中的会议，很快就因变故成了"往日的一梦"（刘再复语）。远在异国他乡，能够读到中国的方块字、文学书，据刘再复言，竟是"悄悄地哭了。抹去眼泪，便近乎神经质地抚摸书架上的书籍……像抚摸自己的布满皱纹的祖先和布满笑容的父老兄弟"⑥。在这样的地点，这样的时机，读金庸或许正是适

---

① 刘再复：《文学的反思》，北京：人民文学出版社，1986年，第143页。
② 刘再复：《人性诸相》，北京：生活·读书·新知三联书店，2011年，第199页。
③ 刘再复：《我的写作史》，香港：三联书店，2017年，第226页。
④ 刘再复：《世界游思》，北京：生活·读书·新知三联书店，2012年，第287页。
⑤ 刘再复：《审美笔记》，北京：生活·读书·新知三联书店，2014年，第187页。
⑥ 刘再复：《漂泊心绪》，北京：生活·读书·新知三联书店，2012年，第98页。

逢其时，金庸的文学作品，既能以其遥远的江湖世界，使人忘却难堪的、朝不保夕的、惶惶不可终日的当下现实，又能以其文白相间，富于中国古典白话小说余韵的笔法口吻，在"中华以外天"引人回归内心深处那片已然在现实中不得不长期隔绝的故土。由此，刘再复或许才开始真正地翻开金庸、大量地阅读金庸，并和身边的学人有更多关于金庸的交流：

> 我们（李陀、甘阳……）都觉得他①的小说在现实的世界中提供了另一精神存在，这一存在是我们所需要的。初到芝加哥的日子，是我们去国离乡不久而感到最寂寞的日子。②

此处言及的李陀，在 1998 年的科罗拉多金学研讨会上提交《一个伟大写作传统的复活》，认为金庸复活了中国原本已边缘化的"幻想虚构一个非现实世界的叙事写作"，至今仍以"陀爷"洞见受到国内年轻学子追捧。一晃二十年过去，学人命运各不相同。就刘再复而言，辗转流离于美国、瑞典等地，恰逢1991 年，在中国香港出席学术活动之时，与金庸相见并谈论时事、文学等，双方相近的人道主义立场，以及金庸为其所提供的诸多援助，使得二人结下深情厚谊。1994 年，刘再复于中国香港出版的《放逐诸神》一书《后记》之中，于"感谢"时，特将金庸及其旗下的《明报月刊》纳入其中：

> 最后，我想借此机会感谢在海外漂流期间帮助我创造学术新环境的李欧梵教授、葛浩文教授、马悦然教授、罗多弼教授、余英时教授、查良镛教授、林达光教授和杜迈可教授。还感谢支持我并把集子中的文章发表出来的三家刊物：《明报月刊》《二十一世纪》《知识分子》，感谢刊物的编者潘耀明、陈方正、梁恒、刘青峰等诸位朋友。③

---

① 指金庸。
② 刘再复：《审美笔记》，北京：生活·读书·新知三联书店，2014 年，第 189 页。
③ 刘再复：《放逐诸神——文论提纲和文学史重评》，香港：天地图书有限公司，1994 年，第 449 页。

在海外市场阅读《红楼梦》，并求明心见性加以"悟证"的刘再复，未必会为现实资源的援手与置换，便让渡自家学术判断的权利。然而，若说"文学是人学"，那身处"文学场"内的各色人士，互相来往交际的"人学"之"文学"，内中幽微，也就难免影响学人的话语表述与价值判断。刘再复在金庸旗下的《明报月刊》上所登发的散文、游记、随笔、感悟，不下八十余篇，内中小文，其后集结成《人论二十种》等专著出版，但起初发表之时，多以《明报月刊》为阵地①。除了金庸与《明报月刊》和刘再复围绕文章展开的往来，金庸与刘再复的家人，也有着深厚的密切私谊：刘再复的小女儿刘莲，虽然其后并未从事文学相关的职业，但却"尚未进入小学就会读金庸小说"②，1998 年开会时，金庸将刘莲收为记名弟子。刘再复的大女儿刘剑梅，同样作为在高校任职的文学专业学者，和自己的"学术姐妹"们在科罗拉多参加金庸研讨会并提交论文，而到二十一世纪初，"著名小说家金庸先生还特别向香港特区政府文康委员会以及报社、电台郑重推荐，使得（刘再复与大女儿刘剑梅合著的）《共悟人间》被评为 2002 年香港的'十大好书'"③。私交固然不该过分干扰到公开的学术活动，然而，这却确实使得这场 1998 年在科罗拉多召开的"金庸小说与二十世纪中国文学国际学术研讨会"，内中似无法绕开充盈着扶助与相报之力的人情磁场。这份"友情"不仅存于金、刘二人之间，也存在于诸多与会学者之间。阔别故国已近十年的刘再复，也自有另一重盛情美意，除了研讨其人其作外，或许想要"请老朋友们来美国玩玩"，以期能够"见一见老朋友"的心情更加迫切。请来的虽多是与刘再复有所交集者、对金庸有直接或间接兴趣者，但对金庸自身而言，也是难得的一种介入学界接受的"交朋友"的时机。他在会上致辞，提及李泽厚、赵毅衡二位著名学者在参会途中负伤时，他这样讲：

　　这就像江湖中为了在武林大会上帮我打几招，自己反而在路上先负了

---

① 散见于《明报月刊》数十年来各期目录。
② 刘再复：《序一 女儿·女性·女神》，载刘再复，刘剑梅《共悟人间：父女两地书》，上海：上海文艺出版社，2001 年，第 2 页。
③ 刘再复：《八方序跋》，北京：生活·读书·新知三联书店，2013 年，第 303 页。

伤，真令我感动。在这次会上我见到了一些老朋友，认识了许多新朋友，尤其是一些年青的才识很高的朋友，真叫我高兴。我喜欢交朋友，尤其是年轻的小朋友。

　　谢谢各位朋友的浓情厚谊和辛劳。①

　　如此言谈，得体且富于礼仪，但所谓"得体"，显然在于照应人际而非学术本体②。学者针对作品的交流与研讨，如若被视作作家在江湖中"武林大会上帮我打几招"，视作"朋友的浓情厚谊"，那显然就已定下了赞扬与抬高的主调。学者对文学作品进行批评并诉说自家感受，本是"隔靴搔痒赞何益，入木三分骂益精"，而若基本消解掉论文从负面立论的可能性，便未必是学术之幸。毕竟，筹办方早已思虑周详，1996年1月16日，当时科罗拉多东亚系的在读研究生张东明即已致信与会者，拟在一年多后的七八月份，正式举办有关"金庸"的研讨会议，为诸位来宾提供了充足的准备时间，并承担一切往来路费及在美的费用③。会上，召集人刘再复也并不惮于直陈，早在会议筹办之时，便已有如下从正面立论的设想：

　　　　以中国现代、当代的单个作家作品为专题召开国际学术讨论会，在美国学界里是罕有的。在我们的记忆中，八十年代有过一次讨论鲁迅的会。此次研讨金庸的会，算是第二次盛举。正是意识到召开国际学术会议行为本身的重要象征意蕴，所以我们在会议的准备过程中便采取十分严肃认真的态度。从发出会议通知到会议闭幕就花了两年时间。为了使会议免于一

① 金庸：《小说创作的几点思考——金庸在闭幕式上的讲话》，载林丽君《金庸小说与二十世纪中国文学国际学术研讨会论文集》，香港：明河社，2000年，第28页。
② 金庸对前来参会的诸多学者、作家均十分礼貌，有时颇难分辨是出于客套还是真心，据旅英作家虹影回忆，"金庸在美国的国际研讨会邀请了我……他在会上说，虹影小姐你的论文写得最好"。参见虹影，荒林《写出秘密的文本才是有魅力的文本——虹影、荒林关于〈好儿女花〉的对话》，载虹影《好儿女花》，北京：北京时代华文书局有限公司，2013年，第439页。
③ 据笔者所收信件原件。

般化，我们甚至不顾可能被非议为"定调"的嫌疑，发了一份"关于展开金庸作品的研究及召开有关学术会议的一些初步设想"，坦率地表明会议组织者关于金庸小说研究的意见。①

　　许多在当时被归纳为通俗写作的作家，后来成为"大作家"，那些作品也变为"经典"，欧美如大仲马、狄更斯、马克·吐温，中国古代如《三国演义》《金瓶梅》《红楼梦》等等（可说数不胜数）。为什么当代的金庸就不能？为什么一定要等到我们的后人去做这件事？②

可见，总体着眼于作品的正面价值与成就，张扬金庸之于二十世纪中国文学的补充、超越乃至某些谱系中"集大成"的意义，是组织方甫动念时便已具备的意图。将金庸其人其作经典化，在本土传统这条脉络上格外凸显金庸意义，并彰显金庸作品中的"自由精神""批判色彩"，乃为会上重大题旨。这与刘再复自身的经历以及这批学者的遭际，或许有着颇为密切的联系。最终收入香港出版的《论文集》无所不录，而在内地的《当代作家评论》《文艺理论研究》《通俗文学评论》等刊物上刊载之时，却均做了些许删削处理。

在这些于大陆流传不算甚广的文本内中，或许台湾学者林保淳的认真耕耘，最能令人真正在有关金庸研究的"学术"上有所获益。其人对金庸的武侠小说多有钻研，会上提交的《通俗小说的类型整合》一文，在论及尹志平时，点出"在历史提供的事实范围中，尽情虚构，而不扭曲原有的人格形象，相信是历史与武侠小说在类型整合中须遵循的限制"③！迄今为止，在所有论及金庸的游走于虚构与历史之间的论文，似未有他人，能如此语一般将某种原则性的限制说得简练而发人深省。在另一场有关金庸作品研讨会上，林保淳所提交的有关"金庸版本学"的论文，被金庸本人也称之为"这场研讨会议上最大的收获"。

---

① 刘再复：《序》，载林丽君《金庸小说与二十世纪中国文学国际学术研讨会论文集》，香港：明河社，2000 年，第 1 页。

② 刘再复：《序》，载林丽君《金庸小说与二十世纪中国文学国际学术研讨会论文集》，香港：明河社，2000 年，第 2 页。

③ 林保淳：《通俗小说的类型整合——试论金庸的武侠与历史》，载林丽君《金庸小说与二十世纪中国文学国际学术研讨会论文集》，香港：明河社，2000 年，第 172 页。

此外，诸多中青年学者的各抒己见与理论介入，虽然有时难免与"江湖"文本间产生某种隔膜的"僵硬"（如梅超风叛出黄药师门下，来阐明女性主义的"父权"理论，似对文本后期梅超风一心重返师门，最终死而无憾有所忽视）①。不过，在一片基本对金庸的称颂之辞中，也有王晓明在会上难得的"异调"，以及吴亮某种意义上的"逸调"。

　　二人明显是为了前去"参会"这一行止，而勉强读金庸书、作金庸论。在国内正提倡讨论"人文精神"的王晓明，在整体道德理想主义滑坡的年代，意图高扬"人文精神"旗帜，对大众文化进行文化研究与批判，此次来参加有关金庸的研讨会议，行至尾声，仍然难免吐露自家真切意见。

　　　　《天龙八部》的那一份似乎是反武侠的寓意的根子，其实还是深扎在天
　　山童姥式的功利计较之中，深扎在一般武侠小说共同尊奉的那一套崇尚强
　　力的叙事逻辑之中。②

　　王晓明的做论与批评，多少还是建立在读完了一整套五卷本《天龙八部》的基础之上，而吴亮则似从头至尾，对金庸的武侠小说根本读不进去。只拣来一部篇幅最短的《雪山飞狐》，以从容随笔的姿态，点染出另一重自家文章的意境塑造，内中笔法，与四卷本的《吴亮话语》之闲散颇有一脉相承之姿，却与其人写作批评文章时的雄浑气势大相径庭。在吴亮的这篇批评文章之中，即隐藏了其人委婉地陈述自身对金庸作品的"无法批评"。他这样写道：

　　　　可读性，只吸引把判断力转让出来的人，他们如果动不动在某个可能
　　隐藏着历史隐喻或影射的交叉路口东张西望，止步不前，那绝不是可读性
　　所希望的。毋宁说，这些人对虚构故事的免疫力实在太强，知识和现实总

---

① 刘剑梅：《论金庸小说中的性别政治》，载林丽君《金庸小说与二十世纪中国文学国际学术研讨会论文集》，香港：明河社，2000年，第462页。

② 王晓明：《天山童姥的胜利——读金庸的〈天龙八部〉》，载林丽君《金庸小说与二十世纪中国文学国际学术研讨会论文集》，香港：明河社，2000年，第494页。

处在优先的位置。①

身为一个对自己的判断力有着顽强自信的批评家，此处的吴亮，无异于在以隐晦的口吻，宣称自己"无法转让判断力"，永远以自己的充沛知识与现实头脑，约束自己决不沉溺于"可读性"塑造的迷幻药剂之中。此篇文章，大约是"离题最远"之论，甚至可言与金庸无涉之论，事实上，在本场研讨会中，多有与吴亮一般借题发挥相类似的题外之旨，而对于金庸来说，却是"言者无意，听者有心"，颇为认真地一一记在心里。

在第三次修改中，我能听听大家的指教，特别难得。例如我在这次会上听到华东师大李劼先生的发言，就很受启发，对修改《越女剑》一篇短篇就很有帮助。李劼先生说，在吴越之争中，吴国是文化很高的文明之国，而越国则是文化很低的野蛮之国。越王勾践为了打败吴国，使用了许多野蛮卑鄙的手段，勾践实际上是个卑鄙小人。卑鄙小人取得成功，这在中国历史上好像是条规律。我日后修改《越女剑》将会吸收李劼先生的意见，不过，不可能重写太多。这个例子说明，我在这个会上真的得到具体的教益。②

这并非仅是在会场上的客套话，金庸当真在听完李劼于会上发表的论文《论韦小宝形象与时代》之后，于二十一世纪新修版的《越女剑》中，补入了这样一段，早年的报纸连载版、二十世纪九十年代的三联通行版中皆无。

据后人评论，其时吴国文明，越国野蛮，吴越相争，越国常不守当时

---

① 吴亮：《都市中的游魂——论我们今天怎样在日常生活里和金庸武侠小说相遇》，载林丽君《金庸小说与二十世纪中国文学国际学术研讨会论文集》，香港：明河社，2000年，第514页。
② 金庸：《小说创作的几点思考——金庸在闭幕式上的讲话》，载林丽君《金庸小说与二十世纪中国文学国际学术研讨会论文集》，香港：明河社，2000年，第24—25页。

中原通行之礼法规范，不少手段卑鄙恶劣，以致吴国受损。①

此话确然寓意精妙，也确能显示出在"历史"的长河之中，"礼""义"是如何束手束脚，以及胜者在撷取胜利果实之时，是如何地倚仗强力与卑污。可这样一段议论的旁白在《越女剑》中突如其来地插入，却影响了原作上下文的连贯与浑成，读来令人反觉窒息。金庸将此议论颇当回事地放入了自己的作品，与《越女剑》原本的上下文连起来读，多少显得有些画蛇添足。作家过分听取批评家——尤其是并非当真关切其人文本的批评家——的意见，或许并非好事。

这场科罗拉多金学研讨会虽以三天告终，但刘再复对金庸的阅读仍在持续进行。对金庸作品的推崇，也并非仅是出于人情往来，以及传扬"自由""本土传统"理念的需要。在刘再复的多本著作之中，也颇能见其人对金庸作品的"悟"读。刘再复早年的研究从鲁迅及文艺理论起家，在《罪与文学》《双典批判：对〈水浒传〉和〈三国演义〉的文化批判》中，也多有承继鲁迅对国民性，对"三国气"与"水浒气"的痛陈。不过，其人在著作中对金庸作品的品读，多少是在品读《红楼梦》的文化"心悟"这条路上行进，如所作的《红楼人十三种解读》般，常先勾勒金庸笔下鲜活的人物面目，以三言两语复述其人形象，随后联想至与自家密切相关的历史、当下及己身。

这样一种刘再复对金庸的惯常读法——拈出某个特定文学人物，再皴染开延及周遭当下，与其会上完全从宏观角度立论的"本土传统""自由理念""文学信念""批判商业侵占"显有不同，更近于传统评点如李卓吾评李逵"趣人"，脂砚斋评红楼梦的零散枝节与妙趣横生。只是统摄起来，可见时世沧海桑田，由江湖联袂而至现实，由北宋遥想而至当今，特别触动刘再复心肠的，更多还是曾经的非常遭遇，以及时下某些学人的"洞见"与"新意"。

这样的一种阅读方式，深得作家本人的悦纳与首肯，甚至在与作家的鸿雁往来与日常交谈中，反复得以体味并逐步加深。如刘再复这般在学界、知识界仍然掌握相当话语权的读者，不断赋予金庸的想象、虚构的作品以现实意义，

---

① 金庸：《越女剑》，广州：广州出版社，2009年。

无论初衷如何，客观上都为金庸在主流的文学价值观中，更添一块意义彰显的厚重砝码。

不过，刘再复能够在金庸的作品中，读出学人无可奈何的处境，与骑墙夹缝间难以生存的悲凉之感，然而，却并非所有学人均能在金庸的武侠小说之中"读"出这些，或说对他们而言，"武侠小说"一词，附带而来的价值气味即已为"封建余孽""逆流"以及难堪"时代晴雨表"重责的使人迷离恍惚的麻醉剂。这样的一种判断，似是先天便与武侠隔着一道甚深的鸿沟。何满子、袁良骏、王彬彬三人，同样如刘再复、严家炎般推崇鲁迅，自学术起步便对鲁迅多有阅读，不过，对他们而言，读出的却是另一条迥不相侔的"鲁迅与金庸"——决不能说金庸发扬了鲁迅以来的某些光辉的新文学传统，这样的论断是对鲁迅的侮辱；所谓"想象力"的不足，实为消极浪漫主义的漫漶；而这条由鸳鸯蝴蝶派、侠义公案小说而来的"本土传统"，不应该得到价值重估，即便被重新研究，在基本的判断上，也该作为新文学的对立面，将这些思想糟粕扫入历史垃圾堆中。这些从属于学术史、文学史的问题，基本与金庸本人的作品少有干涉，持负面意见的学人，往往对金庸作品读得并不太细。但既是皆为"学道中人"，与其将之斥为"头脑老旧""无法摘去的有色眼镜"，不如仍是从其人生命谱系与现实关切中，一览究竟为何产出如此激烈的意见与争讼。内中，何满子、袁良骏、王彬彬三人，或足为典型案例，以供深入剖解和分析。

第二节　何满子、袁良骏、王彬彬：
学界生态与新文学传统之争

时值二十世纪末，对金庸的诸多非议声浪，伴随其人在学界数次"研讨会"的召开热潮，与褒扬声一并滚滚而来。若期对此是非蜂起探本求源，却不得不返回二十世纪初的"新文学传统"——即看似与金庸、与武侠并无干系的鲁迅与五四，及这一整个世纪的"鲁迅"本体及其"表征"之遭际。如此漫长世纪的历史遗产，论者虽是在论金庸，内中这一巨大的参照体系却是横亘不去，甚至在其伟岸的巨大阴影之下，反使被论述的主要对象"金庸"身影被模糊化地处理。诸多学者心心念念的，是金庸及其所代表的武侠小说，究竟是该早被前人——尤其鲁迅——首创的"新文学传统"压倒甚至覆盖；还是值得被重新打捞，在其中细细品出充裕的"新文学特质"；又或是有资格从另一条谱系加以揄扬，补足乃至同"新文学传统"比翼齐飞。诸位学者心心念念的，是鲁迅可否被今人拿来为金庸张本？有些学人为哄抬金庸，作论之时，是不是在玷污神圣而崇高的、投射了心中无尽热爱的鲁迅与"新文学"之价值？这或许才是诸多非议之声背后，被投注关切的真正问题。其实，与刘再复、严家炎相似，一般被视作"反对金庸""接受逆流"的何满子、袁良骏、王彬彬三人，无论身处出版社抑或高校，皆对鲁迅颇为尊崇。只是褒扬金庸的意见认为，拉近金庸与鲁迅的距离并非天方夜谭，且能在"承继"了某些鲁迅精神的论述中，提升金庸其人其作的意义；而相反的意见则对此颇为排斥，认为若将鲁迅及其开创的新文学方向与武侠小说拉上干系，便是对鲁迅精神和方向的背叛，是世风日下的学人，在为封建余孽的武侠小说涂脂抹粉，乃为令人不齿的曲学阿世之举。这一"曲学"，又因所"曲"的竟是鲁迅，便格外招致三家的激愤与不平之意。袁、何、王三人人生路途的开展，以及文章写作，无论学术、杂文、随笔，均在这一"新中国的圣人"鲁迅身上，汲取了无尽的宝贵精神资源。袁良骏在山东菏泽少年读书之时，便已被乡里的语文老师，在心中播撒下热爱鲁迅的种子；五十年代被莫名打成"胡风分子"的何满子，在"灾难中的精神支柱始终是鲁迅，他的杂文创作的最高标也是鲁迅"[①]；而即便在八九十年代四处挑起论争，被视为"黑马""小将"的王彬彬，在论说鲁迅之时，也是以这般一往情深的口吻道：

> 当一本书，一个人（鲁迅），对于自身生命有重大意义，这种意义甚至远远超出了所谓思想启迪的范围时，你是不必与人就此辩论什么的[②]。

---

① 袁良骏：《何满子先生的人品和文品》，《中华读书报》，2009 年 6 月 24 日。亦见袁良骏《坐井观天录》，北京：紫禁城出版社，2010 年，第 86—88 页。
② 王彬彬：《为批评正名》，长春：时代文艺出版社，2000 年，第 144 页。

九十年代也曾掀起数阵非议鲁迅的浪潮，产生"重估鲁迅价值""反对神话鲁迅"等诸多争论，不过，有关金学研究或金庸之褒贬，学界较为重要的学人无论对金庸的意见如何，似是均将鲁迅视作二十世纪的伟大人物，也基本持"保卫新文学"的立场，少有如王元化般偏于反思"全盘西化"，或认为可能"过大于功"者。在如何看待金庸的问题上，固然是针锋相对尖锐对立，但双方对"五四"传统根深蒂固的坚持如一，区别只在于前者试图将"金庸"化入"新文学"的谱系中借之张本，后者则对此举深恶痛绝，在批判之时，多以"我方"才当真继承了鲁迅精神与五四传统自居。袁良骏谈论自己与何满子有关这一事件的交流时，这样道：

> 武侠小说之类的畅销书短时间内还会有广阔的市场，我们的尖锐批评恐怕也只能像当年鲁迅形容自己的杂文那样，"如一箭之入大海"。何满子同意我的看法，但常一再教诲我"无需悲观"。我们的尖锐批评至少可以告诉世人：人间尚有清醒者，并非都是"昏虫"。①

此处"清醒"所指，实则甚是单一。通观袁良骏历来的学术研究与杂文写作，内中有一要义便是紧贴现实。"文学是时代的晴雨表"，这一具有浓厚现实主义色彩的表述，曾反反复复在其人笔下出现。"现实主义""批判现实主义""社会主义现实主义"……这些反复缠绕二十世纪学者内心的命题，以一种无可抗拒的姿态，浓重地渗入了其全部论述之中。在袁良骏撰文的字里行间，处处可见对现实主义刻骨铭心的护卫与赞颂，而与之相对的"浪漫主义""积极浪漫主义""消极浪漫主义"等言，或不止于如其人偶尔所述的那般，只是作为方法的"镰刀"抑或"斧头"，无关优劣，反而处处可见内中渗透了浓重的价值优劣之估定。对那些奇幻的、想象的、与现实生活看似相隔颇远的作品，对袁良骏、何满子这样的老先生而言，仿佛天然地便难以优容，这与刘再复的看法完全不同，也就导致了截然相反的价值判断。毕竟，刘再复这样认为：

---

① 袁良骏：《何满子先生的人品和文品》，《中华读书报》，2009 年 6 月 24 日。

中国现代文学一大缺陷是缺少想象力，而金庸的小说却开拓了广阔的想象空间。这一空间有许多是超验与神秘的。以《神雕侠侣》而言，这个作品中的神雕形象本身就是超验的。而小龙女幽居的墓穴以及她经历的绝情谷等都是超现实的。①

如此"超现实"的"想象空间"，在不少学者笔下，被认作继承了长久以来被压抑的《楚辞》《庄子》等瑰丽恣肆、漫无边涯的浪漫想象文学传统，却被袁良骏、何满子等长期沉浸于"现实""睁眼"这些话语的学人视为"虚幻世界"而嗤之以鼻：

> 如果他们都是孙悟空，纯粹"神仙"，倒也无碍，可惜他们又都是肉眼凡胎的凡人。这样一种根本不存在的虚拟的怪物，完全破坏了中国文学的优良传统（包括古代侠义小说的优良传统），使中国文学由现实人生的描绘转到了虚幻世界的编造。②

事实上，即便如此板正近迂的言论，内中也自有潜在的复杂性与弹性。在漫长的二十世纪，以虚构、想象、远离当下的玄想世界架构为特征的作品，逐步在这片大陆之上无一例外地遭到驱逐甚至戕伐。在这段时期受到文学教育，并成长起来的文学中人，有时在文学之"现实"的体味上，或许已发生了某种判断力的倒转，究竟该如何判断那些"非人世"的描摹中具有"人世"意味，已然无法径自出于一颗活泼的本心直感，而是须先有前人的相关论述为之开辟出一条道路来。在这些"话语"之中，鲁迅的判断便无疑是重中之重，在何满子与李时人主编的《明清小说鉴赏辞典》的《前言》中，便指认"鲁迅的《中

---

① 刘再复：《文学十八题——刘再复文学评论精选集》，北京：中信出版社，2011 年，第 54 页。
② 袁良骏：《温瑞安"狂妄"的背后》，《世界华文文学》，1999 年 12 月。

国小说史略》是迄今尚不失为楷模的小说研究的光辉的里程碑"①，而袁良骏在论及超现实题材的小说时，则同样先引了数段鲁迅的原话之后，这样道：

> 这些论述（鲁迅论《西游记》《聊斋志异》），都有一个共同的基点，即"多具人情"……这就是说，人们对超现实题材作品的接受，仍然是以现实生活中的真实感受为基础的。②

然而，何满子与袁良骏在面对超现实题材的作品时，似已被先天的排斥感占据了心头，无法秉持素心直断内中是否具备"现实生活中的真实感受"。自然，在何满子为数篇明清小说所作的导言之中，确也时或可见其言"超人间的幻想就有了人间的现实意义"，"仿佛是画了一幅鬼趣图，实际上是一幅世态风俗画"③，但这些判断，却总有几分"鲁迅先行"的味道——因鲁迅已评价其所论述的《一窟鬼癞道士除怪》等话本小说"取材多在近时，或采之他种说部，主在娱心，而杂以惩劝"④，由于深信鲁迅的判断力，是以如此言说，却并非出于阅读作品后的直观反应。这种直接触碰"超现实"文本，并评判内中是否含有"现实感"的能力，似乎在数十年的话语教条镣铐之下，使得不少学人竟似不同程度地有所丧失。而这一"感知"的丧失，又莫以面对"武侠小说"之时为甚，毕竟，阅读之前，学人心中早有宏观的既定理论断言：

> 武侠小说这种文学形式，是一种落后、陈腐的文学形式，它无力表现丰富多彩、瞬息万变的现实生活，它也理当被现实生活所淘汰。⑤

---

① 何满子：《前言》，载何满子、李时人《明清小说鉴赏辞典》，杭州：浙江古籍出版社，1992年，第1页。
② 袁良骏：《分享鲁迅》，北京：中国广播电视出版社，1999年，第33页。
③ 何满子、李时人：《明清小说鉴赏辞典》，杭州：浙江古籍出版社，1992年，第1028页。
④ 鲁迅：《中国小说史略》，载鲁迅《鲁迅全集（第9卷）》，北京：人民文学出版社，2005年，第120页。
⑤ 袁良骏：《温瑞安"狂妄"的背后》，《世界华文文学》，1999年12月。

武侠小说写的既是"江湖"，它和严肃的纯文学创作便自然南辕北辙了。之所以南辕北辙，在于武侠小说的故事情节、人物刻画、生活场景……全经不住现实生活的检验，都在"江湖"的哈哈镜中变了味，变了形。①

有趣的是，究竟怎样的"超现实"空间是哈哈镜，怎样的"超现实"空间却又富于象征色彩并具备深重的现实意义，通观袁良骏先生的论述，实则并无明确标准。或说，内中存在某种标准的倒置——一旦此作在文学史上已具备了经典的地位，或说曾被鲁迅这样的大家陈辞首肯，那便后天地在认知中赋予其投射现实的意义，但整体而言，"现实主义独尊论""题材决定论"等早已固化的文学理论，似仍在隐隐约约地作为某种难以挣脱的成见，制约着袁良骏先生的文本体验，主导着其人的文学价值判断。事实上，在拿来做对比的《红楼梦》《西游记》《水浒传》等诸多中国古典白话小说中，基本无法找到完全书写"现实"的作品。即便是被鲁迅称作"正因写实，转成新鲜"的《红楼梦》，内中也同样开篇即有鸿蒙太虚幻境，又多"风月宝鉴"等红粉骷髅的佛道之事。而部分学者，却多因其激愤与峻急，在捍卫"现实"之时，对这些"非现实"与题材的模糊性、弹性、延展性几近视若无睹，甚至偶或人云亦云地急于下论：

> 梁山泊"替天行道"的事业能发展到那么大，能够与数十万的官兵抗衡，能够主动攻取相当大的城市，其非农民起义而何？……把《水浒传》说成侠义小说，实际上是大大降低了它的思想、艺术成就，是以偏概全。②

如此认定《水浒传》是"农民起义"的主题，且确认农民起义的思想艺术成就远高于侠义小说，似乎仍是过去的价值判断的某种回音。其实若细细辨认《水浒传》中一百零八将的身份属性，内中当真属于劳苦耕作的农民者微乎其

---

① 袁良骏：《香港小说流派史》，福州：福建人民出版社，2008年，第126页。
② 袁良骏：《武侠小说指掌图》，北京：新华出版社，2003年，第79页。

微，其中教头有之，小吏有之，地主有之，却独少"面朝黄土背朝天"之士。这些英雄好汉又多半是身不由己，在逼上梁山后受到招安，其中实在罕见主动攻取相当大的"城市"这一属于现代的"农村包围城市"之战略意义。宋代市县，与今日熟惯的"农村""城市"对立二元，其间差异大相径庭。指认"农民起义"之文学成就必胜"侠义"，内中难免显出某种主题高于一切的理论教条。而袁良骏先生每每喜用的"积极浪漫主义""消极浪漫主义"的二分理论框架，也同样令人略感陈旧得恍若隔世：

> 将这种不可能变为可能，在文学上便属于浪漫主义。浪漫主义用来扬善惩恶、扬美抑丑，谓之积极浪漫主义；反之，用来扬恶惩善、扬丑抑美，便成了消极浪漫主义。①
>
> （唐代侠义小说）特别是飞行无踪、不食人间烟火等描写，大大逸出了积极浪漫主义的范畴，而堕入了消极浪漫主义的泥淖。②

袁良骏曾撰《武侠小说指掌图》《香港小说流派史》，书中并非独鄙当下，独鄙金庸，对古往今来诸多文学作品中神异与虚幻的描写，基本均流露出不以为然的态度。先秦《楚辞》的寄情山鬼，《庄子》的"畸于人而侔于天"，因其经典地位的难以撼动，袁良骏在论述中基本加以规避，而指认唐代侠义小说的"堕入消极浪漫主义"，似是对其中红拂与虬髯的豪情，以及对越女"见之似好妇，夺之似惧虎"——那静若处子、动若脱兔，令人目眩神驰的举止，均无动于衷甚至隐隐排斥。这与今人多半徜徉神往于其间，品味三言两语勾勒出的唐人超逸之境，似有"美感"体验上的巨大分歧。而这种分歧在论及当下金庸的"武侠"时，或许体现得更为明晰：

> 必须补充的是……"内功"也同样是消极浪漫主义描写……它们不仅

---

① 袁良骏：《武侠小说指掌图》，北京：新华出版社，2003年，第45页。
② 袁良骏：《武侠小说指掌图》，北京：新华出版社，2003年，第68页。

在现实生活中会变成巫术邪祟，在文学领域中也是没有价值的。金庸武侠
小说的最大卖点，实际上是它们的最大致命伤。①

这些巫术邪祟描写既不附丽于正义事业，也无法给人以美感愉悦，它
们给人的印象是可怕的、丑恶的、残忍的。②

称之为可怕、丑恶、残忍的巫术邪祟，似与常人的阅读观感迥然相异。纵
观金庸的"内功""巫术"描写，基本均为以虚写实，甚少大肆铺排血腥丑恶
之状，且其中琴棋书画无所不包，于琴一道，则有《笑傲江湖》的琴瑟和鸣，
与"广陵散并未从今而绝"的嵇康之典故化入；以棋言之，则有珍珑棋局，汇
聚天下逐鹿之士前来对弈，最终数方交手，却由无机心人于无意间攻破；在书
而论，乃有朱子柳于英雄大会时，与霍都对战，大书《房玄龄碑》动人心旌以
克夷狄；在画一途，则有凌波微步的习得与洗练，借由巧笑倩兮的仕女图，获
致如洛神般袅娜的步法。无论这些典故的化用与美感的注入，究竟是该被判为
一种古代"经典"的庸俗化、肤泛化，还是一种巧妙地以古意点染今人之笔，
属于千年"经典"的当代普及化，都无法否认在魏晋风度、书法挥洒、古典仕
女的诸多映衬之下，它是"美"的——无论这种美是真切的雅致，还是虚伪的
浮华。或许，袁良骏等学者在如此执笔论述之时，仍然从作品上滑开去，不由
自主想到的，仍然是过往根深蒂固的历史体验与成见：

事实证明，民国武侠小说总的说来是一座巨大的文学垃圾场，这将近
三亿的文学垃圾足可入世界吉尼斯文学垃圾之最，这是中国现代文学的一
大悲剧，一大耻辱！③

当时（三十年代）为陈腐文化续命而与新文化对垒的鸳鸯蝴蝶派文学、
武侠小说盛行，《火烧红莲寺》《荒江女侠》等电影集复一集地拍放，当局

---

① 袁良骏：《香港小说流派史》，福州：福建人民出版社，2008年，第132页。
② 袁良骏：《武侠小说指掌图》，北京：新华出版社，2003年，第68页。
③ 袁良骏：《武侠小说指掌图》，北京：新华出版社，2003年，第46页。

从不过问，因为恰中其使人昏昏的下怀。①

在苏州大学范伯群、汤哲声等诸多学人，对民国通俗小说的重新打捞、整理、估价之后，如袁良骏、何满子般固执的价值评判，似已逐步松动与拆解。二十一世纪初，《中国现代通俗小说史》出版后，同样受到袁良骏对其中评价通俗小说"调子过高"的质疑与攻讦，范伯群在《答袁良骏先生的公开信》中诙谐地说道："兄在作文学批评时似乎只有一把现实主义的尺子，这是不够用的，更何况你的尺子刻度好像也不大精确。"② 通览袁、何二人的杂文论述，这一"现实主义"的尺子，似乎已不是"阅读文学"的现实主义之尺，而已直接是社会伦理效益的现实主义，直接宣判它们是"近三亿的文学垃圾"，显然将文本自身的谋篇布局、结构经营、炼句匠心……完全置之不顾，只是一嗅气味，看它们是否能起到为今人"敲警钟""风雨表"的实际作用，要使人们永久地警醒，永久地睁眼看清局势。若说在二十世纪三四十年代的重大危急时刻，对文学提出"只得如此"的要求或还未为不可，可民族存亡的危急关头总会过去，慢慢恢复日常生活之后，文学的"娱乐"之需总会回潮——这与"战斗"一般同为文学外在的功能属性——人们毕竟需要消闲，需要放松，需要一点精神的体操与趣味的伸展。不过，这在板板正正的论者心中，似也仍然不能在时代变迁之后，予其多少容身之地：

> 首先，人们不能不正视的是，在"五四"新文学以摧枯拉朽之势扫荡了"鸳蝴派"和旧武侠小说之后，香港却一度成了这两派文学的逋逃薮。③
> 至于五十年代后充斥香港文学的言情和武侠作品，应该说是不食人间烟火的鸳鸯蝴蝶派的回光返照，不宜给以过高评价。④

---

① 何满子：《读鲁迅书》，上海：上海古籍出版社，2002年，第139页。
② 范伯群：《"两个翅膀论"不过是重提文学史上的一个常识——答袁良骏先生的公开信》，《文艺争鸣》，2003年第3期。
③ 袁良骏：《香港小说史·第一卷》，深圳：海天出版社，1999年，第8页。
④ 袁良骏：《冷板凳集》，北京：学苑出版社，1999年，第324页。

相较研究领域基本与中国香港武侠小说无涉的何满子、王彬彬二人，袁良骏大约算是对此功夫下得最深、关切也最为持续的一位。与诸多研究者轻率判定袁良骏的"不懂香港武侠"不同，实则早在九十年代上半叶，其人便开始着手为写《香港小说史》收集材料，虽然主要投注于中国香港这片土地上的严肃文学，但为保障勾勒学术版图的完整性，曾亲身前去拜访金庸。他将自己"不得已而为之"的学术诉求，在随笔中如此表述道：

> 说来很遗憾，新武侠小说大师金庸（人称"金大侠"）的武侠名著我仅看过两部：《书剑恩仇录》和《连城诀》。不是不愿看，主要是不愿投入太多的时间，认为大好光阴，浪费在武侠小说上，岂不可惜？内心深处总认为武侠小说和那些瞎编乱造的滥情小说一样，都是不登大雅之堂的。
>
> 但是，要写《香港小说史》，问题尖锐了。能撇开武侠小说吗？能不谈金庸、梁羽生吗？能不把以此二人为代表的新武侠小说放到香港小说的总体构架中去思考、去论列吗？①

这一场会面，总体而言算得上宾主尽欢。尽管前去之时，袁良骏只读过两部金庸篇幅较短并不具备代表性的作品，也未做充分准备，提出一些有针对性的问题，但金庸仍尽可能地将自己有关武侠小说的一些思考，向袁氏做了较为充分的表述，态度甚是谦和。此外，金庸又将中国古代的《史记》、法国著名作家的作品等，均纳入武侠小说谱系内，似显出欲在整体的高度上为"武侠"抬高身价之意。袁良骏在此时谈及会面的情景也颇为客气，较之日后的直斥其作的"胡编乱造""不着边际""低俗肉欲"，有着明显差异：

> 当听说我毕业于北大中文系而且留校任教二十余年时，金庸先生兴致来了，说北大正想聘请他为名誉教授，十月份可能去北大。我赶忙表示祝贺，而且希望他对北大多做贡献。

---

① 袁良骏：《独行斋独语》，北京：中国国际广播出版社，1998年，第52页。

他十分强调武侠小说的历史渊源，认为《史记》中的《游侠列传》应该算作它的源头……法国大仲马的《基督山恩仇记》《三个火枪手》等作品，应该看作"洋武侠"……对我这个一向轻视武侠小说的专业文学研究者来说，却的确有着重要的参考价值。①

此时的金庸确为袁良骏的研究提供了帮助，并被其记在了心头。1997 年 9 月 1 日，在为《香港小说史》作跋时，于一连串的道谢名单之中，袁良骏也特意拈出金庸道："香港著名小说家、评论家金庸……都曾大力支持《香港小说史》的撰写工作，谨在此一并致谢!"② 不过，十年之后，尽管新增订的《香港小说流派史》中，有关金庸的武侠小说篇幅大大增多，论述更为充实，但再度写《跋》做结时，原本在袁良骏感谢名单中的"金庸"，已悄无声息地匿去了踪影③。在《香港小说流派史》中，不知袁良骏先生是否误读了盗版的金庸书籍，《碧血剑》和《鹿鼎记》中皆曾现身的阿九与九难师太，却被袁良骏先生写作"九儿"④。在《武侠小说指掌图》中，列举招式名称时，举了一番华山派意念神功、奇异内功、空前绝后神功、"武学之窟"绝世神功⑤等为金庸原文所无的招数。具体到人名与武学之名，这些"名称"在作品中已然被作者固定，不比价值、精神等阐释可以各个言之成理，如此细节上的硬伤与舛误，难免大为降低其学术著作的公信力。特别令人难以理解的是，袁良骏先生这样义正词严道：

金庸武侠小说的婚恋描写中，有不少黄色描写，特别是让韦小宝在扬州妓院的大床上打着滚，同时与他未来的七个妻子做爱，并让其中的两个怀了孕，可以说集武侠小说中黄色描写之大成。⑥

---

① 袁良骏：《独行斋独语》，北京：中国国际广播出版社，1998 年，第 53 页。
② 袁良骏：《香港小说史·第一卷》，深圳：海天出版社，1999 年，第 361 页。
③ 袁良骏：《香港小说流派史》，福州：福建人民出版社，2008 年，第 294 页。
④ 袁良骏：《香港小说流派史》，福州：福建人民出版社，2008 年，第 134—135 页。
⑤ 袁良骏：《武侠小说指掌图》，北京：新华出版社，2003 年，第 236 页。
⑥ 袁良骏：《香港小说流派史》，福州：福建人民出版社，2008 年，第 133 页。

　　然而，这段"黄色描写之大成"，在金庸本人的作品中只以韦小宝"往床上摸去"几个字一笔带过，此外的细节抒写半点也无。若说以这寥寥几个字，竟能成为"集武侠小说中黄色描写之大成"，实在令人难以信服，甚至令人怀疑袁良骏先生究竟是否当真阅读过《鹿鼎记》这部作品中的相关情节。不过，尽管袁良骏反感金庸武侠小说中"以市场上赚钱为动机"下的"消极浪漫主义""低俗肉欲"，但对金庸本人的文学才能，却是自始至终加以肯定。他历来对金庸的学养和才学加以击节赞赏，所惋惜的，只是金庸为迎合市场中广大读者的喜好，竟在"武侠小说"之上浪费了他的才华，任何小说似是只需冠以"武侠"二字，即已大大折损其整体成就；"武侠"二字，仿佛是毁灭文学素质之毒药，完全沾染不得。

　　　　金庸的武侠小说创作道路，成就了一个超卓的武侠小说家，但却湮没了一个才华非凡的纯文学的小说家。①
　　　　这些人物（接近生活原型的普通人）刻画的成功，再一次表现了金庸卓越的纯文学潜质。②

　　由此，袁良骏对金庸武侠小说的整体评判，就难免得出一个颇为古怪的结论。基本上，无论是学者还是普通读者，没有人会认为早期的短篇小说《雪山飞狐》是金庸最为卓异的作品，但袁良骏先生却以此作为上佳，最感眼前一亮，就因它是"不武侠"，是以才是武侠小说中的最上等：

　　　　以《雪山飞狐》的成功的结尾观之，它完全可以当成非武侠小说来读，当成现实题材小说的心理描写来读。③
　　　　金庸把胡、苗二人置之死地，让他们生死相伴，左右为难，求生不得，求死不能。而小说，却写活了，它让人们交口称赞，它成了金庸乃至整个

---

① 袁良骏：《香港小说流派史》，福州：福建人民出版社，2008年，第137页。
② 袁良骏：《香港小说流派史》，福州：福建人民出版社，2008年，第138页。
③ 袁良骏：《可否并行不悖?》，《北京晚报》，2007年9月27日。

武侠小说的不朽之笔。①

因此，"武侠小说"的名目既成了拉低金庸作品水准的一块坠石，同时也使袁良骏在做出评价时得以放宽标准。从理论溯源、历史寻根、作家往来、"武侠"定调，回返至学人的论争本身，尽管严家炎所提"一场静悄悄的文学革命"之论，在2000年左右颇受北大同窗、同事袁良骏的抨击，但纵观其人论述，只需将严氏对金庸的论断放在"武侠小说"的范围之中，那么这一判断，实则是袁氏也认可的意见。

> 尽管香港的一些"纯文艺"作家对他们的评价依然很低，但在武侠小说的领域内，他们确实发动了一场"静悄悄的革命"。②
>
> 综上所述，金庸便大大提高了武侠小说的品位和档次。有学者认为金庸"悄悄地发动了场文学革命"，虽然言过其实，但仅就武侠小说而言，也并非毫无道理。③

此时，袁良骏的语气仍然相当温和，其人与严家炎在北大有着长达二十二年的同事之谊，袁良骏在1999年主编出版的《木犁书系》之中，还甚是首肯严家炎对五四的正面估价，盛情相邀严家炎先生自选学术随笔，收入此套文丛。随后有关金庸"文学革命"一说，双方的分歧却逐步升级，乃至大动肝火，袁良骏的语气，从早先的称严家炎之论"并非毫无道理"，转到"完全不合实际的廉价吹捧"：

> 然而，不无遗憾的是，严先生的金庸研究一开始便未能出之一颗"平常心"，一开始便把金庸封成了"文学革命家"，把他的武侠小说推崇为

---

① 袁良骏：《可否并行不悖？》，《北京晚报》，2007年9月27日。
② 袁良骏：《香港小说史·第一卷》，深圳：海天出版社，1999年，第12页。
③ 袁良骏：《通俗，岂与高雅无缘？——我的通俗文学观》，《中华读书报》，1999年11月10日。

"一场静悄悄的文学革命"。这样一种完全不符合金庸武侠小说实际的廉价吹捧，在文学界引起了一片哗然。①

如此愈争愈烈，看似是学理纷争，却因双方均已笔锋带自情感，反而愈显夹缠不清，最终几乎忘却"本题"。其中，最为重要的，大约就是要捍卫鲁迅与固化的北大新文学传统的诉求。在严家炎的解读中，北大的这份传统在于敢"开风气之先"，对金庸的推崇，和早年北大对元曲的发掘与"登入大雅之堂"，有异曲同工之妙。而对袁良骏来说，新文学的传统，却是对封建余孽、文化糟粕——武侠小说自然是其中之一——的涤除荡尽，以"新"的眼光打量古往今来的文学，孜孜以求塑造"新"人。双方对"传统"的解读显有巨大分歧，而有关金庸的论争与争鸣，更加深切的动因，实际并不在金庸身上。袁良骏对有论者竟把金庸和鲁迅并提，深为不满，且痛心疾首于曾批判"三国气"与"水浒气"的迅翁，其《故事新编》中的佳作《铸剑》竟被当成武侠小说来阅读：

> 令人难以置信的是，严先生竟然把韦小宝与阿 Q 相提并论，说什么都是伟大的人物典型。作为现代文学史家，严先生为什么对金庸这样情有独钟，而不惜拿鲁迅为金庸垫背呢?②
> 如果硬要把《铸剑》这样扎扎实实、地地道道的纯文学创作，纳入和它根本不搭界、不相容的武侠小说中去，岂非将带来文学创作及研究的一片混乱? 鲁迅岂非也要死不瞑目吗?!③

论述时，袁良骏对鲁迅的一片深情固然昭昭可感，但仍然于急切间反露出相关历史细节的讹误。如为捍卫鲁迅的"现实关切"，以及其人作品写出了时代

---

① 袁良骏：《〈铸剑〉〈断魂枪〉都是武侠小说吗——向严家炎先生请教》，《中华读书报》，2000 年 8 月 23 日。
② 袁良骏：《鲁迅与武侠三题——与严家炎先生商榷》，《博览群书》，2000 年第 9 期。
③ 袁良骏：《〈铸剑〉〈断魂枪〉都是武侠小说吗——向严家炎先生请教》，《中华读书报》，2000 年 8 月 23 日。

的风雨沧桑，将《铸剑》误作鲁迅对"四·一二"反革命政变的"语时事则指而可想"，便显然有误于作品撰写的时间先后，对《铸剑》的撰写时间未能细细勘定。若只是平日参悟，不妨"依义不依语"，取其意图诉说的"弘扬鲁迅现实精神""限制金庸幻想编造"之宗旨即可，不必深究。但在论说金庸之时，学术文章与杂文的界限又掺杂不清，使得这些在学理上的硬性错误，难免容易被对方抓住把柄。实则对袁良骏来说，估定金庸价值的多少是"醉翁之意不在酒"，大量接触难以卒读的作品，并从头至尾加以细细爬梳，《武侠小说指掌图》的写作过程大约颇为痛苦。袁良骏似是本着澄清学界风气的目的，以颇有几分"铁肩担道义"意味的学界关怀，在做着这样一桩研究。原本只是无法得到袁氏完全允可的武侠小说，因为带点意气之争的"学术分歧"，结果被更进一步地打入另册。在袁氏看来，严家炎、冯其庸等推崇金庸的一派学者，似是已丧失了学术公心：

> 特别让人痛心的是，这些吹捧者中，不少人是现代文学研究或《红楼梦》研究的权威学者，看了他们以前的论著再看看他们对金庸的吹捧，让人觉得判若两人，而且找不到一个合理的发展线索。金庸的武侠小说是香港低俗文化的一部分。目的是赚钱，手段是娱乐，在这方面金庸的确获得了巨大成功，他不愧为二十世纪中华民族的一大才人。然而，就文学而论，金庸的消极影响大于贡献。对金庸的吹捧完全经不起推敲，站不住脚。①

其间又因论战愈烈，席卷入内的声音林林总总，因此在身份认定的问题上，引起袁良骏大发其火。如此论争，内中逐步远离金庸，逐步远离鲁迅，也日益远离新文学传统，更进一步，离当下学界"学风"越发遥远，相反成了学术场上的文人"江湖"义气。

袁良骏先生的性子颇有鲁迅"急进"（台静农语）的一面，据张曼菱回忆

---

① 袁良骏：《文学低俗化潮流和对鲁迅文学精神的呼唤》，《中国社科院研究生院学报》，2001年第1期。

其人课堂上的鲜明风格："他（袁良骏）总是在上课铃声响起的那一刻，急促地从门外进入，登上讲坛。他的情绪也同样激越，对着我们，不用任何开场白，直接抒发他的感受，尖锐的质疑，或者愤愤不平的讥讽。"① 这样的"急促""直接"，无疑使得峻急的现实关切，时常越过了文本，越过了历史，越过了学理，成为与当下事件迎面之后倾注至纸张上的疾风骤雨，也同为三位以"杂文"为另一副笔墨的非议金庸之学者，尽皆有之的题中之义。

或者，这内中也有金庸在大众间的接受度、覆盖面实在颇为深广的因素，如此"金庸武侠小说"的滚滚热力，近乎一统文化市场的大行其道，使得学人颇有一腔"酒香也怕巷子深""劣币驱逐良币"的无尽悲愤。似乎如此广受欢迎，属于"社会"的文学，便不配与"三两素心""曲高和寡"的纯文学一样，将其中"现实效应"与"作品身价"的干系分离开来：

> 行文至此，我忽然想到了近两三年来风靡全国的下流小报热、黄色录像热、武侠小说热……以及伴随这些"热"而来的学术著作、文化典籍的被挤瘪与被冷落。②

> 例如，文学艺术的繁荣吧，难道三角四角要死要活的言情小说满天飞，神出鬼没的迷幻药式的武侠小说狂销……眼前虽然热热闹闹，煞有介事，以肉麻为有趣，造成一派兴旺景象，但能耐久，有品位，能称得上文化积累的真正的艺术就被挤得没有立足之地了③。

这样的所谓"挤占"，虽然在广义上虽可算作同一片文化出版市场，但多少还存在不同领域间的分别。毕竟，学术著作与纯文艺作品投放进入出版发行初期，所预期的目标人群便与金庸的武侠小说不同。无可否认的是，金庸在二十世纪末时，自家文学进入"殿堂"的宏图大愿，已显得前所未有的强烈，但在殿堂之外，数十年间的老少皆宜与妇孺皆知，对倒逼那些掌握更多"殿堂排位"

---

① 张曼菱：《北大回忆》，北京：生活书店出版有限公司，2014 年，第 132 页。
② 袁良骏：《独行斋独语》，北京：中国国际广播出版社，1998 年，第 102 页。
③ 何满子：《桑槐谈片》，上海：上海古籍出版社，2005 年，第 120 页。

之话语权的人士产生关注，初时起到了不可忽视的正面作用，但九十年代中后期却未必如此。假如认定真正的文学是"少数人的事业"，那么原先这份引人瞩目的"助力"，在此时或将成为使金庸名正言顺，当真踏入"纯文学"圈子内部的"阻力"。不过，这一"圈子"自身，也在媒体铺天盖地地轰炸之下，日益显出被逼无奈地与"圈外"合流的窘相。不过，其开端却与学者有关"金庸"的学理探讨几乎无关，倒与王朔的"下海"与"开炮"密切相关。其人在转向大众文化的生产与经营之后，同台竞技之下，"京圈"竟遭到"港台"围攻，反而"技不如人"败下阵来。按照王朔的说法，做此类大众文化产业，以迎合大众市场，博取众人欢心乃为第一要务，九十年代至千禧年前夜，以金庸为代表的"港台"日益成为赢家。如说袁良骏、何满子、王彬彬等学人，所恨乃为阳春白雪的"学术"这一昆曲舞台日渐冷清，不若金庸的"八万人体育馆"摇滚之夜场场爆满，那么王朔所恼火的，却为双方同为期许觅得大众青睐的"摇滚"演唱会，金庸绵软的迷幻电子音，在招徕顾客方面，却远胜自家的低音炮爆破。可在这一论争的过程之中，原本"学术"那看似曲高和寡的京剧昆曲，同样被卷入了世俗的滚滚音浪，在湮没、扭曲、变形之下，被化为同调，成为二十世纪末的"众声喧哗"。文学研究、影视剧研究、大众文化研究、地域文化研究……统统被搅和在一起，成为一盘已然辨不出菜肴底色为"金庸"的杂拌。不妨仍从王朔的人生轨迹入手，尽可能贴近其《我看金庸》的本意，在错综复杂间，理出几丝成为"热点"之前的头绪。

第三节　王朔的挑战：世纪末的"众声喧哗"

早在1988年，王朔的四部作品同时被搬上银幕，文学、电影及评论界，不约而同地称该年为"王朔年"。而风水轮流转，到了十年之后的1998年，随着三次金学研讨会的召开，已从"王朔年"摇身一变转成"金庸年"。从1989年到1998年，再至1999年11月王朔的一篇《我看金庸》，由于双方均在公众间享有高知名度，加以这特殊的时间节点，遂在千禧年来临之际，几乎在各色媒体的推波助澜下，形成了一石激起千层浪的扩放效应。不过，王朔一文，似只是作为一道牵引层层涟漪的契机，在扩散开后，数个月间，没有人关心王朔究竟在想什么，真心想说什么，甚至连王朔自己，对此似乎也不甚在意。媒体力求耸人听闻的眼球效应与名人效应，然而，若试图对此文化热点事件做出使其眉目清晰的溯源，或许仍须通过王朔历来的创作与自述，尽力回返《我看金庸》背后的其人本心，令"事件"的始末得以更加明朗地呈现。

早年的王朔初出茅庐，在与编辑部、出版社的往来之间，仍带有几分羞涩与忸怩。有别于后来几乎尽人皆知的"我是流氓我怕谁"的"痞子"形象，此时的王朔，仍在文学创作一途尽力笔耕，后人观之，多评为用北京的鲜活白话，写了一群边缘人的隐秘情谊——尤其是爱情。若用后来多半借以追认港台琼瑶小说的话讲，此时的王朔，也同样被视作身在大陆（内地）的"言情小说作家"。在此期间，所谓"金庸""武侠"，远不是王朔切身所感之物，用王朔自己的话说："整个八十年代，我们是在目不暇接的文化盛宴中度过的，一个惊喜接一个惊喜，这时的港台文化只是一片曼妙的远景陪衬，只有当我们静下来的时候才能听到它们发自角落的袅袅余响。"① 因此，在八十年代以金庸为代表的港台武侠，也就只作为一道淡淡的背景，偶或在王朔的文学作品中显露几丝踪迹：

> 剧里最潇洒的一条好汉被铁砂掌打吐了血，眼瞅着就要被凶神恶煞的坏蛋结果了性命。②

有别于学者型的作家或抒写历史题材的文学作品，王朔历来为自己的小说取材于热气腾腾的当下生活，绝非死板枯燥的向壁虚构而感到自傲。因此，小说中的场景描摹，便基本可与王朔的生活直感画上等号。在这两篇早年的作品之中，"武侠"的符号只是其小说长廊中不起眼的小摆设，且从叙述语气之内，

---

① 王朔：《知道分子》，北京：北京十月文艺出版社，2012 年，第 147 页。
② 王朔：《王朔文集》（第 1 卷），北京：华艺出版社，1995 年，第 250 页。

亦可见出王朔对此是如何不屑一顾。有关港台武侠，或许在接触"小说"本体之前，王朔的眼目，即已被劣质影视剧的粗制滥造所蔽塞，产生某种"接受"的倒转，即先接触到文本的电视、电影衍生品，将"增补"① 作为第一印象，再触及文本本身。如此一来，先有荧幕人物将角色固形，再有直观画面将情节固化，王朔对金庸的武侠观感，早已被这些产业链条中"后置"之物俘虏。随着时日推移，出于王朔在作家之中罕见的商业头脑，也开始直接由"作家"身份，转向影视剧写作和大众消费文化产品制作。虽然嘴上说着"就是俗人"，也常随口说些大众就是衣食父母，要捧着供着，以讨好观众为第一要务，不过，从其字里行间，仍能读出一股明显的自我反讽。在《你不是一个俗人》中，小白人这样道出：

> 能被最广大的群众所接受的就是高级的、艺术的。譬如相声、武侠小说、伤感电影、流行歌曲、时装表演诸如此类。这就是我，和知识分子迥然不同的，一个俗人的标准——我为此骄傲。②

尽管如此，但从王朔历来的自述之中可以见出，即便投身大众文化，王朔也从未自认"俗"过。顶多偶或坦承为讨好迎合市场，赢得大众欢心以赚取更多利益，特意去将产品做"俗"，而内中一颗本心，却是正因明知曲意逢迎而委屈求"俗"，是以深心仍是自诩不俗。这点带着京片腔，有着脆爽风味的"粗糙""不光滑"与"刺儿头"的心态，按捺不住地要时时跃动，即便将目标读者从期刊编辑，转向广大观众，在作品之中，也是一如既往地要拿中国香港武侠开涮：

> 要不就是一帮小心眼儿的江湖术士，为点破事就开打，打得头破血流还大义凛然，好像人活着不是卖酸菜的就是打冤家的——中国人的形象全

---

① 可参考德里达有关"增补""延异"的相关论述。
② 王朔：《王朔文集》（第3卷），北京：华艺出版社，1995年，第467页。

让你们败坏了。那点事儿也叫事儿？就欠解放你们，让你们吃饭也用粮票。①

王朔对待香港地区，历来都不甚瞧得入眼。内地数十年间，文学史愈写愈纯，逐步只有内地，只有延安文艺，只有一个鲁迅，浩然，八个样板戏……八十年代逐步开放，在重新拓宽文学边界、再绘版图之时，对待港台文学，也不过是粗略撷其二三，将之"视为一分子"的代表纳入其中，却少有真正深入了解其中实情者，遑论其上文化事业的建设成就与耕耘收成。若说袁良骏出于学人要"做学术"的用心，还能压住心头的隐约不屑，亲身前往港台地区，写出《香港小说史》《白先勇论》等亟须前期第一手资料积累的"论从史出"之作，那王朔的三言两语，便无非是出于一点人皆有之的私心，人云亦云地随便说说，根本不负什么责任，也不值得作为一种专业意见认真对待。只是因其身为著名作家，一言一行，自然格外引人注意，但其人言说本质，与一般大众的随口闲谈，实际并无分别：

> 20 年前，我们提到香港经常说它是"文化沙漠"，这个说法在很长时间内使我们面对那个资本主义城市发达的经济和令人羡慕的生活水平多少能保持一点心理平衡。②

不过，身为京城大院的子孙后裔，王朔心头，又多了几分皇城根下的睥睨一切与唯我独尊，内中的文化中心主义意识呼之欲出。虽与今日在学理上时常论及的"文化多元""开放包容""平常心以待"乃至"拆解等级""重视差异""块茎丛生"的无中心论思想大相径庭，但这样的一种几乎与生俱来的优越感，却是深深根植，难以祛除，根植于人性。在这一层意义上，王朔直接明确的平实话语，却直接道出诸多学者在繁复艰涩的理论术语背后，真实存在的一

---

① 王朔：《王朔文集》（第 2 卷），北京：华艺出版社，1995 年，第 502 页。
② 王朔：《知道分子》，北京：北京十月文艺出版社，2012 年，第 145 页。

点心境：

> 我承认，对待港台文化我是感情用事的……但笼统地想到港台文化及其等而下之的那些合资的港台戏受港台歌风影响的流行小调，我就是不能认同，油然而起排斥之心。这里有地域文化的狭隘优越感，或说视北京为中心的老大心理，总觉得港台是异类，是边陲，以它为主导就不能容忍……我想还有一个纯粹的感官不同意在里面。港台的东西太甜，太想让人舒服……①

> 传统文化也能提供好多媚态的东西，只要把这东西吃熟了，只要瞧准了上之所好下之所悦，什么都可以做成媚态，金庸的壮怀激烈呀，余秋雨的忧患情怀呀……

王朔身具北方的粗粝之气，作品中或借"痞子"之语浮现呛人声口的"刺戟"，情爱之中不无以真诚而伤人处，却从不柔媚。尽管这一点儿刺痛，在瞧不上王朔的人看来，也同样是供给大众的、肤泛而虚假的刺痛。有别于在内心厚重冰山之上，砍出深深镐痕的令人震撼的"真实"力量，王朔所给予的真实，仍然不过是一种日常的微微一震，与其说是真的为了使读者在阅读之后心灵得到洗练，对周遭人事生成崭新的目光与认知，不如说是给予一种轻微的原地腾挪与复归，刺痛不是为了苏醒，而是为再度的"复归本位"提供一种可能，并且在这"一醒"的过程中，得到一种虚假苏醒复生的抚慰感。然而，不真切的震动也毕竟仍是震动，它是王朔引以为傲的"不干净"和"不光滑"，而不是甜味剂般港台文化的绵软覆裹：

> 我好像和1995年批判我媚俗的人非常像，和现在某些学院里的知识分子非常像，我也看不惯现在的年轻人，我认为他们低级、没趣味，喜欢港

---

① 王朔：《知道分子》，北京：北京十月文艺出版社，2012年，第180—181页。

台风怎么能叫有趣味呢？①

　　港台文化的大举登陆实际上是九十年代，这些东西就是制造歌舞升平的气氛，叫甜甜的软软的飘飘的东西把不满消解掉、融化掉。②

这样一种糖罐般的蜜甜，一种必然抵死相爱的缠绵深切，仿佛只是不食人间烟火的"爱"之虚蹈，与王朔历来惯于写作的那些爱的玩弄，爱的消颓，爱在遭遇变故后——抑或根本无甚变故——的败退，显然格格不入。毕竟那些纯真并全身心投入其中的爱，在其人的书写笔调之下，终是"往日面容的一张旧相片"，换言之，真实的成年人世界之中，是不会有这样美好得不沾染杂质的情感的，总要有些陈晦的暗黄，有些掺了胡椒粉般的苦辣咸酸之意。以带着京腔的白话，随口描绘出世界某种暗沉的风格，是王朔作品引人瞩目的特色——这与"港台"完全背道而驰。此外，作家的创作是集结了诸多庞杂质素的化合产出，像王朔这般从不讳言自己求名求利的作家，也仍会对并非此类"附带"的作品价值本身有所追求——毕竟，任何人都完全可以借助文学之外的其他捷径往上攀爬，如没有这一点儿对作品意义之"追求"的底色，文章便不会有什么脱颖而出的特色，也就无法借之谋取编辑与读者的认可。王朔这样说道：

　　不瞒各位，我还是有一个文学初衷的，那就是：还原生活。我说的是找到人物行动时所受的真实驱使，那个不以人的意志为转移，隐于表情之下的，原始支配力。③

有别于那些"学者型"作家，王朔在改革开放之后长期游走于大江南北，多经各色人事，生活阅历甚是丰富。但不管个人的生活经历再如何复杂，若"视界"唯有当下的一时一地，且并无丰厚的阅读资源，或许容易窄化对"生活"之下的

---

① 王朔，老霞：《美人赠我蒙汗药》，武汉：长江文艺出版社，2000年，第27页。
② 王朔，老霞：《美人赠我蒙汗药》，武汉：长江文艺出版社，2000年，第64页。
③ 王朔：《看上去很美》，北京：北京十月文艺出版社，2015年，第2页。

"真实"之认知——毕竟，古今生活总有不同之处，原始驱动力即便不脱"利""欲""情"等，表现方式也总大有不同。纵观其人自述之时，偶或流露的一些阅读谱系：于当代同辈人孙甘露或则有之，于海外一些西方作品同样有之，但基本无涉中国古典，更无涉早年的"鸳蝴侠义"一类的通俗小说。王朔对此，是全然的"气味不投"，仿佛先天的"大老爷们儿"压根瞧不上"娘们唧唧"。可正是这些，在九十年代俘获了男女老少，甚至王朔"女儿这一代"的心：

> 就是现在的小孩呀，包括北京的小孩儿，已经是一口港台腔了，这是一种更强大的力量进来的——琼瑶、金庸。那会儿还谈不上港台语言的普及化，现在不同了，孩子们都迷港台腔。①

> 我那篇文章里其实更大的本意是在最后一段。中国当代文化尤其是北京新文化，包括文字、电影、音乐，我是参与者。可是到了现在，包括我女儿这一代，全被港台文化弄晕了。我不明白，一切就这么快地衰退了？②

有别于学者，王朔的批评之中，似是更多了一重同台竞技之下，日益显出技不如人的英雄迟暮之感。将自身视作"京圈"代表，将金庸视作"港台"代表，而原本品位正统的"京"派，却在"得民心"上，何以竟至于远不如"港"流，这令王朔大为不解。到了九十年代，王朔的文学作品已不再受到主流关注，论其"江郎才尽""自我重复"之声不绝于耳；在转向剧本与从事大众文化产业之后，《新编辑部的故事》等虽是风靡一时，但市场份额行至九十年代末，已逐渐被港台武侠影视剧挤至边缘境地。除开"文化"之外，就连更为本体的"语言"，在港台的绵软新风吹进大陆（内地）之后，也远较北京的那份"京味"更受欢迎。王朔本身倚赖"京味"起家，平日又时时操持打磨这份独特"语言"，对此似有一份胎儿依恋慈母般的情深意切。在与老霞对谈的《美人赠我蒙汗药》中，仍心心念念地提及："现在，像你我这样的三四十岁的人，还

---

① 王朔，老霞：《美人赠我蒙汗药》，武汉：长江文艺出版社，2000年，第15页。
② 王朔：《我无意对金庸人身攻击》，《广州日报》，1999年11月8日。

知道北方方言这个话的妙处，你再看二十年以后，就是这种'广普话'，广东普通话，我觉得就该是它的天下了。"①

然而，王朔毕竟不是学人，对待语言的态度，以及看待语言和文学之间的关系之时，也多少有几分纯粹感性的牢骚以及非理性的想当然。知识谱系的单一，多少会限制王朔的"言之成理"之边界：

> 老金大约也是无奈，无论是浙江话还是广东话都入不了文字，只好使死文字做文章，这就限制了他的语言资源，说是白话文，其实等同于文言文。②

> 用活的语言写作，中国多吗？这不是狂话，是得天独厚。外省南方优秀作家无数，可是只能用书面语写作，他们那儿的方言和文字距离太远，大都找不到对应的方块字。③

细观上述，颇有不合实情之处。其一，在诸多创作实践之中，并非如王朔所言，只有北京方言才能直接进入文字。譬如沪上，从明清的《海上花列传》到今人的《繁花》等作，均对以沪语入文章做了较为成功的尝试。其二，金庸历来虽以继承古典白话小说传统、语言文白相间为特色，但也曾偶尔小试牛刀纳入方言口语，正是在王朔同篇文章举例的《天龙八部》中，令侍女阿碧操持一口苏白，对段誉及鸠摩智娇声言语，以更形增添烟雨般轻柔的江南风味，而王朔对《天龙八部》可能只随手翻过，或是阅读了盗版《天龙八部》，是以未见此处。其三，语言一旦落进纸间，究竟是"活"是"死"，或许并不应以某个特定地区方言的运用为标杆，而是应以文本自身的协调，人物的声口相应，以及场景描摹的严丝合榫，来使得整体的文本语言显现出"活"的生机。今日创作《孔雀东南飞》之人早已作古，但内中"五里一徘徊""君家妇难为"等

---

① 王朔，老霞：《美人赠我蒙汗药》，武汉：长江文艺出版社，2000 年，第 227—228 页。
② 王朔：《我看金庸》，《中国青年报》，1999 年 11 月 1 日。
③ 王朔，何东：《我的最大弱点：爱自己——而且自己知道——答何东问》，载葛红兵、朱立冬《王朔研究资料》，天津：天津出版社，2005 年，第 142 页。

言，似远较今日早已缘起缘灭的诸多"方言写作"更具"活"性。如此一来，王朔对金庸的"攻讦"，背后深意固然可解，但在学理上似是有些搔不到痒处之感。又何况开篇即现硬伤，更是易于令诸多"拥金"人士捉住把柄：

> 这套书（《天龙八部》）是七本，捏着鼻子看完了第一本。①

《天龙八部》在大陆的通行本为五卷开本，"七本"若非盗版，便大概是冒名金庸的"金庸新""金庸巨"作品集。到了九十年代末，地摊盗版层出不穷，且不提王朔这样的作家，即便长期要与版本出处打交道的学者，一不留神，也要买回之后直呼上当，甚至读完也未能发现所读并非作家本人之作。以金庸的盛名，其下颇多"续书""伪书"，质量参差不齐，有的甚至还显得煞有介事，以至竟有恶紫夺朱之势。如《九阴九阳》一书，作者显然将金庸的作品读得熟极而流，人物情节颇多从《倚天屠龙记》等作品敷衍而出，叫人实在真假难辨。王朔所言"七卷本"的《天龙八部》，大约是窜改了些许原作，又与旁人对《天龙八部》的续作如《乾坤残梦》② 等捏合补缀的"百衲衣"。就这场事件而言，若深究"批评者"背后的心路历程，倒是能看出诸多颇为严肃的议题：京城与港台的文化话语对峙；北方方言与南方话的对峙；文学作品的价值评判对峙；大众文化中市场份额的对峙。但所谓"七本"《天龙八部》之语，显是王朔不熟悉金庸作品的文不对题，此语一出，似就已为本场热点事件，奠定了一种七歪八扭、搅缠不清的"对话困难""无法沟通"的基调：

> 一旦进入大众传媒，就休想保全全身，不弄得自己体无完肤就别想过得去。③
> 就像我④最近看到的《中华读书报》上关于王朔与金庸打仗的东西。

---

① 王朔：《我看金庸》，《中国青年报》，1999 年 11 月 1 日。
② 此书虽在封面标明为【香港】金庸著，但作者并非金庸本人。
③ 王朔，老霞：《美人赠我蒙汗药》，武汉：长江文艺出版社，2000 年，第 69 页。
④ 书中出自老侠之口，此处"我"指老侠。

把一种正常的批评弄成"打仗"，这本身就是大众传媒的惯用的炒作策略。①

在金庸以甚是文雅的姿态，回应了一篇《不虞之誉和求全之毁》后，诸多报刊如《中国青年报》《羊城晚报》《教育时报》《中华读书报》《文汇报》等，相继刊载了一系列有关此场"金王之争"的文人意见表态。单从报刊阵地的综合性而言，便可发现，此场论争早已从"文学"一隅，扩散至社会各个场域，在青少年教育、社会动态等各个方面，争相受到关切。而一些相对关心时下热点，注重观点交锋与争鸣的学术性刊物，如《探索与争鸣》《文艺争鸣》等，也在2000年第一期刊载了相关论文，葛红兵的《不同文学观念的碰撞——论金庸与王朔之争》、徐岱的《昔日顽主不再好玩》，均为个中代表。翻开当时报刊一看，只要较有名气的作家学人，几乎都在媒体的催逼之下，对此事勉强道个三言两语，钱谷融、格非、王安忆、王光东……应有尽有，几成一场传媒对文人的"搜捕"，无论是否有所关涉，皆要一网打尽，以期吸引更多眼球，招徕更多顾客。用王朔自己的话讲：

> 上海陈思和教授最近有一段评论王朔挑衅金庸那件无聊之事的话深得我心。他讲（大意啊）：王朔这是炒作（这不新鲜，谁都这么说），他新写的小说反映不好，而金庸又迫切想从江湖进入文学庙堂，所以在这场纷争中他们是共谋关系。
>
> 陈教授的这番话听上去像疯话（我的第一反应是：亏他想得出来），却道出了我们现在所处的这个大众媒体无处不在任意制造话题将无聊当有趣的无奈环境。在这样的环境中，任何有意义的话传达到大众耳朵里都会变味儿……陈教授的话代表着一班清醒的知识分子，可悲的是这样清醒的话一旦讲出来，同样沦为大众媒体的炒作对象，成为"金王之争"这把虚火

---

① 王朔，老霞：《美人赠我蒙汗药》，武汉：长江文艺出版社，2000年，第70—71页。

中的一根柴禾，这是不是可以叫"集体共媒"。①

确实，这一阶段媒体对营造热点话题的渴求，似已在极大程度上影响了相关研讨的深入和质量。东汉王充早已有言："誉人不增其美，则闻者不快其意；毁人不益其恶，则听者不惬于心。闻一增以为十，见百益以为千。使夫纯朴之事，十剖百判，审然之语，千反万畔。墨子哭于练丝，扬子哭于歧道，盖伤失本，悲离其实也。"（《论衡·卷八·艺增篇》）古人一语今日成谶，在这场千禧年的文化纷争中，似是完全模糊了新闻的时效特性，与学术的沉淀从容之间的界限，新闻求"新"，学术求"真"，在此却再难觅"真"，无论是当真意图博眼球博出位者，还是认真潜心有所钻研者，抑或试图叫停呼吁学界冷静思考者……全部都被裹在了这一团火热之中，即便"呼吁"清醒，也不过成了这场热火中的一份助燃剂，乱哄哄你方唱罢我登场，为报刊的销量与声名做嫁衣裳。有关金庸的探讨，实在与各类文本之外的热点事件缠绕得过紧，除开"金王"之争外，又有"评点本"上法庭事件；金庸以一元钱转让版权，令央视拍摄《笑傲江湖》武侠剧事件；金庸作品收入中小学课本事件……过分处在热闹的"漩涡"中心，固然能够引来众人纷纷侧目，但一片嘈杂的噪声之中，又有无数的调门更换，无数的朝声夕废，反而使得那些坚执而冷静的声音湮没无闻，成为"金学"能够真正沉潜深入下来的一道阻隔。千禧年悄然过去，如今又隔二十年余，或许是时候总结千禧年前二十年余的"金学"特色，以期"金庸"其人其作在真正的"学术"一途，得能进一步朝纵深方向开掘。

---

① 王朔：《知道分子》，北京：北京十月文艺出版社，2012年，第112—113页。

结　语

第一节　二十年间（1979—2000）接受特点与总结

千禧年前二十余年纷纷攘攘，如今二十一世纪后又经二十载，或许应当对前一时段学界的"金庸接受"做一回望与总结，以期念往昔纷杂之旧有，当可更进灿烂之长途。论及批评，蒂博代言之成理，缺乏一种关于批评的批评，就不存在批评。接受也同样如是——缺乏一种关于接受之接受，就不存在接受。尤其对于此二十年间的"金庸接受"而言，因七十年代作品方得初步盖棺论定①，距离此后的诸多"接受"文本时日尚短，更是具备时下"批评"与学术"接受"几近等同的特质，是以不妨将这些"接受史"上的相关文本，径直以"批评"文章视之。

从八十年代的零星三两篇杂文随笔，到九十年代初期在冷清"自留地"的默默耕耘，再至1994年后随着诸多文化事件、政治事件的热潮，使得金庸从民间转而得以在"学界"得享名声大噪之待遇，引起诸多文人学士竞相争鸣，最后在媒体的推波助澜下，于二十世纪末轰然而成"表态""站队"的爆炸势态。在金庸二十年的接受史内，相关批评的文章类型大约可算最为多样纷繁。做传

---

① 指该阶段学人接受时基本统一选择的版本——三联版，即初度全面修订版，并非21世纪后的新修版。

统评点者有之，做纯文学意义上的"文学研究"者有之，做九十年代引入并风靡的文化研究者有之，正儿八经凡引必注的学术论文有之，随手点染的杂文随笔有之，若再引入"媒介"概念，在传统的报纸及当代的电视、电影、互联网中，均可觅得"金庸接受"的诸多痕迹。内中固然也有潜心钻研之人奉出辛劳"品读"之后的成果，但总体而言，大多不过一场"趋时"的热闹，散场后难免显得空茫，放置在学术层面而言，似是少有几篇能够长久"立得住"的专著文章。

这样的批评特征，或许自有其历史性因素，在二十世纪末的《文汇报》上，刊载了曹树基有关"批评"在当代中国之溯源的意见，内中这样道：

> 一篇批评文章问世后，有人总爱打听批评者与被批评者之间是否存在芥蒂？批评者属于哪一派系？批评者是否具有某种社会或政治背景？从批《海瑞罢官》开始甚至更早，中国就没有了正常的纯粹的学术批评。学术界有关批评的各种非学术性联想，是那个时代的残余。我能理解，但不接受。①

人情往来的批评，政治敏感的批评，参会需求的批评，易于发表的批评……诸多批评文章，时常闻嗅文本之外的风向而动，本书，即是在尽可能靠近并梳理这些批评的"身外之物"，试图领会这些"非学术性联想"，是如何影响了批评主体，进而影响到批评文章本体。这些外界的因素，或许是生而为人的无可奈何，根植于时局的弱点与人性的弱点，但它们毕竟不是"正常的纯粹的学术批评"，往往是根本不像批评的批评，这样的特征，尤其在有关"金庸"的批评之中显得格外明显。用曹树基的话讲，"能理解，但不接受"。

整体而言，这二十年间的金庸批评文章，最大的特点便是直接架空了文学文本自身。若将对象换作鲁迅，大约学界诸人，面对研究对象与旁人已有研究成果的"厚重"，总须思之再三，不敢轻易"妄议"，否则精研懂行的太多，若

---

① 曹树基：《学术批评的规范》，《文汇报》，1999 年 3 月 6 日。

是其论过分臆想轻薄，立马便要遭到戳破。身在中土，大约无人敢说"不读鲁迅也可以批评鲁迅"，但如此堂而皇之地宣称不必读也可论说金庸时，心头决计无此对"鲁迅"的隐秘而深刻的敬意。

然而，只要仍然认为金庸的武侠小说属于文学——无论价值究竟如何，高雅还是通俗，通俗还是庸俗，甚或乃为低俗——或许，文学批评的一条基本准则虽已老生常谈，也仍然值得听取：

> 批评的公理和基本原理不能不从它所论及的艺术中生长出来。文学批评家必须做的第一件事情是阅读文学，对他自己的领域做一个归纳性的概览，并从他那个领域的知识中自行生产出他的那些批评原则来。①

各色金庸批评的文章内部，最缺乏的便是"阅读文学"自身，多有"无根之木，浮游之萍"的泛泛而论。除开陈墨等少数"金迷"出于一往情深的喜爱，又或陈平原般重视"论从史出"的学术规范的学者，诸多发声人士，内中不读者偶或有之，即便"读"者，也多不过蜻蜓点水般从文本表面掠过，莫说通读《金庸作品全集》，大约真能仔仔细细地读完几部金庸的长篇小说之人，也并不算多。这就使得诸多批评文章，对金庸的创作难免显得隔膜，内中武学与人物名称、事件发生的地点时间等硬性细小讹误在所难免。又常见借题发挥，取金庸为一点由头，大谈特谈青少年教育、社会治安管理、为祖国统一助力等"文学"的题外之义，然而，既为批评——即便是借助文学开展的外界社会批评，也仍然不能只是空洞的观念，还是要以作品为自身生长的地基，才能真正在文本外部与内部的双重交织中得取"实际"：

> 批评家所创造的不仅是用来判断和理解艺术的价值观念，而且他们还在书写中体现了那些处于现在之中的过程和实际情况，凭借它们，艺术和

---

① ［加］诺斯罗普·弗莱：《参与争鸣的导言》，载诺斯罗普·弗莱《批评的解剖》，陈慧，袁宪军，吴伟仁译，吴持哲校译，天津：百花文艺出版社，2006年，第39页。

书写才具有了意义。①

　　无论观念如何振聋发聩，若求令读者心悦诚服，仍需仰仗强而有力的"论述"，从而使得自身能够"立住"。而一旦有涉此种"论述"的推进，文本便至关要紧，若是只一味地过分张扬批评主体的个人生命，全然缺乏对文本的点滴"感受"，只会显得泛而不附，缛而不切，反而折损了批评文章的令人信服力。空有观念无济于事，再如何大力呼喊"金庸的作品不过是打罗圈架的残次品"，若是显露了自己未必当真读到过金庸的小说，就难免叫人即便看似洋洋万言滔滔雄辩，也从根本上便难以取信于人。只有立场却不读作品，凭旁人闲谈与自家空想，只能敷演出一整篇空头讲章，大约是批评中最难有可取之处的一类。而稍进一些，"带了固定立场读相关的少量作品"，可能是在二十年内围绕金庸的批评文章之中，所占份额最多的一类。

　　　　在化学和语言中，并没有可采取的明确立场，如果在批评中有的话，那么批评也就不是一种真正学问的领域……一个人的"明确的态度"是一个人的弱点，是一个人容易犯错误和偏见的根源，谁支持他拥有一种明确态度，谁就是在加重其弱点，而且自己也必传染上这种弱点。②

　　尽管有关批评的意见不一，认为批评家应该"保卫偏见""自发生成圈子"的声音时或有之，也颇能言之成理。但"保卫偏见"不应当等同于固执己见，圈子在逐步生成之后，也应当具备充分的弹性与延展性，它们仍应存有某种隐秘的谦卑，等待自身时刻被崭新的文学作品冲击、挑战、颠覆、拆解。毕竟，所有的文学理论均是后置的话语，在曹丕之前，无人判定文章非得是"经国之大业，不朽之盛事"，在鲁迅之前，也无人判定文学该当"为人生，并改良这人

---

① ［美］萨义德：《世界·文本·批评家》，李自修译，北京：生活·读书·新知三联书店，2009年，第85—86页。
② ［加］诺斯罗普·弗莱：《参与争鸣的导言》，载诺斯罗普·弗莱《批评的解剖》，陈慧，袁宪军，吴伟仁译，吴持哲校译，天津：百花文艺出版社，2006年，第35页。

生"，并使这一论断扩散开去至今日这般广为人知的境地。然而，文学在这些宣言之前便早已存在，街巷谣曲如闲花春草般蔓生滋长，随后被反转追认为"文学"，再后被赋予诸多意义与特性。在"现实主义""浪漫主义""积极""消极"等诸多二分论断之前，已然早有诗经楚辞，即便并无"浪漫主义"等诸多指称，也无损于它们自身可与日月争辉。若批评只是为保卫固定的"意见"，而直接忽略所批评的"文学"，无疑为本末倒置之举。

毕竟人们总是带着以往的"识"进入每一次"读"，先存立场常常不可避免，但在意图批评之前，仍然应当让充分的"读"来充盈我们甚至溢出我们，在延展了"我们"之后，由主体再度容纳"它们"，使双方皆得某种"新生"，而不是只将既往之"识"，进行反复的固化与展演。若已先天判定某部文学作品"不值一读"，那即便开卷也不会有益，可事实上，它总是内含了某份属于人类的经验，只要读书得间，自能发前人之所未覆，即便此中内容无甚可道，但只要激活自己的思考，那在沉浸、思索和质疑之时，也能自行产得碎玉断金之声。但真正思考的前提，是不可被已然固化的立场，消解了真正的倾听与"经验"的可能：

> 文学阅读，就像福音中的祈祷者一样，应该走出批评的说话的世界，进入隐私的和秘密的文学存在之中。否则，阅读将不是一次真正的文学体验，而只不过是批评程式、记忆和偏见的反映而已。批评中心是那不可传达的经验的存在，这将永远使批评保持为一门艺术，只要批评家认识到批评来自这一存在却不能把它建筑于其上。①

不过，若确有批评的"记忆"与"偏见"，那至少还意味着确乎有"识"，无论如何浅薄，总是自己的一些体会见解。然而，有一类批评文章，看似旁征博引，将金庸笔下的"恋物""情绪词频"等信手拈来，但统观全文，似是罕

---

① ［加］诺斯罗普·弗莱：《参与争鸣的导言》，载诺斯罗普·弗莱《批评的解剖》，陈慧，袁宪军，吴伟仁译，吴持哲校译，天津：百花文艺出版社，2006年，第39页。

见自己的文"识"，直接以现成的理论，替代了自己的识见。阿兰·巴迪欧、雷蒙·威廉斯、拉康、巴赫金……无论何时何地，只要受过一顶"理论家"的冠冕，后生晚辈便将这血肉之躯随手写在纸上，抑或不过随口道出的三言两语，奉作经纶圣旨用于每份文本，少有考虑其间自反、自我颠覆与拆解。这样一来，即便征引的作品再是如何丰富，也不过是将之先行肢解，再拼凑捏成一份苍白学问的注脚——这一学问，又往往是拾取旁人余唾，未必当真经过一番化炼之后，成为自己头脑中的一份浑成。此类文章，虽是显得立场鲜明，但由于并未从本心出发，对批评主体而言，这一俯仰可得的"借用"立场，便几近于无立场。"看起来是方法论上的突破的东西，却可能非常迅速地变为方法论的陷阱"，"不加保留、不加批判地、重复地、毫无限制地使用一种理论，惬意的突破很快会变为尴尬的趋赶"①。不过，此类"无立场而多作品"的文章，至少确实花费了一番功夫，将作品中与论题相关的诸多要素一一寻找提炼出来，总是费了一番辛苦，其间价大约与"固定立场（真立场）少作品"的批评难分轩轾。然而，这样的批评，也仍然不能算作"正常的纯粹的学术批评"，毕竟，作为批评而言，"只要它开始成为有组织的教条的时候，也就在大多数情况下不像它自身了"：

> 所有的决定论，不管是马克思主义的、托马斯主义的、自由人文主义的、新古典主义的、弗洛伊德的、荣格的还是存在主义的，通统都是用一种批评态度来顶替批评本身，它们所主张的，不是从文学内部去为批评寻找一种观念框架，而都是使批评隶属到文学以往的形形色色的框架上去。②

这些批评的框架"陈套"，在文本中随处都可套上，却时常套得未必合适。多见批评法官们大笔一挥，洋洋万言，却独少了对作品的感性认识。金庸的作

① ［美］萨义德：《世界·文本·批评家》，李自修译，北京：生活·读书·新知三联书店，2009年，第12页。
② ［加］诺斯罗普·弗莱：《参与争鸣的导言》，载诺斯罗普·弗莱《批评的解剖》，陈慧、袁宪军、吴伟仁译，吴持哲校译，天津：百花文艺出版社，2006年，第8页。

品确然涉笔甚广，无所不包，是以秉女性主义立场者从中得见出三妻四妾，治大众消费文化者从中得见迎合市场的大团圆结局……然而，这些却是批评者在读了理论之后，事先已在心中盘算好的一套现成逻辑，却不是当真在文本中发现的一点新鲜东西。只需是白纸黑字，便无往而不可展演女权、消费……当西方的学者已多对此加以反省之时，中国却正值大批量地引入，并且常借一席方圆之地，欢快地来回进行着"理论"的驰骋，而"金庸"的作品，似成了一块绝佳的跑马场。但韦勒克在撰近代西方批评史时，便已这样道：

> 最新的发展动向，尤其是解构主义的时尚，犹如一种传染病已经遍及美国，凡此种种，据其自述，具有深刻的虚无主义倾向，并且导致了所有文学研究的全面破坏。我们只能希望这是稍纵即逝的时尚。①

在围绕金庸开展的批评之中，尤其九十年代后半叶，时尚的理论泡沫撞上时尚的武侠泡沫，纷纷扬扬而成一道漫天飞舞的盛景，使人眼花缭乱目不暇接。内中真问题并不算多，刨开巴赫金的"狂欢""诙谐"——金庸的作品仍以情节的大密度推进与荡气回肠为主，其中"狂欢""诙谐"无非借传统评书艺术中"四梁八柱""书筋"一道做些点染，不足取信；刨开海外学者津津乐道的"花果飘零，灵根自植"——出于特殊历史原因，总体而言，古典确实在大陆之外反得正常接续，但将此转化为一种海外"争夺正统"的话语权诉求，并将中国香港的金庸纳入其大麾之下，却多少显出真古典在当代的肤泛与变味；再刨开殖民、女性、恋物等借来的几个理论之套……学界众多论者真正常议之处，无非三点：第一，为金庸的"想象力"与"写现实"正名或针砭；第二，探讨金庸与两份传统——"古典传统"与"新文学传统"的关系；第三，基本在前两个问题的基础上，对金庸作品的价值进行估定。

原本第一个问题似并无如此反复讨论的必要，"想象力"必须低于"写现

---

① ［美］韦勒克：《近代文学批评史》（第 8 卷），杨自伍译，上海：上海译文出版社，2006 年，第 440 页。

实"，并且瑰丽变幻的想象力定须分成"积极""消极"，定须先有坚定的基本历史立场，本身与其说是个文学的问题，不如说是外在社会——尤其是政治诉求炮制出来的问题。庄子的畸人，曹植的洛神，《三国演义》中"多智而近妖"的诸葛等异士，在现实生活中何尝能有，但却早已积淀为某种心理原型，反比那些每日街头巷尾擦身而过的活人，更叫中国人觉得是远为亲切的"实存之人"。早在中国广为流传的别林斯基《论〈莫斯科观察家〉的批评及文学意见》中，就这样写道：

> 艺术家有时（特别是如果他具有主观的才能）有充分的权利在历史剧中违背历史，只拿历史作为容纳他的概念的框子。席勒写的菲力普和堂·卡洛斯一点也不像历史上的菲力普和堂·卡洛斯；可是，他们虽然不忠实于历史的真实，却极度忠实于人类灵魂、人类心灵的永久真实，忠实于诗情的真实，因为它们不是杜撰的，不是捏造的，而是自然而然产生出来的！①

在中国，这却又扎扎实实地成了个特别重要的真问题，诸如"批判现实主义""社会主义现实主义"的套语，在"一体化"之下使得所有文人学士耳熟能详，以至中华人民共和国成立之后逐步内化为诸多从业者的心理层积，被误认为当真从己"心"而发的价值判定。可若假借他山之石以琢己身之玉，在西方尽管"模仿"等论在所多有，可似并无这套必须"写现实""写严肃""写问题"的教条框框，诸如阿里斯托芬的喜剧、莫里哀的喜剧、拉伯雷的《巨人传》和塞万提斯的《堂吉诃德》等作，若姑且不论内中的风俗教化等深意，这些在面上写着小人国、巨人国、贪婪暴食、大战风车，诸如此类呈现为"教人发笑，得些愉快"的东西，皆能在文学长河中占一席之地。可若翻找中国现当代的文学史，却实在罕见这类作品，勉强能算上的林语堂、丁西林、张天翼……似均

---

① ［俄］别林斯基：《论〈莫斯科观察家〉的批评及文学意见》（节选），载李国华《文学批评名篇选读》，保定：河北大学出版社，2004年，第17页。

相对位于文学史边缘的零散座席。早在二十世纪初，王国维在《文学小言》中这样写：

> 文学者，游戏的事业也……然以其不顾一己之利害，故犹使吾人生无限之兴味，发无限之尊敬，况于观壮缪之矫矫乎？抑与现在利己之世界相比较，而益使吾人兴无涯之感也？①

这一条"游戏"的进路，在王国维提出之后，于二十世纪的中国文学中，被极大程度地压抑甚至污名化。更多的是"为人生，并改良这人生""匕首与投枪""旗帜与炸药"等日益僵固的论调。总之，游戏也好，幽默也罢，甚或发笑，或是叫大家放下书本后，不觉得慷慨悲愤，反而觉得快快活活心满意足的创作与阅读心态，都成了进入文学世界的某种非法方式，先天自带了低人一等的阴影。可是，金庸的武侠小说并不在这条益发"战斗"的谱系之内——尽管内容写的经常是打斗，但他似乎未曾想过要借助武侠小说去作战，去打倒什么，只要能够"自娱亦复娱人"，引徕主顾多买几份《明报》增加销量，主要目的便已达成。这便转向第二个问题——与"古典"和"新文学"两条传统的关系，在此，金庸因历史机缘的逐步变革，以至位于一块奇妙的驻地。

毫无疑问的是，总体而言，金庸仍然偏向位于"古典"的这一谱系之中。沈从文在做文论时，论及《聊斋志异》这样写道：

> 他（蒲松龄）的方法其实也不外照汉人写仙，隋人写鬼怪，唐人写豪侠，宋人写贼寇英雄，以及明人写人情故事。他把狐写得极其完全。他写的一切东西虽是与人相远，却仿佛处处又有与人发生关系的理由②。

金庸也不过如他的古典先辈们一般，在写着这些"幻中见真"——虽是身

---

① 王国维：《文学小言》，载李春青《中国文学批评史经典精读》，北京：高等教育出版社，2016年，第49页。

② 沈从文：《沈从文全集 第16卷 文论》，太原：北岳文艺出版社，2002年，第26页。

在江湖的侠客，但极力抒写之处，仍为日常人情的男欢女爱，偶然的分分合合，先天的宿命因果。而新文学中热衷于讨论的那些东西：社会政治的重大问题、灵魂思想的纵深与痛陈、文化遗产的重估与走出，即便偶或涉笔，也绝非金庸的主要言说之物。即便学者是出于善意，想要在文学史上为金庸抬升地位，但过分将金庸往"新文学"的方向牵拉，难免显得牵强。除非将"新文学"整体来一个倒转，直接指认最为大众喜闻乐见的"鸳鸯蝴蝶派"才是"新文学"方向，但只要稍有文学史常识之人，均知绝无可能。

不过有趣的是，金庸又确能与"五四"新文学发生某些联系。可这并不能估定远在中国香港写着武侠的金庸，当真就能算是成色十足的"新文学"，只能说是新文学发展到后来，多有与其本身背道而驰之处，因之南辕北辙，反使原地不动——或行步未远之人超过。

那么，金庸作品的价值究竟几何？或许还是在一二流间，未足与真正一流甚至超一流的作品相比。但这与他素来为几位学者所诟病的在主题上"写想象""写江湖"丝毫无干，而在于作家写作之时笔下的那一份小心讨好，一种有意无意向外界迎合与臣服的"折腰"。概言之，在连载版中，须得为《明报》销量向"市场"折腰，在二十一世纪后的新修版中，又出于自家欲入"殿堂"的一份雄心，转而向"学界"折腰。本来在当中封闭十年修订的一版，相对不那么受到外在"他者"影响，但毕竟在修改时，于那些已然令广大读者接受并喜闻乐见的地方不能全盘改动，总之不能按照金庸原意，令小龙女不再是第一女主角，杨过移情郭襄，或是与小龙女最终分离；也不能令韦小宝不但未能全身而退，反而最终流落至凄凉境地，那期间腾挪的余地也就颇为有限。

有关文学的意义，别林斯基有言，"作者在人类心灵的繁复的大书桌里打开了许多新抽屉"①；里尔克曾道："诗人的功能就像天使那样，要揭示对现实的

---

① 别林斯基：《论俄国中篇小说和果戈理君的中篇小说》，载李国华《文学批评名篇选读》，保定：河北大学出版社，2004年，第17页。

一个视角；天使虽因目盲只能窥见自己的内心，却胸怀所有时间和整个空间"①；卡夫卡认为，一流的文学作品要像冰镐那样，砍开内心的厚重冰山；鲁迅则言，是"人人心中所有，人人笔下所无"。换言之，一流的作品不能只提供"常"，而是要叫人在"常"中见出"不常"来，这份"不常"，方才是人心的真正之"常"。世俗的心，早就已被俗世的镣铐束缚得太紧，常须倚靠那些好的作家擦拭露出本相，可这份常人深心的"本相"，又一定是常人所不易接受的东西。清代女子地位远不如今，贾宝玉却坚称"女儿最清净尊贵"；安娜·卡列尼娜在道义上自有亏欠，但那份压抑不住对激情与爱情的向往之勃勃生气令人钦敬；《洛丽塔》所彰显的那份对生命青春之美的永久热望，乍看均为常理所不容，却实为人心底最深处的那一点蓄势待燃，抑或隐燃的柴薪。可金庸不能接受这份"常理不容"——即便他在心中能够体认，也总不敢在作品中写出，只怕失去了广大读者。将杨过一意许给小龙女，便因生怕中国香港读者大加反对，以致《明报》销量大大下滑，在第二版中虽费大力气修订增补，但整体已然定型，也就无从大改。当然，作家仍具有充分的主观能动意志，修改时也颇有顺从己心处，譬如在二十一世纪新修版中对三联版《碧血剑》的改写，内中袁承志对青青的忠贞，转为后来对阿九的移情，对青青则变作一份"道义"，其中或许有不少金庸后历世事，自身对人世多了几分体认与一点本心。可第三版整体而言，又太尊崇学者之言，费力地往作品中增添了不少知识与书卷气，在《越女剑》中依循李劼之意，小说里加入一些对吴越争霸的剖析与评点，拎出单看固然上佳，但于作品前后的本身浑成却有几分折损，难免令人为此份"折腰"而感到惋惜，毕竟，作品洋洋洒洒三十六册，整体观之，才智超卓确然世所罕见，若能从始至终细心体认世情，不被外界牵引走下笔的心地，或许能当真留下几部"不常之常"与"常之不常"的卓绝作品。

如今金庸已然逝去，面对留下的文本，无论是好是坏，总是在数经变易几

① ［加］诺斯罗普·弗莱：《批评的解剖》，陈慧，袁宪军，吴伟仁译，吴持哲校译，天津：百花文艺出版社，2006年，第174页（弗莱原注：1915年10月27日致艾伦·德尔普信）。

个版本后最终成型。今日相关批评仍然值得开展——毕竟千禧年前，虽是众声喧哗势态火热，但深入的批评文章仍然远远不够，仍需后人继续耕耘。

第二节　新的"金学研究"学术生长点

为求继往开来，学人若欲在"金学"这片土地上继续掘进，寻求新的"学术生长"之可能，首先"回到文学自身"这一老生常谈——这在"金学"上的体现尤为薄弱——便尤其不容忽视。此外也仍有几点，或许值得进一步加强深化。

首先，就回到"本文"的阅读而言，学界中人总是为长期浸淫纸墨的"阅读功夫"自傲，专业与非专业的读者之分隔，常多在于是否能从文本细读之中，品出"压在纸背"的言下言外之意，再通过史料的发现与联络，得获进一步新的发现。但在"金学"领域，学界就基本的"阅读"而言，却似反不如大众浸润甚深。除开陈墨、林保淳等几位罕见的学人，对金庸作品真正仔细下过品读功夫之外，其余诸多学者，对金庸文本的钻研与熟悉程度，仿佛不如早年混迹天涯，其后转向微信公众号，但却从来不被视为学界人士的"网红"六神磊磊等。这些民间异人读金庸已滚瓜烂熟，只需一有触动其心的时下热点，立马能够信手拈来金庸作品中的相关细节，迅捷地加以一番演义发覆。在对材料的"熟读"这一点上，学界较之民间，竟略微逊色。或许某些文人学士，随着知识的逐步层累，反已忘却了自己的"读者"身份——即便是技高数筹的专业读者，仍然得先是读者，才能谈得上"专业"：

> 每个人首先都是读者，其学识是为了文本，其方法来自文本。因为每个人各有疗救自己无知的方式，所以他们之间的分歧非常广泛。①

---

① ［美］萨义德：《世界·文本·批评家》，李自修译，北京：生活·读书·新知三联书店，2009年，第264页。

不屑多"知"金庸的心态要不得，在研究之时，此类文颇易陷入游谈无根的危险境地。本来古训有言，要"有兼听之明，而无奋矜之容；有兼覆之厚，而无伐德之色"，学人面上自然谦虚，可在面对武侠小说之时，难免心底总有几分先在的傲慢与偏见，即便并不外显，也总隐隐自认本人学识品位总比"武侠"要高得多。面对一部作品，先天已想好须对此加诸"批判性的眼光"，进入之后，便对文本难有任何体贴与"动情"，也就更谈不上加以揣摩细品。此类批评虽在当下大行其道，但如若回到方孝岳的意见，却并非"最好"：

> 凡是赏鉴一国文学，我以为都是借助于这些真情所露兴会所到没有背景的批评为最好。我上文所讲人人固有的批评本能，有的心知而不能口达，有的含苞而有待于点化，其所需要人家代达或点化的，正是这一种，而不是其他有背景有颜色的批评。①

此类"代达""点化"，颇似古典诗话等印象批评，似不易通过苦学习得，多有可意会而难以言传之处——批评者须有几分"会心"的天分灵性，否则若非解人，道出的三言两语也就无甚意义；此外，由于现当代的历史缘由和文学趣好，此类批评数十年来并非批评主流。尽管内中价值自不可掩——毕竟诗人心解，有时多胜于注家皮相，但毕竟可遇而不可求。如欲在这方面做进一步努力，或许除开现当代李健吾、钱谷融等人的批评成果，还可参考明清之际金圣叹批《水浒传》，脂砚斋批《红楼梦》等评点实践。虽然有关《金庸作品全集》，也曾由出版社出面邀约诸多专家学者做过相关评点本，但金庸对此评价道，除了对"严家炎、陈墨、冯其庸"深为拜嘉之外，对旁人不怎么认同。且这一评点本，内中炒作与刻意寻求销量提升的意味过分浓重，若以当真冥冥相契深得会心的"评点"视之，似有颇多不足之处。其实，金庸文本自身的语义积淀相当丰厚，如传统小说一般重视情节与人物，取名及回目设置均颇有深意，

---

① 方孝岳：《中国文学批评·导言》，载李春青《中国文学批评史经典精读》，北京：高等教育出版社，2016年，第165页。

若有如"脂批"随处三言两语，如评"袭为钗副，晴乃黛影"那般，评《天龙八部》阿紫、阿朱俩姐妹之"恶紫夺朱"，或当饶有风趣。虽略不符通行的学术论文规范，但金庸文本包罗甚广，完全能将零散处依类集结以发新见。

其次，将文本内外进行勾连，从中国历来渊源深厚的"知人论世"一途进行研究，有关"金学"也仍大有可为。金庸的人生历练极为丰富，如清人袁枚所言："诗人有终身之志，有一日之志，有诗外之志，有事外之志，有偶然兴到，流连光景，即事成诗之志，志字不可看杀也。"① 此类多种"志"，于金庸而言决计不在少数，且常化为"武侠"之外的文本保存下来，金庸只将小说创作视作副业，平日多所致意关注者，实为政论时评与《明报》集团的事业经营，尽管相关文章主要见于香港，在内地集结出书并不算多，但如将数本《明窗小札》与金庸作品对读，也仍颇有深微意趣，用陈平原的话讲，是"武侠"与"政论"的"串行"。

再次，金庸的小说，以其鸿篇巨制和不惮"陈词"而言，可算是罕见的、极具"文本间性"论说余地的作品。弗莱曾如此论道：

> 原型是文学的社会方面，是可交流的单位，是构成人类整体文学经验的一些最基本的因素，它们在文学中总是反复出现的。借助于研究原型，就可以把个别的作品纳入作为整体的文学体系，避免把每部文学作品孤立起来把它看成仅仅同作家个人有关的东西。②

可那些苦心孤诣，对文学抱有严肃追求的作家，往往受"影响的焦虑"掣肘，有时过分对"推陈出新"念兹在兹，一见前人笔下已有，便多叹而掷笔，自道"眼前有景道不得，崔颢题诗在上头"。其实人类的基本心理与情感变迁如此缓慢，今日赋诗，仍多男欢女爱与纵情山水自然，从立意到笔法，如何能够

---

① 袁枚：《小仓山房尺牍》卷十，载郭绍虞《中国历代文论选（第1册）》，上海：上海古籍出版社，2001年。

② ［加］诺斯罗普·弗莱：《批评的解剖》，陈慧，袁宪军，吴伟仁译，吴持哲校译，天津：百花文艺出版社，2006年，第6—7页。

总是"苟日新，日日新"，在这些虔敬的作家笔下，多有刻意避开"原型"之举，但正因其"刻意"，反而易于被看出斧凿之痕，仍然难以避免被纳入"基本因素""母题"的研究与批评规范之中，却又自带了几分人为的扭曲。

但金庸的作品，反而正因不惮于"蹈袭""因循"，不介意反复书写以往才子佳人团圆离散的陈套，反能从中得见诸多往日文学作品厚重河床的痕迹。金庸并无"要为人类精神开掘新的领域"这一崇高动机，本来就是为吸引普通大众喜爱留意，那便自然毫无挂碍地将人类的基本兴奋点加以不同花样的炮制并出售，能学到一点古代的《水浒传》，便拿一点来随手化用；能学到一点西方的《基督山伯爵》，便也改头换面放入《连城诀》中；读了同时代人百剑堂主一篇《"诗"与情》的小随笔，也毫无顾忌地将其中引述《诗经》之语，化入《射雕英雄传》内黄蓉对状元朱子柳吟诗一事。若换作令一个对"原创性"有极高自我要求的作者，这些笔墨大约不会出现。然而，如此对"原创性"的不甚注重，却反而使得金庸成为联结往日文本，展现"文本间性"的一个绝妙范本。于此一途，陈志明的《金庸笔下的文史典故》、叶洪生的《武侠小说谈艺录》已做得颇为出色。不过，或许能更进一步，除开"典故"之外，放在更广阔的文学比较视野中来看，以挖掘出一些人类思维的某种共通之处，或说永恒的基本关切之所在。如金庸在写至《射雕英雄传》结尾处，借郭靖之口，对成吉思汗一番言说，论其即便当下占领广袤无垠的疆域，也终不过是只能占得天地间那一丁点的荒坟陇丘。如此"死后"归土一抔的意象，无论是在中国的庄子笔下"今夫百昌皆生于土而反于土"，在清代《红楼梦》中的"纵有千年铁门槛，终须一个土馒头"，还是《圣经》中的"你源于黄土，必归于黄土"，俄国托尔斯泰《一个人需要多少土地》中的"帕霍姆最后需要的土地只有从头到脚六英尺那么一小块"，均不约而同鲜明地指向人死之后必然归土，且内中意蕴均为在世无论如何荣华衮衮，一死也就四大皆空。在"比较"的视野之下，若过分宽泛，无从控制变量地比较其"异"并贸然归因，固然不足为取——时代、民族、性别、阶级……诸多无穷导致差异因素，皆可能导向两篇文本的差别——但如统摄了如此之多的"异"后，仍然能见出"同"来，此类比较，或许更能给人启发，正是在无尽的"不同"之下仍然能够得到这份"相同"，才更显出这"一点文心"的"东海西海，其理攸同"。总之，差异性因素越多，归出"同"来才方为可贵，而若差异性因素极少，同时同地同族不同"人"，写作同样素材而能见出的"异"来，则相对更加值得言说。无论如何，金庸的作品以其包罗甚广、母题众多、不惮"陈旧"的特征，为此类"比较"，提供了优异的案例，或许值得后辈学人加以充分开掘利用。

最后，在步入二十一世纪之后，有关金庸的"同人"作品也日益增多。且不提影视剧、游戏等诸多跨媒介的衍生作品，单以文学而论，即在晋江、起点等诸多网站上，就有着几乎无穷无尽的金庸同人之作。从其作本身原意（指导二十一世纪后的二度新修版）出发，书写黄药师与梅若华间的暧昧情愫有之；另辟蹊径，大写特写郭靖杨康二人情事的"靖康同人"有之；甚至在自家的写作中跨越诸多文本亦有之，如卫风的《书中游》，即化为书虫，纵身而入《射雕英雄传》中，与黄药师相遇，并带领其人穿越《红楼梦》《名侦探柯南》《哈利·波特》等诸多书籍，通过黄药师高超的武学医术及诸种机缘，来改变各书的情节走向。在此类同人作品中，尽管文学价值总体而言较为肤泛，却是在很大程度上显示出了写作的草根化与民主化，意犹未尽的"读者"化身新的"作者"，自由自在地在原著的一点基础之上编排情节与人物，此类"民主"，不是外在的"革命""典型"之观念灌输，而是来自普通人心中一点真切的意难平，纯是真情地拿起笔来，想要将心中的缺憾予以补足，或是给自己一个交代的言说冲动。此类金庸的诸多衍生作品中，当能见出不少普通人的普遍心理，为"文学心理学"无尽意识绵绵流动之外，在二重性格多重性格的复杂面向之余，真正见出一点老百姓诉诸"传奇"的品位，呈现出民众日常简简单单的心之所愿与喜怒哀乐。

二十年"金学"已告收尾，新的二十年批评与研究，将建基于前人的成果之上，回顾来时足迹，总结前人经验，若永久地在理论的空壳中"乱花渐欲迷人眼"，在老套的"写典型""写现实"的圈圈中打转，在当下或许已然并无多少意义。若能继续往这四个方面行进——回到文学文本自身，回到真正体贴作家心境与人生历程的"知人论世"，回到文学诸作之间的绵绵关联，回到真正基于金庸作品而发的各色衍生之作，或许方能真正使后人在"金学"这片土地，收获更多的一点儿真的东西。

参考文献

前人研究成果

专著：

蒋原伦：《九十年代批评》，天津：天津社会科学出版社，2000 年。

陈思和，杨扬：《九十年代批评文选》，上海：汉语大词典出版社，
2001 年。

陈硕：《经典制造——金庸研究的文化政治》，桂林：广西师范大学出版社，
2004 年。

期刊论文：

丁进：《金学的四个相关学科》，《通俗文学评论》，1997 年第 1 期。

朱国华：《关于金庸研究的一点思考》，《文艺评论》，1997 年第 3 期。

鉴春：《金庸：从大众读者走进学术讲坛——杭州大学金庸学术研讨会综述》，《杭州大学学报（哲学社会科学版）》，1997 年第 4 期。

李爱华：《大陆金庸研究二十年》，《浙江学刊》，1999 年第 2 期。

陈洪，孙勇进：《世纪回首——关于金庸作品经典化及其他》，《南开大学学报（哲学社会科学版）》，1999 年第 6 期。

葛红兵：《不同文学观念的碰撞——论金庸与王朔之争》，《探索与争鸣》，2000 年第 1 期。

徐岱：《批评的理念与姿态——也以金庸写作为例》，《文艺争鸣》，2000 年第 2 期。

计红芳：《大陆金庸研究综述（1986—1999）》，《常熟高专学报》，2000 年第 5 期。

臧卫东：《关于对金庸小说批评的若干问题的思考》，《常州工学院学报》，2001 年第 1 期。

贾丽萍：《娱乐文化与美学转型——金庸现象再研究》，《华文文学》，2001 年第 4 期。

吴爱萍：《批评的缺席——也谈金庸小说的艺术价值》，《华文文学》，2001 年第 4 期。

陈尚荣：《90 年代文学语境下的金庸》，《广东社会科学》，2001 年第 5 期。

杨春时：《金庸、琼瑶小说的传播与大陆通俗文学的兴起》，《吉首大学学报（社会科学版）》，2002 年第 3 期。

徐皓峰：《论金庸武侠小说的"恶俗"因素》，《文艺理论与批评》，2002 年第 5 期。

丁进：《金庸小说研究史略》，《南京社会科学》，2003 年第 4 期。

邓全明：《通向民间的路——论金庸小说创作和金庸研究》，《华文文学》，2003 年第 6 期。

李秀萍：《消费时代的文化资本之争——也谈金庸小说经典化》，《中国比较文学》，2004 年第 2 期。

谢理开：《"金学"构建之我见——关于金庸研究的一点思考》，《龙岩师专学报》，2004 年第 4 期。

荆学义：《金庸武侠小说传播与接受的文化语境》，《济南大学学报（社会科学版）》，2004 年第 5 期。

丁进：《中国大陆金庸研究述评（1985—2003）》，《江西社会科学》，2004 年第 5 期。

高东洋：《刀光剑影话金庸——对金庸小说争鸣现象的历史考察》，《沧州师范专科学校学报》，2005 年第 1 期。

田智祥：《对金庸武侠小说批评的思考》，《菏泽学院学报》，2005 年第 1 期。

张兵：《我对金庸小说"经典化"及其成因的不同意见》，《中国比较文学》，2005 年第 1 期。

田智祥：《文化定位——金庸武侠小说批评的理论前提》，《云南社会科学》，2005 年第 2 期。

高玉：《中国现代文学史"审美中心主义"批判——以金庸武侠小说为例》，《社会科学战线》，2005 年第 3 期。

丁进：《金庸小说研究史稿》，《嘉兴学院学报》，2005 年第 5 期。

邓集田：《异元批评和过度阐释——金庸小说研究与批评中的两种常见现象》，《淮南师范学院学报》，2005 年第 6 期。

韩云波：《金庸小说第三次修改：从"流行经典"到"历史经典"》，《西南大学学报（社会科学版）》，2008 年第 1 期。

李云：《迈向"经典"的途径——"金庸小说热"在大陆：1976—1999》，《海南师范大学学报（社会科学版）》，2008 年第 3 期。

寇鹏程，韩云波：《美学修改与道德修改——论金庸小说再修改》，《西南大学学报（社会科学版）》，2008 年第 4 期。

黄艺红：《论中国大陆金庸小说研究的两极现象》，《安徽文学（下半月）》，2009 年第 10 期。

高玉：《论"修改"对金庸武侠小说经典化的意义》，《东岳论丛》，2009 年第 11 期。

吴秀明，黄亚清：《金庸武侠小说与地域文化现代性构建——兼谈地域在文学在一体化进程中的文化应对策略》，《中山大学学报（社会科学版）》，2010 年第 2 期。

惠转宁：《金庸武侠小说的文化定位争论及思考》，《云南电大学报》，2010 年第 3 期。

李以建：《金庸小说研究的前沿进展与体系构建》，《西南大学学报（社会科学版）》，2012 年第 2 期。

贾振勇：《反抗理念桎梏，回归文学本源——论文学研究的知识谱系、价值秩序与金庸小说阐释的有效性》，《理论学刊》，2013 年第 1 期。

陈韵琦：《论台湾 1950—1990 年代的"金庸现象"》，《苏州教育学院学报》，2013 年第 5 期。

惠帅：《文学批评中的个人情绪化与批判指向的偏错——金庸武侠小说的批判中所存在的问题》，《宁波广播电视大学学报》，2014 年第 3 期。

马琳：《金庸武侠小说经典化的民间途径》，《嘉兴学院学报》，2014 年第 6 期。

张鸣豪：《从〈天龙八部〉的时空舛误看金庸小说批评素质问题》，《科教导刊》，2014 年第 8 期。

朱令军：《金庸武侠小说自注中的自我经典化探析——从〈明河版〉金庸作品集谈起》，《苏州教育学院学报》，2015 年第 5 期。

盛梅，汪沛：《关于金庸学的学术论证》，《华文文学》，2018 年第 6 期。

硕博论文：

此处仅罗列有关金庸研究之研究的文献：

邵明：《金庸新论》，合肥：安徽大学，2001 年。

刁军：《百年一金庸——金庸小说阅读与接受研究》，大连：辽宁师范大学，2003 年。

何开丽：《中国大陆金庸小说研究论》，成都：西南师范大学，2005 年。

苏爱：《金庸武侠小说对高中生的影响研究》，兰州：西北师范大学，2006 年。

何菲：《金庸小说接受史研究》，成都：四川大学，2007 年。

赵超：《金庸小说经典化研究》，成都：四川师范大学，2009 年。

王雨：《中国大陆金庸研究述评》，郑州：郑州大学，2009 年。

刘树娟：《20 世纪 80 年代中国大陆对金庸小说的接受研究》，重庆：西南大学，2013 年。

陈昱熹：《金庸入史与武侠小说的文学史地位》，重庆：西南大学，2018 年。

90 年代文学批评相关：

陈源：《20 世纪 90 年代文化批评刍议》，武汉：华中师范大学，2001 年。

孙辉：《批评的文化之路——20 世纪末以来文学批评研究》，广州：暨南大学，2003 年。

胡涛：《20 世纪 90 年代文学批评转型研究》，武汉：华中师范大学，2006 年。

刘雪松：《世纪之交的文学批评新潮》，长春：吉林大学，2009 年。

陈丽军：《新变与困境：1990 年代的文学批评研究》，上海：华东师范大学，2016 年。

1979—1989①

专著：

中国文学艺术界联合会：《中国文学艺术工作者第四次代表大会文集》，成都：四川人民出版社，1980 年。

中国文学艺术界联合会研究资料部：《开辟社会主义文艺繁荣的新时期》，成都：四川人民出版社，1980 年。

《红旗》编辑部：《问题与解答——学习〈关于建国以来党的若干历史问题的决议〉》，北京：红旗出版社，1982 年。

《红旗》编辑部：《论文艺与群众》，北京：红旗出版社，1982 年。

---

① 此处所引参考文献，侧重择取的并非增订后的"全本"，而是落入批评主体眼中之时文本的原始样貌。因此，基本采用了批评主体在写批评文章之时看到的那个版本。试举例言之，此处所考姚雪垠的《李自成》并非收录于《姚雪垠全集》中一至五卷更为齐全的版本，而是在 1977—1981 年间由中国青年出版社所出的前三卷，因这一版本才有可能为章培恒所见，并针对这一文本写下批评文章《论金庸与姚雪垠的〈李自成〉》。

《红旗》杂志理论教育编辑室：《三中全会以来重要文献学习提要》，北京：红旗出版社，1983 年。

中国作家协会：《中国作家协会第四次会员代表大会文集》，北京：作家出版社，1985 年。

《红旗》杂志编辑部文艺组：《文学主体性论争集》，北京：红旗出版社，1986 年。

《红旗》杂志理论教育编辑室：《中央文献关于坚持四项基本原则、反对资产阶级自由化论述的学习提要》，北京：红旗出版社，1987 年。

金庸：《金庸作品集》（报纸连载版，内容基本与 1980 年前各类发行、盗印的单行本相同）。

金庸：《金庸作品集》（三联忆旧版，金庸在连载之后，于 1970—1980 年间封笔修订，内容与 1980 年台湾远景出版社的版本相同，本篇论文中的大陆学者，基本读到的均为这一版本的金庸作品，民间简称"三联版"或"通行版"），广州：广州出版社，2011 年。

金庸：《金庸作品集》（金庸第二次大幅度全面修订的版本，民间一般称之为新修版，在 2003 年后陆陆续续出版），广州：广州出版社，2009 年。

姚雪垠：《李自成》（第一卷），北京：中国青年出版社，1963 年。

姚雪垠：《李自成》（第二卷），北京：中国青年出版社，1976 年。

姚雪垠：《李自成》（第三卷），北京：中国青年出版社，1981 年。

王先霈，於可训：《80 年代中国通俗文学》，武汉：湖北教育出版社，1995 年。

查良镛：《香港的前途》，香港：明报有限公司，1984 年。

张光年：《文坛回春纪事（上）（下）》，深圳：海天出版社，1998 年。

陈为人：《唐达成文坛风雨五十年》，美国：溪流出版社，2005 年。

牛汉口述，何启治，李晋西记录整理：《我仍在苦苦跋涉：牛汉自述》，北京：生活·读书·新知三联书店，2008 年。

严家炎：《知春集——中国现代文学散论》，北京：人民文学出版社，1980 年。

吴亮：《我的罗陀斯：上海七十年代》，北京：人民文学出版社，2011 年。

吴亮：《夭折的记忆》，北京：商务印书馆，2012年。

翟永明：《毕竟流行去》，北京：生活·读书·新知三联书店，2019年。

三毛等著：《金庸百家谈》，沈阳：春风文艺出版社，1987年。

郑朝宗：《护花小集》，福建：福州人民出版社，1983年。

郑朝宗：《〈管锥编〉研究论文集》，福州：福建人民出版社，1984年。

郑朝宗：《梦痕录》，香港：三联书店，1986年。

郑朝宗：《海夫文存》，厦门：厦门大学出版社，1994年。

郑朝宗：《海滨感旧集》，厦门：厦门大学出版社，2014年。

郑朝宗，郑松锟：《西洋文学史》，厦门：厦门大学出版社，1993年。

钱钟书：《谈艺录》，上海：开明书店，1948年。

钱钟书：《谈艺录》，北京：商务印书馆，2011年。

鲁迅：《鲁迅全集（第9卷）》，北京：人民文学出版社，2005年。

冯其庸：《春草集》，上海：上海文艺出版社，1979年。

冯其庸：《逝川集》，西安：陕西人民出版社，1980年。

冯其庸：《梦边集》，西安：陕西人民出版社，1982年。

冯其庸：《夜雨集——冯其庸散文随笔选》，北京：中国友谊出版公司，1999年。

冯其庸：《秋风集》，北京：文化艺术出版社，2000年。

冯其庸：《剪烛集》，太原：山西人民出版社，2002年。

冯其庸：《瓜饭集》，北京：商务印书馆，2009年。

冯其庸口述，宋本蓉记录整理：《风雨平生：冯其庸口述自传》，北京：商务印书馆，2017年。

李经国：《师友笔下的冯其庸》，北京：文化艺术出版社，2012年。

姚雪垠：《创作实践与创作理论》，北京：红旗出版社，1987年。

姚雪垠：《姚雪垠文集》（第16、18、19、20卷），北京：人民文学出版社，2011年。

姚雪垠：《姚雪垠文集》（第17卷），北京：人民文学出版社，2011年。

章培恒：《献疑集》，长沙：岳麓书社，1993年。

章培恒：《灾枣集》，济南：山东友谊出版社，1998 年。

章培恒：《不京不海集》，上海：复旦大学出版社，2012 年。

章培恒，陈思和：《开端与终结——现代文学史分期论集》，上海：复旦大学出版社，2002 年。

滕云：《八十年代文学之思》，天津：天津社会科学院出版社，1992 年。

於可训：《於可训文集》（第 1、5 卷），武汉：长江文艺出版社，2018 年。（主要涉及通俗文学中的"趣味性"）

王增如：《丁玲办〈中国〉》，北京：人民文学出版社，2011 年。

硕博论文：

叶杨莉：《"新时期文学"的形塑——以"新时期文学"起源阶段的会议为线索》，上海：华东师范大学，2019 年。

期刊论文：

牛汉，陈华积：《〈中国〉杂志、丁玲与 80 年代文学》，《上海文化》，2010 年第 3 期。

王长江：《关于"甲申悲剧"的再思考》，《探索与争鸣》，2014 年第 3 期。

陈广宏，徐隆垚：《章培恒学案》，《上海文化》，2018 年第 6 期。

1990—1994

专著：

曹正文：《金庸笔下的一百零八将》，杭州：浙江文艺出版社，1992 年。

陈墨：《金庸小说赏析》，天津：百花洲文艺出版社，1990 年。

陈墨：《新武侠二十家》，北京：文化艺术出版社，1992 年。

陈墨：《金庸小说之谜》，南昌：百花洲文艺出版社，1992 年。

陈墨：《金庸武学的奥秘》，昆明：云南人民出版社，1993 年。

陈墨：《金庸小说人论》，南昌：百花洲文艺出版社，1993 年。

陈墨：《金庸小说的情爱世界》，合肥：安徽文艺出版社，1993 年。

陈墨：《金庸小说艺术论》，南昌：百花洲文艺出版社，1995 年。

陈墨：《金庸小说与中国文化》，南昌：百花洲文艺出版社，1995 年。

陈平原：《书里书外》，杭州：浙江文艺出版社，1988 年。

陈平原：《在东西方文化碰撞中》，杭州：浙江文艺出版社，1987 年。

黄子平，陈平原，钱理群：《二十世纪中国文学三人谈》，北京：人民文学出版社，1988 年。

陈平原：《中国小说叙事模式的转变》，上海：上海人民出版社，1988 年。

陈平原：《二十世纪中国小说史·第一卷（1897—1916 年）》，北京：北京大学出版社，1989 年。

陈平原：《佛佛道道》，北京：人民文学出版社，1990 年。

陈平原：《神神鬼鬼》，北京：人民文学出版社，1992 年。

陈平原：《读书读书》，上海：复旦大学出版社，2005 年。

陈平原：《闲情乐事》，上海：复旦大学出版社，2005 年。

陈平原：《生生死死》，上海：复旦大学出版社，2005 年。

陈平原：《千古文人侠客梦》，北京：人民文学出版社，1992 年。

陈平原：《千古文人侠客梦》（插图珍藏本），北京：新世界出版社，2002 年。

陈平原：《千古文人侠客梦：武侠小说类型研究》，天津：百花文艺出版社，2009 年。

陈平原：《千古文人侠客梦》，北京：北京大学出版社，2010 年。

陈平原：《小说史：理论与实践》，北京：北京大学出版社，1993 年。

陈平原：《学者的人间情怀》，珠海：珠海出版社，1995 年。

陈平原：《学者的人间情怀：跨世纪的文化选择》，北京：生活·读书·新知三联书店，2007 年。

陈平原：《书生意气》，上海：汉语大词典出版社，1996 年。

陈平原：《游心与游目》，成都：四川人民出版社，1997 年。

陈平原：《中国现代学术之建立：以章太炎、胡适之为中心》，北京：北京大学出版社，1998 年。

陈平原：《漫卷诗书——陈平原书话》，杭州：浙江人民出版社，1997 年。

陈平原：《老北大的故事》，南京：江苏文艺出版社，1998 年。

陈平原：《文学史的形成与建构》，南宁：广西教育出版社，1999 年。

陈平原：《当代中国人文观察》，北京：人民文学出版社，2004 年。

陈平原：《学术随感录》，开封：河南大学出版社，2006 年。

陈平原：《北京记忆与记忆北京》，北京：生活·读书·新知三联书店，2008 年。

陈平原：《走马观花》，上海：上海书店出版社，2009 年。

陈平原：《千年文脉的接续与转化》，上海：复旦大学出版社，2010 年。

陈平原：《压在纸背的心情》，上海：复旦大学出版社，2011 年。

陈平原：《现代中国的文学、教育与都市想象》，北京：北京师范大学出版社，2011 年。

陈平原：《京西答客问》，南京：凤凰出版社，2012 年。

陈平原：《陈平原自选集》，北京：首都师范大学出版社，2014 年。

陈平原：《自序自跋》，北京：生活·读书·新知三联书店，2014 年。

陈平原：《刊前刊后》，北京：生活·读书·新知三联书店，2015 年。

陈平原：《读书是件好玩的事》，北京：中华书局，2015 年。

陈平原：《讲台上的"学问"：华东师范大学讲演集》，上海：华东师范大学出版社，2016 年。

陈平原：《阅读·大学·中文系》，广州：花城出版社，2017 年。

扬之水：《〈读书〉十年》（一），北京：中华书局，2011 年。

扬之水：《〈读书〉十年》（二），北京：中华书局，2012 年。

范用：《存牍辑览》，北京：生活·读书·新知三联书店，2015 年。

吴禾：《书痴范用》，北京：生活·读书·新知三联书店，2011 年。

本书编委会：《书魂永在——范用纪念文集》，北京：人民出版社，2011 年。

傅益萍：《沉醉于书香国度：范用传》，南京：江苏人民出版社，2010 年。

沈昌文：《任时光匆匆流去》，上海：上海书店出版社，2011年。

沈昌文：《八十溯往》，北京：海豚出版社，2011年。

沈昌文：《阁楼人语：〈读书〉的知识分子记忆》，北京：作家出版社，2003年。

沈昌文：《也无风雨也无晴》，北京：海豚出版社，2014年。

沈昌文口述，张冠生整理：《知道：沈昌文口述自传》，广州：花城出版社，2008年。

沈昌文：《师承集》，北京：海豚出版社，2015年。

沈昌文等：《都是爱书的人》，南京：译林出版社，2013年。

陈子善：《这些人，这些书：在文学史视野下》，武汉：湖北人民出版社，2008年。

高林编：《罗孚友朋书札辑》，北京：海豚出版社，2017年。

罗海雷：《我的父亲罗孚——一个报人、"间谍"和作家的故事》，香港：天地图书有限公司，2011年。

罗孚编：《香港人和事》，北京：中央编译出版社，2010年。

柳苏：《香港，香港……》，北京：生活·读书·新知三联书店，1986年。

罗孚：《香港，香港……》，北京：中央编译出版社，2010年。

罗孚：《南斗文星高》，北京：中央编译出版社，2010年。

柳苏：《香港文坛剪影》，北京：生活·读书·新知三联书店，1993年。

罗孚：《燕山诗话》，北京：中央编译出版社，2010年。

罗孚：《西窗小品》，北京：中央编译出版社，2010年。

罗孚：《文苑缤纷》，北京：中央编译出版社，2010年。

罗孚：《北京十年》，北京：中央编译出版社，2011年。

罗孚：《北京十年》，香港：天地图书有限公司，2011年。

1994—1998

专著：

谢桃坊：《中国市民文学史》，成都：四川人民出版社，1997年。

王一川：《意义的瞬间生成——西方体验美学的超越性结构》，济南：山东文艺出版社，1988年。

王一川：《审美体验论》，天津：百花文艺出版社，1992年。

王一川：《语言乌托邦——20世纪西方语言论美学探究》，昆明：云南人民出版社，1994年。

王一川：《中国现代卡里斯马典型——20世纪小说人物的修辞论阐释》，昆明：云南人民出版社，1994年。

王一川：《二十世纪中国文学大师文库 小说卷》，海口：海南出版社，1994年。

王一川：《修辞论美学》，长春：东北师范大学出版社，1997年。

王一川：《通向本文之路》，成都：四川人民出版社，1997年。

王一川：《中国形象诗学——1985至1995年文学新潮阐释》，上海：三联书店，1998年。

王一川：《杂语沟通：世纪转折期中国文艺潮》，武汉：湖北教育出版社，2000年。

王一川：《汉语形象与现代性情结》，北京：首都师范大学出版社，2001年。

王一川：《中国现代性体验的发生：清末民初文化转型与文学》，北京：北京师范大学出版社，2001年。

王一川：《文学理论讲演录》，桂林：广西师范大学出版社，2004年。

王一川：《兴辞诗学片语》，济南：山东友谊出版社，2005年。

王一川：《中国现代学引论：现代文学的文化维度》，北京：北京大学出版社，2009 年。

王一川：《现代文学中的汉语形象——文学现代性的语言论观照》，北京：北京师范大学出版社，2012 年。

王一川：《未名游艺》，北京：中国文联出版社，2018 年。

严家炎：《知春集——中国现代文学散论》，北京：人民文学出版社，1980 年。

严家炎：《求实集——中国现代文学论集》，北京：北京大学出版社，1983 年。

严家炎：《论现代小说与文艺思潮》，长沙：湖南人民出版社，1987 年。

严家炎：《论中国现代文学及其他》，台北：新学识文教出版中心，1989 年。

严家炎：《中国现代小说流派史》，北京：人民文学出版社，1989 年。

严家炎，孙玉石：《中国现代文学作品精选》，北京：北京大学出版社，1993 年。

严家炎：《世纪的足音》，北京：作家出版社，1996 年。

严家炎：《五四的误读：严家炎学术随笔自选集》，福州：福建教育出版社，2000 年。

严家炎：《论鲁迅的复调小说》，上海：上海教育出版社，2002 年。

严家炎：《严家炎论小说》，南昌：江西高校出版社，2002 年。

严家炎：《人生的驿站》，哈尔滨：黑龙江人民出版社，2003 年。

严家炎：《金庸小说论稿》，北京：北京大学出版社，1999 年。

严家炎：《金庸小说论稿》，北京：北京大学出版社，2007 年。

严家炎：《二十世纪中国文学精神：严家炎自选集》，北京：人民日报出版社，2013 年。

严家炎：《考辨与析疑："五四"文学十四讲》，青岛：中国海洋大学出版社，2006 年。

严家炎：《史余漫笔》，北京：生活·读书·新知三联书店，2009 年。

严家炎：《问学集：严家炎自述》，北京：人民日报出版社，2013 年。

严家炎：《中国现代文学与现代性：严家炎对话集》，北京：人民日报出版社，2013 年。

　　严家炎：《师道师说·严家炎卷》，北京：东方出版社，2014 年。

　　严家炎：《眼界》，南京：江苏凤凰文艺出版社，2019 年。

　　宋伟杰：《从娱乐行为到乌托邦冲动：金庸小说再解读》，南京：江苏人民出版社，1999 年。

　　洪子诚：《我的阅读史》，北京：北京大学出版社，2011 年。

期刊论文：

　　罗维扬：《〈通俗文学评论〉始末》，《出版史料》，2012 年第 4 期。

1998—2000

论文集：

　　林丽君：《金庸小说与二十世纪中国文学国际学术研讨会论文集》，香港：明河社，2000 年。

　　王秋桂：《金庸小说国际学术研讨会论文集》，台北：远流出版事业股份有限公司，1999 年。

　　吴晓东，计璧瑞：《2000'北京金庸小说国际研讨会论文集》，北京：北京大学出版社，2002 年。

专著：

　　李劼：《中国八十年代文学历史备忘》，台北：秀威资讯科技股份有限公司，2009 年。

　　刘再复，金秋鹏，汪子春：《鲁迅和自然科学》，北京：科学出版社，1976 年。

　　刘再复：《雨丝集》，上海：上海文艺出版社，1979 年。

刘再复：《鲁迅美学思想论稿——关于真善美的思考和探索》，北京：中国社会科学出版社，1981年。

钱学森，刘再复等：《文艺学、美学与现代科学》，北京：中国社会科学出版社，1985年。

刘再复：《性格组合论》，上海：上海文艺出版社，1986年。

刘再复：《文学的反思》，北京：人民文学出版社，1986年。

刘再复，林岗：《论中国文化对人的设计》，长沙：湖南人民出版社，1988年。

刘再复：《放逐诸神——文论提纲和文学史重评》，香港：天地图书有限公司，1994年。

刘再复，林岗：《传统与中国人》，合肥：安徽文艺出版社，1999年。

刘再复，刘剑梅：《共悟人间：父女两地书》，上海：上海文艺出版社，2001年。

刘再复，刘剑梅：《共悟红楼》，北京：生活·读书·新知三联书店，2009年。

刘再复：《红楼梦悟（增订本）》，北京：生活·读书·新知三联书店，2009年。

刘再复：《红楼人三十种解读》，北京：生活·读书·新知三联书店，2009年。

刘再复：《阅读美国》，福州：福建教育出版社，2009年。

刘再复：《双典批判：对〈水浒传〉和〈三国演义〉的文化批判》，北京：生活·读书·新知三联书店，2010年。

刘再复：《思想者十八题》，北京：中信出版社，2010年。

刘再复：《师友纪事》，北京：生活·读书·新知三联书店，2011年。

刘再复：《人性诸相》，北京：生活·读书·新知三联书店，2011年。

刘再复：《文学十八题——刘再复文学评论精选集》，北京：中信出版社，2011年。

刘再复：《罪与文学》，北京：中信出版社，2011年。

刘再复：《世界游思》，北京：生活·读书·新知三联书店，2012年。

刘再复：《漂泊心绪》，北京：生活·读书·新知三联书店，2012年。

刘再复：《八方序跋》，北京：生活·读书·新知三联书店，2013年。

刘再复，刘剑梅：《两地书写》，北京：生活·读书·新知三联书店，2013年。

刘再复：《天涯悟语》，北京：生活·读书·新知三联书店，2013年。

刘再复：《审美笔记》，北京：生活·读书·新知三联书店，2014年。

刘再复：《我的写作史》，香港：生活·读书·新知三联书店，2017年。

袁良骏：《鲁迅思想论集》，天津：天津人民出版社，1979年。

袁良骏：《鲁迅思想的发展道路》，北京：北京出版社，1980年。

袁良骏：《独行斋独语》，北京：中国国际广播出版社，1998年。

袁良骏：《香港小说史·第一卷》，深圳：海天出版社，1999年。

袁良骏：《香港小说流派史》，福州：福建人民出版社，2008年。

袁良骏：《分享鲁迅》，北京：中国广播电视出版社，1999年。

袁良骏：《冷板凳集》，北京：学苑出版社，1999年。

袁良骏：《八方风雨——袁良骏学术随笔自选集》，福州：福建教育出版社，2000年。

袁良骏：《白先勇论》，北京：新华出版社，2001年（初版于1991年）。

袁良骏：《准"五讲三嘘集"》，福州：福建人民出版社，2001年。

袁良骏：《武侠小说指掌图》，北京：新华出版社，2003年。

袁良骏：《袁良骏学术论争集》，北京：中国文史出版社，2005年。

袁良骏：《张爱玲论》，北京：华龄出版社，2010年。

袁良骏：《坐井观天录——新世纪杂文随笔集》，北京：紫禁城出版社，2010年。

何满子，李时人：《明清小说鉴赏辞典》，杭州：浙江古籍出版社，1992年。

何满子：《水浒概说》，上海：上海古籍出版社，1993年。

何满子：《忌讳及其他谈片》，上海：上海古籍出版社，1998年。

何满子：《读鲁迅书》，上海：上海古籍出版社，2002年。

何满子：《桑槐谈片》，上海：上海古籍出版社，2005年。

何满子：《杂侃杂拾：何满子杂文精选》，北京：金城出版社，2014年。

何满子：《文心世相：何满子怀旧琐忆》，哈尔滨：北方文艺出版社，2014 年。

何满子：《前朝杂话：何满子谈古说片》，哈尔滨：北方文艺出版社，2014 年。

王彬彬：《在功利与唯美之间》，上海：学林出版社，1996 年。

王彬彬：《独白与驳诘》，天津：百花文艺出版社，1999 年。

王彬彬：《为批评正名》，长春：时代文艺出版社，2000 年。

王彬彬：《文坛三户》，郑州：大象出版社，2001 年。

王彬彬：《城墙下的夜游者》，福州：福建人民出版社，2001 年。

王彬彬：《当知识遇上信念》，上海：复旦大学出版社，2012 年。

王彬彬：《有事生非》，广州：广东人民出版社，2014 年。

王彬彬：《大道与歧途》，北京：华夏出版社，2015 年。

理论著作：

［加］诺斯罗普·弗莱：《批评的解剖》，陈慧，袁宪军，吴伟仁译，吴持哲校译，天津：百花文艺出版社，2006 年。

［美］萨义德：《世界·文本·批评家》，李自修译，北京：生活·读书·新知三联书店，2009 年。

［美］韦勒克：《近代文学批评史》（第 8 卷），杨自伍译，上海：上海译文出版社，2006 年。

郭绍虞：《中国历代文论选》（第 1 册），上海：上海古籍出版社，2001 年。

李春青：《中国文学批评史经典精读》，北京：高等教育出版社，2016 年。

李国华：《文学批评名篇选读》，保定：河北大学出版社，2004 年。

李健吾：《咀华集·咀华二集》，北京：人民文学出版社，2007 年。

钱钟书：《谈艺录》，北京：商务印书馆，2011 年。

沈从文：《沈从文全集》（第 16 卷 文论），太原：北岳文艺出版社，2002 年。

朱光潜：《谈美书简》，北京：中华书局，2012 年。

期刊论文：

范伯群：《"两个翅膀论"不过是重提文学史上的一个常识——答袁良骏先生的公开信》，《文艺争鸣》，2003 年第 3 期。

后 记

　　这部书是去年写完的硕士毕业论文，今年暑假在空荡荡的图书馆内埋头校改，较之当时，已是别样心境。

　　馆内难得人少，才能将窗外蝉鸣听得格外真切，这份"蝉噪馆逾静"，反令人感到"心远境更幽"。这一年来，看似突然样样都有，本该感到心满意足，却总是陷入某种抑郁情绪。暑假每日在馆，花费大量时间静坐，调节自己身心，清理种种或实存或虚妄的业障，文字工作反倒成了次要的"业余"。虽是"业余"，却也未可敷衍，大刀阔斧彻底删改一番后，今日终于大功告成，并无设想中的欣喜，反而觉得解脱。恍然想起去年完成论文之后，在疫情中临时返校和朋友们拍毕业照的画面，由于突然下雨，匆忙间让我凑数拍了几张，把褚老师和严老师拍得不堪入目。大家跑回缪姐办公室，在鱼贯而入时纷纷控诉我的摄影技术，缪姐从头到尾稳坐系楼，居然也能以宏艺的画外音加入这场"讨伐"。几个人笑得乐不可支，七嘴八舌"你方唱罢我登场"，说得我一边羞愧地倒在肖老师肩上，一边忍不住笑话自己，办公室里一下子充满了"快活的空气"。

　　硕士三年，无论是和朋友们在一起说怪话，还是自己写论文和办事情，好像都有一种无忧无虑的快活与纯粹，最终定格凝缩在那个办公室里。这部书稿虽有诸多不足，但作为对此人生阶段的一份纪念，仍令我倍加珍惜。今后尽管还要在学术路上"行之弥远"，但多了论文发表的压力，大概不会再有如此心无旁骛地写出二十万字与"C刊"无关的经历。我愿将之奉呈给每一位有意过目的读者，感谢你与我这份初出茅庐，却位于个人"纯粹"之顶点的思考与体验结缘。

　　有关金庸接受的研究仍大有可为，囿于学力，今时今日只能做到如此。虽已尽可能努力地细品学人著作，但尚缺世事洞明与人情练达，要读出更多"压在纸背的心情"，此种本领既难望一蹴而就，也是"纸上得来终觉浅"。好在若无意外，本人尚有几十年的人生岁月，尽够"以俟来日"。

　　最后，感谢我的师友近十年来一路扶持。尤其要感谢我的导师殷国明老师，如无他的动议、指点与关心，这部书便不会有问世的可能。感谢李阳师兄，从去年不辞辛劳地为我校对此书初稿开始，便时刻令我感到高山仰止，景行行止。感谢我的家人，虽然从他们那里，我的文章得到最多的一句评价就是"看不懂"，但这从未妨碍他们毫无保留地支持我，令我不必承担任何"生之重任"。无论是在武侠的世界中遨游，还是在学术的世界中遨游，全都仰赖他们为我搭建的坚实陆地，方能令我从无后顾之忧。

汪静波
2021 年 8 月 6 日